Anouks Spiel

1. Auflage 2020
© Ueberreuter Verlag GmbH, Berlin 2020
ISBN 978-3-7641-5168-3
Copyright © 2020 by Akram El-Bahay
Dieses Werk wurde vermittelt durch die Michael Meller
Literary Agency GmbH, München.

Alle Rechte vorbehalten. Das Werk darf – auch teilweise –
nur mit Genehmigung des Verlages wiedergegeben werden.
Übereinstimmungen und Ähnlichkeiten mit lebenden Personen
oder Familien sind rein zufällig und nicht beabsichtigt.

Lektorat: Emily Huggins
Umschlaggestaltung: Maximilian Meinzold
Druck und Bindung: GGP Media GmbH, Pößneck
Gedruckt auf Papier aus geprüfter nachhaltiger Forstwirtschaft.

www.ueberreuter.de

Akram El-Bahay

ANOUKS SPIEL

ueberreuter

INHALT

Ein herzloser Herzenswunsch	7
Pan	16
Der erste Zug	36
An der falschen Stelle	50
Wurzeln und Wasser	73
Die Eulen	90
Ein unmöglicher Friede	113
Wachsen	131
Der zweite Zug	142
Ein neues Mannschaftsmitglied	165
Der erkältete Sturmzüchter	190
Heldenhafte Taten	209
Der dritte Zug	228
Zwei Prinzen	247
Piratenfrau	256
Der vierte Zug	271
Sie	285
Das Ende	309
Schönere Worte	336

EIN HERZLOSER HERZENSWUNSCH

Der Tag vor Anouks Geburtstag duftete nach Zimt. Nach Zimtschnecken, um genau zu sein. Für die Fast-Dreizehnjährige gehörte dieser Duft zu ihrem besonderen Tag wie Kerzen, Kuchen und Geschenke. Und Herzklopfen. Sie konnte nicht sagen, weshalb es ausgerechnet dieses Jahr besonders stark war. Doch auch wenn sie eigentlich kein Kind mehr war, fühlte sich Anouk an dem Freitag vor ihrem Geburtstag, an dem der Zimtduft bereits seit dem frühen Morgen verheißungsvoll durch das Haus strich, so aufgeregt, als sei sie wieder fünf Jahre alt. Sie kannte bereits die wichtigsten Geschenke, die sie bekommen würde (ein neues Smartphone und Kopfhörer), und trotzdem gab sie sich dem Gefühl der Ungewissheit hin, als wäre sie insgeheim nicht ganz sicher, was morgen früh in den Paketen sein würde. Sie glaubte bereits, das bunte Papier unter den Fingern zu fühlen, das sie wie immer aufreißen würde, während ihre Mutter sie ermahnte, bitte aufzupassen, damit man das Papier noch einmal verwenden könnte.

Anouks Schultag schlich nur so dahin, aber nicht einmal der Mathematikunterricht (5. und 6. Stunde!) konnte ihr die Vorfreude auf ihren Geburtstag nehmen. Alles schien einfach perfekt. Der Apriltag schenkte ihr auf dem Heimweg einen so strahlendblauen Himmel, dass es beinahe wehtat, ihn anzusehen. Die Luft trug die Aussicht auf einen wunderschönen Frühling in sich, und Anouk war so guter Laune, dass sie schon anfing, sich Gedanken über ihren Herzenswunsch zu machen, ehe ihr Haus auch nur zu sehen war.

Der Herzenswunsch war Anouk fast noch wichtiger als der Zimtduft. An jedem Geburtstag überlegte sie ihn sich. Es war der Wunsch, der am tiefsten in ihrem Herzen verborgen war und der in kein Päckchen gepackt und mit keiner noch so hübschen Schleife umwickelt werden konnte. Und jedes Jahr, seit sie schreiben konnte, notierte sie ihn. Manchmal kam sie sich töricht deswegen vor und hatte es auch nie jemandem verraten (nicht einmal ihrer Mutter oder ihrem Vater). Doch der Herzenswunsch gehörte einfach zu ihrem Geburtstag dazu. Anouk war sicher, dass diese Wünsche mächtig waren. Sie glaubte fest daran, dass sie sich alle irgendwann einmal erfüllten. Sie mussten ehrlich und aufrichtig sein. Dann konnte sie nichts aufhalten. Gut, auf das Pferd wartete sie bis heute, aber das konnte sich noch ändern (hoffentlich). Hingegen waren ihre Eltern tatsächlich vergangenes Jahr mit ihr in den Urlaub geflogen. Nach vielen sommerlichen Autofahrten an die Nordsee war es Anouks Traum, eben ihr Herzenswunsch, gewesen, einmal im Leben zu fliegen. So viele Jahre (wenigstens zwei) hatte sie es herbeigesehnt, die Wolken von oben zu sehen. Und sie waren bis nach Amerika geflogen.

Der Flug war nicht der einzige Herzenswunsch gewesen, der sich erfüllt hatte. Das Haus mit dem Garten und der Wendeltreppe, das nun am Ende des Hagebuttenwegs in Sichtweite kam, hatte sie als Achtjährige über alles herbeigesehnt und diesen Wunsch mit krakeliger Schrift gewissenhaft notiert. Was aber, dachte sie bei sich, was aber könnte es wohl diesmal sein?

Sie schloss die Haustür auf und blieb einen Moment im Eingang stehen. Der Duft der Korvapuusti, der finnischen Zimtschnecken, hüllte sie ein. Das Rezept konnte Anouk auswendig aufsagen, genau wie ihre Mutter. Das Klappern in der Küche deutete darauf hin, dass Anouks Mutter gerade eifrig dabei war, die Schnecken und Anouks Geburtstagskuchen zu backen. Und ... ein Schrei erfüllte das Haus mit der Wendeltreppe und dem großen Garten. Der Moment der Vorfreude bekam einen Sprung wie ein Spiegel, der zu Boden gefallen war. Anouk sah den gewundenen Treppenaufgang entlang in den ersten Stock.

Schwere Schritte. Ihr Vater, der heute von Zuhause aus arbeitete, kam eilig aus seinem Arbeitszimmer gelaufen. »Ich kümmere mich schon um sie«, rief er. Dabei sah er hinab und erkannte Anouk im Hauseingang stehen. »Oh, guten Tag, Fast-Geburtstagskind«, sagte er ein wenig außer Atem, während er, ohne anzuhalten, auf die offen stehende Schlafzimmertür zueilte. »Maya ist aufgewacht.«

Anouk betrat das Haus, schloss die Tür und stellte ihren Schulrucksack neben die Garderobe. Maya. Ihre kleine Schwester. Seit sechs Monaten nun schon teilte sich Anouk das Haus und die Zeit ihrer Eltern mit ihr. Maya war der

Grund, weshalb der Flug, den sich Anouk so sehnsüchtig gewünscht hatte, für lange Zeit der letzte bleiben würde, wie ihr Vater mit Hinweis auf sein dauerstrapaziertes Bankkonto angemerkt hatte. Und sie war auch der Grund, weshalb sich das Leben der nun nicht mehr ganz so kleinen Familie von Grund auf geändert hatte.

Nun, einige dieser Veränderungen waren sehr schön. Das musste Anouk schon zugeben. Ihre Mutter war nun immer zu Hause. Und das zumindest noch ein Jahr lang. Und Maya war ja auch … irgendwie süß. Meistens zumindest. Anouk musste auch das zugeben. Sie roch (fast) so gut wie die Zimtschnecken ihrer Mutter. Und sie im Arm zu halten war schon … besonders. Aber es war Anouk nicht entgangen, dass ein großer Teil der Zeit, die ihre Eltern und auch alle anderen Verwandten sonst für Anouk übrig gehabt hatten, plötzlich Maya gehörte. Jeder wollte Maya sehen. Jeder brachte Maya etwas mit. Jeder freute sich, wenn Maya irgendetwas tat. Selbst ein Glucksen von ihr verzückte alle, als hätten sie noch nie ein Lachen gehört. Manchmal machte dies Anouk wütend. Sie erschrak dann über sich selbst. Und daher gab es (ganz selten) Momente (und dieser hier gehörte dazu), da dachte sich Anouk, wie es wohl wäre, wenn sie wieder alleine mit ihren Eltern sein dürfte. Nur einen Tag lang. So wie früher.

Der Gedanke verflog so schnell, wie er gekommen war, und Anouk ging zu ihrer Mutter in die Küche, die gerade dabei war, Schokolade für ihren Lieblingskuchen zu schmelzen. Anouk setzte sich und kippelte geschickt auf dem Stuhl, während sie ausführlich von ihrem Tag erzählte. Wenn ihre Mutter nicht hinsah, stahl sie eine der kleinen Zimtschnecken und aß sie heimlich auf. Später gab es ein (wie Anouk fand) ziemlich überschaubares Abendessen. Und dann begann das Warten.

Es dauerte ewig, bis das Ende des Tages in Sichtweite kam. Anouk war ganz genau um 0 Uhr und eine Minute geboren worden. Wenn ihr Geburtstag halbwegs günstig lag (aber auch dann, wenn er sehr ungünstig lag) und sie es schaffte, lange genug wach zu bleiben (was überhaupt kein Problem war), feierte sie mit ihren Eltern in ihren Geburtstag hinein. Anouk lag bereits seit einer Stunde auf ihrem Bett und musste kurz eingenickt sein, als sie leise Stimmen hörte.

»Wir sollten sie zudecken. Lass uns morgen ihren Geburtstag feiern.« Das war ihre Mutter.

Anouk spürte die Müdigkeit wie ein bleischweres Gewicht, das sie zurück in ihre Träume ziehen wollte. Doch sie wehrte sich. Das Wort *Geburtstag* wirkte dabei wie ein ganzes Glas Cola mit Zucker, ach was, wie zwei. »Ich habe nicht geschlafen«, log sie gähnend und musste selbst darüber lachen.

Ihr Vater stellte ein Tablett mit Schokoladenkuchen auf den Boden. Dreizehn Kerzen brannten auf ihm. Und ein kleines Päckchen legte er dazu. Die anderen gab es erst nach dem Aufstehen und dann noch mal einige, wenn die Verwandten kamen. Aber dieses eine durfte Anouk schon jetzt auspacken. Das war auch eine Tradition. So wie die Zimtschnecken.

»Noch fünfzehn Sekunden«, meinte ihre Mutter und sah auf die Armbanduhr an ihrem Handgelenk.

Himmel, dachte Anouk. Eine Uhr. Wer trägt denn noch so etwas?

»Noch zehn«, sagte ihre Mutter und hielt den Blick starr auf die Uhr gerichtet, während sich Anouk aufsetzte. Kerzenschein und Kuchenduft. Es brauchte nicht mehr für einen Moment voller Glück. Gut, das Päckchen mit dem bunten Papier und der Schleife war auch nicht schlecht.

»Noch fünf.« Ihre Mutter und ihr Vater zählten, als gälte es, den Start einer Weltraumrakete anzusagen.

»Drei. Zwei.«

Anouks Herz klopfte im Takt schnell und laut.

»Eins.«

Ein Schrei.

Maya.

Anouks Mutter seufzte und lächelte sie entschuldigend an. »Herzlichen Glückwunsch zum Geburtstag«, sagte sie und drückte Anouk einen hastigen Kuss auf die Stirn. Dann lief sie dem anhaltenden Schreien entgegen.

»Deine Schwester will dir eben auch gratulieren«, versuchte sich ihr Vater erfolglos an einem Scherz.

Anouk nickte stumm und seufzte. Musste Maya denn gerade jetzt schreien? In diesem Moment? Anouk besaß doch so wenige Augenblicke, in denen ihre Eltern ihr ganz allein gehörten. So wie früher. Anouk spürte Wut in sich aufsteigen. Es drehte sich doch sowieso ständig alles nur um Maya. Dies aber war der Beginn von Anouks Geburtstag. Wollte ihre Schwester ihr den verderben? Wie ungerecht!

»Herzlichen Glückwunsch«, sagte ihr Vater. »Hier, pack aus.«

Anouk seufzte noch einmal, öffnete die Schleife und riss das Papier vom Päckchen.

Ihr Vater lachte. Er wusste genau, woran Anouk gerade dachte. »Pass bitte auf! Das können wir noch mal verwenden«, benutzte er die Worte, die sonst ihre Mutter gebrauchte.

Ein Lächeln zog über Anouks Gesicht, trotz des Ärgers über Maya. Erwartungsvoll betrachtete sie das Geschenk. Ein Buch. Es besaß einen leuchtend bunten und wunderschön verzierten Einband. Als sie es jedoch durchblätterte, fand sie nur leere Seiten.

»Für besondere Gedanken und schöne Sätze«, sagte ihr Vater.

Ein Notizbuch für ihre eigenen Worte. Das gefiel Anouk. Die Seiten schienen begierig darauf zu warten, gefüllt zu werden. Kein Problem für Anouk. Es gab (abgesehen vom Lesen) im Grunde nichts, was sie mehr liebte als das Schreiben. Geschichten natürlich. Sie dachte sie sich aus und notierte sie. Mal waren die Geschichten nur einige Sätze lang und hörten schon wieder auf, kaum dass sie begonnen hatten. Manchmal aber fanden ihre Erzählungen auch ein Ende (gezeigt hatte sie jedoch noch niemandem jemals eine ihrer Geschichten). Sie kritzelte ständig, wenn ihr eine Idee kam, ein paar Sätze auf Papier. Auf Notizzettel, Briefumschläge, Kassenzettel, es war ganz egal. Und sie bewahrte sie in einem Schuhkarton auf. Aber das hier war besser. Viel besser. »Danke«, sagte sie und unterdrückte ein Gähnen. Die Müdigkeit kam zurück. Sehr schnell.

Ihr Vater schnitt zwei Kuchenstücke ab und gab ihr eines.

Anouk war schon so schläfrig, dass sie es sich nur mit Mühe in den Mund schieben konnte, während ihre Mutter erfolglos versuchte, Maya zu beruhigen.

»Dann schlaf schön«, sagte ihr Vater, nachdem sie beide aufgegessen hatten. »Morgen wird ein ereignisreicher Tag, du Teenager.«

Teenager. Wer verwendete denn so ein Wort? Doch nur Menschen mit Armbanduhren. »Das ist echt peinlich«, kommentierte Anouk die Bemerkung und pustete die Kerzen aus.

Später, nachdem ihr Vater gegangen war, sie sich die Zähne geputzt und Maya sich beruhigt hatte, lag Anouk in ihrem Bett und horchte in ihr Herz. Welchen Wunsch würde sie in diesem Jahr darin finden? Was wünschte sie sich mehr als alles andere? Was ließ sich nicht in Papier einpacken? Der Gedanke nahm so plötzlich in ihrem Kopf Gestalt an, als habe er nur die ganze Zeit darauf gewartet, sich zu zeigen. »Meine Eltern«, wisperte sie leise und schämte sich für die Worte. Aber dann spürte sie wieder die Wut über Maya in sich und ihre Stimme wurde fester und lauter. »Ich will meine Eltern zurück.«

Draußen donnerte es. Komisch, dachte Anouk. Sie hatte den ganzen Tag über keine Wolke am Himmel gesehen. Und es klang auch nicht nach Regen. Nur das Donnern hörte sie.

Und ihren Herzenswunsch, drängend und laut.

Sie stand auf, ging zu ihrem Schreibtisch und nahm das neue Notizbuch. Dann schrieb sie mit einem Bleistift den Wunsch, den sie in sich so deutlich hören konnte wie den Donner, auf die erste Seite.

Ich wünsche mir, dass meine Eltern nur noch mir und nicht mehr Maya gehören.

Für einen Moment war es ganz still. Dann donnerte es so heftig, als würde etwas die Welt in zwei Teile schlagen.

Anouk zuckte zusammen. In dem Moment, in dem sie den Wunsch aufgeschrieben hatte, war die Wut über Maya ganz heiß in Anouk gewesen. Doch mit dem Punkt, den sie auf die Seite gesetzt hatte, war die Wut plötzlich erloschen wie ein heruntergebranntes Feuer und nichts war von ihr geblieben. Nichts als ein äußerst ungutes Gefühl. Nein, dachte sie bei sich. Dieser Herzenswunsch gefiel ihr nicht. Selbst wenn er wahr sein mochte, rein und wahrhaftig, klang er schrecklich. Herzlos. Sie radierte die Worte rasch weg und legte sich wieder in ihr Bett. Sie würde sich besser einen anderen Herzenswunsch überlegen. Später.

Komisch, dachte sie noch bei sich, während sie sich unter ihre Decke kuschelte. Das Donnern war plötzlich vorüber.

Die Welt war ganz still, als wartete sie gespannt.

Dann begann Anouk zu schlafen.

Und in dem Haus mit dem Garten und der Wendeltreppe entfaltete ein herzloser Herzenswunsch eine ungeheure Macht.

Eine Macht, die alles veränderte.

PAN

Der Morgen an Anouks Geburtstag war … perfekt. Sie wusste nicht, was sie geweckt hatte. Die Aufregung oder das Klappern von unten. Sie blieb im Bett liegen und genoss den Moment, ehe sie die Schritte ihrer Mutter hören und die Tür in ihr Zimmer leise geöffnet werden würde. Dieser ganze Morgen atmete die Vorfreude auf ihren Geburtstag. Dann aber dachte Anouk an die vergangene Nacht und erwartete jeden Moment, dass sich gleich ein neuerlicher Schrei ihrer kleinen Schwester über die wunderschöne Stille legen würde.

Sie lauschte angespannt. Ihr Vater deckte vermutlich gerade den Frühstückstisch, nachdem er bereits Brötchen geholt hatte. Sie hörte ein leises Klirren und ihn selbst fluchen. Vermutlich hatte er eine Tasse fallen lassen. Doch Maya blieb stumm. Brave Maya, dachte Anouk. Sie war so guter Laune, dass sie ihrer kleinen Schwester einfach nicht böse sein konnte. Na ja, eigentlich war es auch gar nicht so schlimm, dass sie da war. Anouk musste sich wohl oder übel an sie gewöhnen. Vermutlich.

Die Tür in ihr Zimmer wurde leise geöffnet.

Ein Lächeln breitete sich über Anouks Gesicht aus. Nun ging es los. Endlich.

Dass etwas nicht stimmte, merkte sie erst, als sie die Kerzen des Geburtstagskranzes ausgepustet, ihre Geschenke (wie erwartet ein Smartphone samt Kopfhörer) ausgepackt und sich an den Frühstückstisch gesetzt hatte. Vom Garten her schien die Sonne fröhlich auf den Esstisch und malte ein helles Muster auf die Platte. Anouk saß wie immer ihrer Mutter gegenüber, ihr Vater an der schmalen Kopfseite. Doch der Laufstall, in den ihre Eltern Maya oft legten und der seinen festen Platz neben Anouks Mutter hatte, fehlte.

»Wo ist sie?«, fragte Anouk und biss in ihr Mohnbrötchen mit selbst gemachtem Paprikakäse.

»Wer?«, fragte ihre Mutter, während sie Anouks Vater einen vorwurfsvollen Blick zuwarf, der heimlich auf sein Smartphone schielte. Handys waren am Tisch verboten.

»Na, Maya«, erwiderte Anouk und griff nach ihrer Kakaotasse.

»Maya?« Ihre Mutter runzelte die Stirn und zog Anouks Vater das Telefon aus der Hand, der sie daraufhin wie ein ertappter Schuljunge ansah.

»Eure Tochter? Hallo?«, meinte Anouk. Sie schüttelte den Kopf. Himmel, waren ihre Eltern über Nacht alt und begriffsstutzig geworden?

»Ich dachte, unsere Tochter heißt Anouk«, sagte ihr Vater und goss sich einen Kaffee ein. »Oder spielen wir jetzt so ein Spiel, bei dem wir alle fremde Namen haben? Aber dafür bist du ein wenig alt, nicht, Teenager?« Er lachte, beugte sich vor und strich Anouk über ihre braunen, langen Haare.

Anouk konnte mit dieser Art Humor wenig anfangen. Sie wollte schon sagen, dass er wieder echt peinlich war. Doch dann besann sie sich eines Besseren. Maya schlief sicher noch. Und ihre Eltern wollten diesen einen Morgen ganz alleine ihr schenken. So wie früher. Eigentlich richtig nett. Als würden sie etwas von dem herzlosen Herzenswunsch der vergangenen Nacht ahnen. Ihn Anouk gewissermaßen von der Stirn ablesen. Sie beschloss mitzuspielen und ihrem Vater sogar (wenigstens dieses eine Mal noch) das Wort *Teenager* zu vergeben. Also war ihr Wunsch irgendwie ja doch in Erfüllung gegangen. Auch wenn sie sich noch immer ein wenig dafür schämte, dass sie die hässlichen Worte in das schöne Buch geschrieben hatte.

Die Zeit nach dem Frühstück flog nur so dahin. Anouk fütterte ihre Kaninchen, ehe sie sich daran machte, ihr neues Smartphone in Betrieb zu nehmen. Sie hatte noch nicht mal die Hälfte ihrer besten Freundinnen angerufen, als es auch schon an der Tür klingelte. Die Gäste. Gerade hatte Anouk das Smartphone beiseitegelegt, da wurde sie nach unten gerufen. Laute Stimmen erfüllten das Haus. Anouks Großeltern waren stets die Ersten, die kamen. Dem drahtigen, pensionierten Lehrerehepaar sah man nicht an, dass es über 70 Jahre alt war. Anouks Oma trug die gleichen Sommersprossen im Gesicht, die auch Anouks Mutter und sie selbst besaßen.

Anouk hatte gerade ihr Geschenk entgegennehmen können, da klingelten auch schon die finnischen Freunde der Familie, von denen Anouks Mutter vor Jahren das Rezept für die Zimtschnecken erhalten hatte. Flur und Wohnzimmer füllten sich schneller als ein Kaufhaus in der Vorweihnachtszeit und bald saßen alle zusammen und feierten. Es war, mit einem Wort, wunderschön. Genauso hatte es sich Anouk tief in ihrem Herzen gewünscht. Alle waren für sie da. Es fühlte sich einfach gut an, endlich einmal wieder im Mittelpunkt zu stehen. Jeder wollte mit ihr reden und jeder hörte ihr zu.

Irgendwann aber, es dämmerte bereits und die ersten Gäste verabschiedeten sich, kehrte das Gefühl zurück, dass etwas nicht stimmte. Sie hatte Maya die ganze Zeit nicht gesehen.

Auf ihre Frage nach der kleinen Schwester runzelte ihre Mutter die Stirn. »Schon wieder dieser Name«, sagte sie, während sie die Geschirrspülmaschine belud. »Wer ist das?« Sie schaltete die Maschine an. »Eine Freundin von dir? Wenn du für heute jemanden einladen wolltest, hättest du Bescheid sagen sollen.«

Noch ehe die verdutzte Anouk etwas erwidern konnte, ging ihre Mutter auch schon in den Flur und verabschiedete die Großeltern. Der Duft nach Zimt hing noch in der Luft, doch er wurde bereits schwächer. Und Anouk fühlte sich so verwirrt wie noch nie in ihrem Leben. Was sollte dieses Schauspiel ihrer Eltern? Sie konnten doch ruhig damit aufhören.

Anouk ging nach oben und beschloss, einmal nach Maya zu sehen. Wie seltsam, dachte Anouk, als sie auf die Tür zum Schlafzimmer der Eltern zulief. Sie hatte sich so gewünscht, ihre Mutter und ihren Vater alleine für sich zu haben. Und nun vermisste sie ihre kleine Schwester schon nach ein paar Stunden. Bestimmt lag es an diesem seltsamen Spiel ihrer Eltern.

Anouk öffnete die Tür.

Und erstarrte.

Das konnte es nicht geben. Anouk saß auf ihrem Bett und versuchte zu verstehen, was sie gerade gesehen hatte. Oder besser: was sie gerade nicht gesehen hatte. Das Schlafzimmer ihrer Eltern war ohne den geringsten Hinweis auf ihre Schwester. Kein Babybett. Keine Schachtel mit Schnullern. Kein … irgendwas. Es schien fast … Anouk schlug sich die Hand vor den Mund. Nein, dachte sie, das war verrückt.

Ich wünsche mir, dass meine Eltern nur noch mir und nicht mehr Maya gehören.

Ein Herzenswunsch ging doch nicht einfach sofort in Erfüllung. Wie auch sollte das möglich sein? Anouk sprang von ihrem Bett auf, als hätte sie auf heißen Kohlen gesessen, und begann in ihrem Zimmer umherzulaufen. Aber wo sollte ihre Schwester sein? Sie hätte doch längst gestillt werden müssen. Und Anouks Mutter war den ganzen Tag unten gewesen. Und niemand hatte nach Maya gefragt. Und weshalb sollten auch noch die Möbel fehlen? Und … Anouk stürzte zu ihrem Schreibtisch. Das Buch lag da, wo sie es gestern Nacht hingelegt hatte. Aufgeschlagen auf der ersten Seite. Die ausradierte Schrift war noch zu lesen. Ganz schwach, doch sie schien sich beharrlich zu weigern, endgültig zu verschwinden.

Ich wünsche mir, dass meine Eltern nur noch mir und nicht mehr Maya gehören.

Sie radierte noch einmal über die Buchstaben, doch sie verschwanden einfach nicht. Als würde sich das Papier an sie erinnern. Du hast sie weggewünscht, schoss es Anouk durch den Kopf. Nein, erwiderte sie sich selbst. Das war unmöglich. Und doch ... Maya war fort.

Anouk fühlte sich verzweifelt. Ihr Herz schlug so schnell, als wollte es aus ihrer Brust entkommen. Ob vor Angst um ihre Schwester oder vor schlechtem Gewissen konnte sie nicht sagen. Vermutlich trieb beides es an. Nie hätte sie gedacht, dass sie Maya einmal so vermissen würde. Ach was, dass sie so eine Angst um diesen kleinen Quälgeist haben würde. Aber nun fühlte sie die ganze Liebe zu ihr, die verdeckt gewesen war unter der Enttäuschung und der Wut über die Zeit, die ihre Eltern Maya und nicht Anouk geschenkt hatten. Verdeckt unter der brennenden Eifersucht. Was sollte sie tun? Ihren Eltern alles sagen? Nein. Sie erinnerten sich ja nicht mal an die kleine Tochter. Die anderen Familienmitglieder und Freunde schieden aus dem gleichen Grund ebenfalls aus. Die Polizei? Anouk wollte schon ihr Smartphone holen, dann aber überlegte sie es sich anders. Was sollte sie auch sagen? *Meine Schwester existiert nicht mehr?* Man würde Anouk am Ende noch zu einem Arzt bringen.

Sie schloss die Augen und dachte nach. Irgendetwas musste sie doch tun können. Ein verrückter Einfall nahm plötzlich in ihrem Kopf Gestalt an. Oh ja, das ist wirklich wahnwitzig, sagte sie sich. Doch ihr fiel beim besten Willen nichts anderes ein.

Sie fühlte sich, als sei sie nicht ganz bei Trost, während sie das Buch wieder zur Hand nahm. Die Seite mit dem herzlosen Herzenswunsch aufschlug. Und nach einem Stift griff. Sie brauchte einen neuen Herzenswunsch. Einen, der den von gestern Nacht auslöschte.

Draußen donnerte es wieder, obwohl keine Wolke am Himmel stand. Das Wetter spielte wirklich verrückt, dachte Anouk und schloss erneut die Augen.

Sie horchte tief in sich hinein. Herzenswünsche mussten ehrlich sein. Ganz und gar. Oh, und nie hatte sie einen ehrlicher gemeint als den, den sie nun mit zittriger Hand über die herzlosen Worte schrieb.

Ich wünsche mir, dass Maya zurückkehrt.

Sie zwang sich, die Buchstaben fest genug auf das Papier zu drücken, damit sie alle zusammen die ausradierten verdeckten. Und sie schrieb sie so groß, dass diese nicht mehr zu lesen waren. Mit dem Punkt, den sie setzte, donnerte es so laut, dass Anouk zusammenzuckte.

Und einen Moment später klingelte es an der Tür.

Anouk ließ vor Schreck den Stift fallen. Dann lief sie los. Es war natürlich nur ein Zufall, sagte sie sich, während sie die Wendeltreppe so schnell hinunterrannte, dass ihr ein wenig schwindlig wurde. Maya konnte nicht mal laufen, wie sollte sie da klingeln? Dennoch riss Anouk die Tür auf. Und spürte eine ungeheure Enttäuschung, als sie den Postboten vor sich stehen sah. Sie wunderte sich, dass er so spät noch kam, und nahm das Paket wortlos entgegen, das er ihr reichte. Dann schloss sie ernüchtert die Tür. Ihre Eltern waren beide in der Küche und hatten das Klingeln über das Rattern der Spülmaschine hinweg offenbar nicht gehört. Anouk starrte auf das Paket. Ihr Name stand darauf. Noch ein Geschenk?

So enttäuscht, dass es wehtat, schlich sie in ihr Zimmer, warf das Paket auf ihr Bett und legte sich daneben. Was nur sollte sie tun?

Um sich von den quälenden Gedanken über Mayas unerklärliches Verschwinden abzulenken, griff sie das Paket und öffnete es. Darin lag ein in Geschenkpapier eingeschlagenes zweites Paket. Anouk packte es aus und zog ein altes Spiel hervor. Es sah ziemlich gebraucht aus. Als wäre es viele Jahre lang von vielen Menschen gespielt worden. Wer schenkte ihr denn so etwas? Anouk runzelte die Stirn. Keine Karte. Und auf dem Postpaket fand sie auch keinen Absender.

Sie betrachtete den Karton des Spiels. Er war smaragdgrün (Anouks Lieblingsfarbe), karminrot (mochte sie auch), meerblau (ebenfalls sehr hübsch) und sandgelb (wie ihre Lieblingsjacke). Und darauf stand in verschnörkelter, strahlendgoldener Schrift: *Anouks Spiel*.

Sie stutzte. Das war ein Spaß, oder? Jemand hatte das Spiel für sie gemacht. Aber dafür war es eigentlich viel zu alt. Anouk öffnete den Karton. In ihm fand sie ein abgegriffenes Brettspiel. Eines von der Art, die ihre Eltern so gerne am Sonntagnachmittag auspackten, wenn es draußen regnete. Das Spielfeld bestand aus vier Teilen in den Farben, die auch der Karton aufwies. Das Grün gehörte zu einem Urwald, das Blau zu einem Meer mit ein paar aufgemalten Inseln. Das Rot zu einem feurigen Gebirge. Und das Gelb zu einer Wüste. Einige Figuren aus Holz waren auch dabei. Sie sahen fast lebensecht aus, wie Miniaturausgaben. Ein Affe. Ein Kamel. Eine Schlange. Ein Geschöpf mit spitzen Ohren. Ein Riese. Und ein Ritter in voller Montur. Sonst war nichts in dem Karton. Doch: Anouk fand noch einen Würfel, auf dem sie die Symbole der verschiedenen Spielfelder erkannte. Auch das Gesicht des Affen war auf ihm zu finden. Und außerdem war da noch ein Feld, das eine Art Arena zeigte. Fast ein wenig wie aus einem Film über die alten Römer. Sie wog ihn in der Hand.

Für einige Momente hatte das seltsame Paket sie wirklich von den Sorgen um ihre Schwester abgelenkt. Nun aber konnte sie erneut an nichts anderes denken als an Maya und dies machte Anouk das Herz schwer. Sie fühlte sich hilflos. Schuldig. Und wütend. Als wäre der Würfel der Auslöser von allem, warf sie ihn voller Wucht fort. Er prallte gegen die Zimmertür und blieb mit dem Konterfei des Affen nach oben liegen.

Plötzlich hörte Anouk wieder den Donner.

Und dann schien es, dass die Welt einfror. Anouk sah vor dem Fenster einen Vogel am Himmel, der in der Luft stehen geblieben war. Doch das war nicht das Seltsamste. Noch unbegreiflicher war das Erscheinen des Wesens, das mit einem

Mal mitten in Anouks Zimmer stand. Es war einfach da, als hätte es eine unsichtbare Tür durchschritten. Vor Anouk kratzte sich ein Affe am Kopf. Ein Schimpanse, um genau zu sein. Er glich der kleinen Figur in allen Einzelheiten, nur dass dieser hier einen dunklen Anzug trug wie Anouks Vater, wenn er einen Geschäftstermin hatte. Dem Affen steckte außerdem eine Zigarre im Mund, an der er genüsslich zog. Interessiert sah er sich in Anouks Zimmer um.

»Wer bist du?« Die drei Worte kosteten Anouk lächerlich viel Mühe. Aber sie war einfach sprachlos (beinahe zumindest). Wie hätte sie auch gelassen bleiben können angesichts des Schimpansen in ihrem Zimmer? Im nächsten Moment kam sie sich töricht vor. Der Affe konnte doch nicht antworten.

Er schien sie erst jetzt zu bemerken. »Dir auch einen schönen Tag«, sagte er sichtlich verstimmt. »Es ist nicht zu glauben, wie unhöflich ich manchmal begrüßt werde.« Er seufzte. »Was soll man auch erwarten. Ich bin ja bloß ein Schimpanse. Wo bin ich hier überhaupt?«

»Das ist mein Zimmer«, antwortete Anouk zu verblüfft, um sich darüber zu wundern, dass ihr unerwarteter Besucher entgegen ihrer Erwartung doch sprechen konnte.

»Und du heißt …?«, fragte der Affe, wobei er jede Silbe betonte, als sei Anouk ein wenig schwer von Begriff.

»Anouk.« Ihre Stimme war zu einem Wispern geworden. Ich spreche mit einem Affen, dachte sie bei sich. Das war unglaublich.

»Na bitte, geht doch«, erwiderte der Schimpanse. Dann streckte er sich zu seiner vollen (wenig beeindruckenden) Größe und räusperte sich. »Mein Name«, sagte er feierlich mit einer so rauen Stimme, als habe er sich erkältet, »ist Pan.«

Pan schien irgendeine Reaktion zu erwarten. Als diese jedoch ausblieb, wedelte er ärgerlich mit seiner Zigarre. »Du bist doch nicht taub, oder?«, fragte er hörbar verschnupft.

Anouk schüttelte den Kopf und zwang eine Frage auf ihre Zunge. »Pan wie Peter Pan?« Sie hätte gerne etwas Schlaueres gefragt, doch angesichts eines rauchenden Schimpansen in ihrem Zimmer war sie arg verwirrt.

»Peter Pan?« Der Affe zog an seiner Zigarre und pustete den Rauch aus seinem Mund wie ein Drache, der sich anschickte, Feuer zu speien. »Wer ist das? Ein Freund von dir?« Ehe Anouk antworten konnte, sprach er bereits weiter. »Nein, Pan wie du und ich. Unsere Gattung, hallo?« Er sah Anouk an, als müsste sie ihm jetzt zustimmen. Da sie ihn jedoch nur wortlos anstarren konnte, fuhr er kopfschüttelnd fort: »*Pan troglodytes*. Das ist wissenschaftlich für *Schimpanse*. Du bist auch ein Schimpanse, wenn man es genau nimmt. Genetisch gesehen. Bloß mit ein bisschen wenig Fell.« Er schüttelte erneut den Kopf. Offenbar wunderte er sich über Anouks Wissenslücke.

Genetisch? Troglo… was? Anouk sah ihn noch immer wortlos an. Das war verrückter als ihre verrückteste selbst ausgedachte Geschichte. Sie selbst war verrückt. Ja, oder sie träumte. Vielleicht, dachte sie voll plötzlicher Hoffnung, hatte sie den ganzen Tag nur in ihren Träumen erlebt und wachte gleich auf.

Doch der Affe verschwand nicht. Er blieb vor ihr stehen und sah sie leicht genervt an. Und langsam verblasste Anouks Hoffnung, dass dies nicht echt war.

»Ich bin nicht zum Plaudern gekommen«, meinte er ungeduldig. »Also sag mir einfach, welchen Wunsch du rückgängig machen willst.«

Woher wusste der Affe von ihrem Wunsch? Anouk konnte sich das nicht erklären. Aber alles war geradezu unglaublich und sie beschloss, seine Frage einfach zu beantworten. »Ich wollte meine Eltern für mich alleine«, wisperte sie ganz leise.

»Wo ist das Problem dabei?«, meinte Pan und warf einen Blick in das Buch auf Anouks Schreibtisch, als könnte er die Worte darin spüren. »Geschwister bringen manchmal Ärger. Meistens sogar. Ach, eigentlich immer. Du bist besser ohne sie dran. Deine Eltern nur für dich? Ist ein solider Wunsch.«

»Der Wunsch ist grausam«, entfuhr es Anouk.

»Ich würde sagen, er ist vor allem ehrlich«, erwiderte der Schimpanse. »Schau nicht so erschrocken. Warum müsst ihr Menschen euch eigentlich so oft verstellen? Das ist so unehrlich. Ich sage immer: Sei wie du bist. Selbst der netteste Mensch hat nun einmal eine dunkle Seite. Die meisten verbergen sie tief in sich und wollen sie selbst nicht wahrhaben. Aber manchmal kommt sie eben zum Vorschein.«

Anouk strich sich über den Bauch, als müsste sie nachfühlen, ob dort eine solch dunkle Seite zu finden war. »Ist das der Schimpanse in mir?«

Pan verzog die Lippen zu einem spöttischen Lächeln. »Nein, der Mensch.«

»Aber … aber wie kann es sein, dass der Wunsch einfach in Erfüllung geht? Ich hatte den Wunsch vor dem Einschlafen aufgeschrieben und am Morgen war meine kleine Schwester wirklich verschwunden.« Anouks Stimme war leise, als erstickten Verzweiflung und Reue ihre Worte.

»Ah«, machte der Affe und nickte. »Schlechtes Gewissen. Was hast du auch geglaubt?« Pan begann langsam auf und ab zu schreiten wie Anouks Deutschlehrer, wenn er etwas erklärte. »Dass dein Wunsch nicht in Erfüllung geht?« Pan sah sie an, als wäre sie nicht ganz richtig im Kopf. »Es war ein Herzenswunsch. Sonst wäre ich ja nicht hier. Und Herzenswünsche erfüllen sich nun mal, wenn sie ganz und gar ernst gemeint sind. Früher oder später. In deinem Fall wohl früher, was?« Er lachte rau, aber als sie keine Anstalten machte miteinzustimmen, wurde er wieder ernst. »Wie heißt deine Schwester?« Er sah auf die Seite mit dem herzlosen Herzenswunsch und kniff die Augen zusammen. Konnte er ihn entziffern? »Mayo?«

»Maya«, sagte Anouk entschieden und zog Pan das Buch aus den Fingern. Nun, gefährlich schien er nicht zu sein. Bloß ziemlich seltsam.

»Du hast keine Ahnung, oder?«, fragte er und blies den Qualm seiner Zigarre in Anouks Richtung.

»Können Sie bitte aufhören, hier zu rauchen? Das ist ein Kinder… ein Jugend… mein Zimmer. Und nein, ich habe keine Ahnung.« Anouk schaffte es irgendwie, nicht in Tränen auszubrechen. Das Zittern in ihrer Stimme aber entging Pan offenbar nicht.

»Du fühlst dich schuldig. Und nun hast du einen zweiten Herzenswunsch gefunden. Einen, der den ersten, den herzlosen, tilgen soll. Deine helle Seite, die mit der dunklen ringt.« Er ließ die Zigarre in einer Tasche seines Anzugs verschwinden, wo sie weiter vor sich hin qualmte.

»Woher wissen Sie von den Herzenswünschen?«

Pan lachte rau und kratzte sich über das Fell in seinem Gesicht. »Du kannst mich ruhig duzen. Nun, meinst du, du wärst die Erste und Einzige, die Herzenswünsche an ihrem Geburtstag hat? Die Dinger gibt es, seit es Geburtstage gibt. Ich glaube, mindestens seit die Ägypter die Geburtstage ihrer Pharaonen gefeiert haben. *Ich will eine Pyramide, damit alle sehen, wie großartig ich bin.*« Pan rollte mit den Augen. »Und wenn jemandem auffällt, dass er seinen Herzenswunsch rückgängig machen will, wenn er ihn aus tiefstem Herzen bereut, erhält er das Spiel. Kommt vor. Schlaue Leute wissen von diesen Dingen. Du aber offenbar nicht.«

Anouk schüttelte den Kopf.

»Hast du nicht die Anleitung gelesen?« Pan deutete auf den Deckel des Spiels, der neben dem Spielbrett lag.

Sie bemerkte winzige Buchstaben auf seiner Innenseite. Und schüttelte erneut den Kopf.

»Na, wunderbar, wo hat mich der Regelmacher denn nun wieder hingeschickt?« Der Schimpanse sah Anouk vorwurfsvoll an. »Also gut, ich erkläre es dir. Du hattest nun einmal einen Herzenswunsch. Und es muss ein ziemlich starker gewesen sein, wenn er so schnell in Erfüllung gegangen ist.« Pan schnupperte. »Kuchen. Zimtschnecken. Du hast heute Geburtstag?«

Anouk nickte.

»Und Mayo ist heute verschwunden?«

Anouk nickte wieder. Sie war zu verwirrt, um Pan noch mal zu korrigieren.

»Wie alt bist du geworden?«

Anouk schluckte. Was hatte das Alter mit allem zu tun? »Dreizehn«, flüsterte sie in der Hoffnung, dass die Antwort irgendetwas besser machen konnte.

Pan aber schlug sich eine seiner behaarten Hände erschrocken vor den Mund. »Dreizehn, verflucht. Das ist übel. Wirklich übel.«

»Warum?«, rief Anouk laut und schlug sich nun selbst eine Hand vor den Mund. Sie musste leiser sein. Wie sollte sie ihren Eltern erklären, was Pan hier tat, wenn sie kamen, um nachzusehen, was hier los war?

Pan sah besorgt aus. »Der dreizehnte Geburtstag also. Nun, es ist so übel, weil er wichtig ist. Der Wunsch heute ist so mächtig wie kaum ein anderer. Weil dieser Geburtstag eben wichtig ist. Mit dreizehn bist du kein Kind mehr. Du trägst ab heute einen beträchtlichen Teil der Verantwortung für das, was du tust. Der Herzenswunsch, den du tilgen willst, ist daher sehr mächtig. Das wird ein hartes Stück Arbeit. Das Spiel, das dir bevorsteht, um den Herzenswunsch gegen den anderen zu tauschen, wird schwer. Sehr schwer. Wenn du dich beweist und es gewinnst, geht der neue Wunsch in Erfüllung und du erhältst Mayo zurück. Verlierst du aber, gilt der erste Wunsch weiter und Mayo bleibt für immer fort. Verstehst du?«

Anouk nickte, auch wenn sie im Grunde überhaupt nichts verstand. »Woher weißt du all diese Dinge?«

»Ich bin schlau«, erwiderte der Schimpanse und tippte sich mit einem seiner dunklen Finger gegen die behaarte Stirn. »Nun sag schon. Wie viele Spielfelder hast du abbekommen? Zwei, oder? Mehr als zwei werden es doch hoffentlich nicht sein.« Er schielte auf das Spiel.

Zur Antwort hielt Anouk vier Finger in die Höhe.

»Vier? Verdammte Sch… Das wird hart. Du musst vier Aufgaben meistern. So viele habe ich noch nie erlebt. Aber na gut, es hilft nichts. In jedem Spielfeld erwartet dich eine Aufgabe. Du spielst gegen jemanden, der dunkler Prinz genannt wird. Ist eine Flasche, glaub mir. Ich kenne ihn. Immerhin mache ich das hier schon eine echt lange Zeit. Es ist doch schon nach 1980, oder?«

»Sogar schon nach 2000«, antwortete Anouk unsicher, was sie von alldem halten sollte.

»Meine Güte«, zischte Pan, und wenn das möglich war, sah er nun sogar noch schlechter gelaunt aus. »Nun, du musst also versuchen, besser als der dunkle Prinz zu sein. In jedem der vier Spielfelder kann etwas gesammelt werden, das dir am Ende hilft. Im Finale, sozusagen. In der Arena. Da trittst du gegen den dunklen Prinzen in einem abschließenden Kampf an, nachdem ihr beide vorher einige Dinge sammelt. Waffen und so. Jeder nimmt etwas mit. Der eine die wirklich tollen Sachen, mit denen man fast unbesiegbar werden kann. Der andere den Rest, der nicht der Rede wert ist. Es wird einfach, wenn du dich vorher gut geschlagen hast. Spielend einfach.« Er lachte wieder. Und fuhr abermals ernst fort, als Anouk ihn bloß entgeistert ansah. »Aber ziemlich schwer, wenn du dich dumm anstellst. So weit dürfte alles klar sein. Fragen?«

Langsam gewann Anouk ihre Fassung zurück. »Ich weiß doch gar nicht, was ich machen muss.« Sie hoffte, dass sie nicht zu verzweifelt klang.

»Dafür bin ich da«, meinte Pan gönnerhaft, ging zum Bett und stellte das Spielbrett auf. »Vier Felder«, murmelte er griesgrämig. »Das wird anstrengend.« Er seufzte. »Aber keine Panik. Ich bin der beste Begleiter, den du dir wünschen kannst. Der dunkle Prinz hat gegen mich noch nie gewonnen. Also entspann dich. Du wirst dein Spiel spielen müssen, wenn du Mayo zurückhaben willst. Und mit mir kannst du gar nicht verlieren. Noch mehr Fragen?«

Tausendundeine, mindestens, dachte Anouk. »Wer bestimmt, dass ich spielen muss? Und wo kommt das Spiel her? Und wer hat es mir geschickt? Und wo ist Maya jetzt?«

Pan sah auf und schnaubte. »Hattest du nicht gesagt, sie

heißt Mayo? Nun, das sind ziemlich viele Fragen. Und ehrlich gesagt finde ich, dass wir langsam anfangen sollten. Mayo … äh, Maya ist hier.« Der Schimpanse deutete auf die Mitte des Spielfelds.

Und zu Anouks grenzenloser Verblüffung erkannte sie dort im Schnittpunkt der vier Spielfelder das Bild ihrer kleinen Schwester. Es war mit einem dunklen Stift aufgemalt worden. Die Linien waren so verblasst, als wären sie vor langer Zeit gezogen worden.

Pan hob den Würfel auf und drückte ihn Anouk in die Hand. »Den Rest können wir klären, während du spielst.«

»Und wo spiele ich?«, fragte Anouk. »Hier?« Gut, es war vielleicht möglich, die völlig abwegige Vorstellung, ihre Schwester sei fortgewünscht worden und durch das Spielen eines Spiels wieder zurückzubekommen, zu ertragen. Auch damit, dass ein rauchender Schimpanse in ihrem Zimmer stand, konnte Anouk vielleicht noch irgendwie umgehen. Aber sie wusste nicht, wie sie das alles ihren Eltern erklären sollte, falls diese die Tür öffneten und …

»Die Zeit ist für uns angehalten. Niemand wird kommen«, sagte Pan, der Anouk die Gedanken scheinbar von der Stirn gelesen hatte, und deutete auf den im Flug erstarrten Vogel, »solange du weg bist.«

»Wieso weg?«, fragte Anouk misstrauisch. Mussten sie mit dem Spiel irgendwohin gehen?

»Weil du das Spiel *in* dem Spiel spielst«, antwortete Pan. Er stellte die Figuren auf. Das spitzohrige Wesen in den Wald, den Riesen zu den Bergen, die Schlange zum Meer und das Kamel in die Wüste. Seine eigene Figur und die des Ritters aber stellte er an den Rand. »Du fehlst«, meinte er knapp und deutete auf die beiden Figuren, die er zuletzt platziert hatte.

Anouk starrte ihn an. Und verstand. Sie erinnerte sich an einen Film, in dem Kinder einmal in ein Spiel geraten waren. Aber das … das … »Ich soll da rein?«

Pan rollte wieder mit den Augen. »Wieso behauptet ihr Menschen eigentlich immer, ihr wärt die Krone der Schöpfung, wenn ihr doch so begriffsstutzig seid? Natürlich musst du da rein. Mayo ist dort. Ich bin dort. Der dunkle Prinz ist dort. Und da das Spiel dort *Anouks Spiel* heißt … Hallo?« Er sah sie vielsagend an.

»Aber ich kenne die Regeln doch gar nicht«, meinte Anouk kleinlaut. Sie war zu verblüfft, um sich zu sorgen.

»Aber ich«, erwiderte Pan. »Jetzt mach endlich deinen ersten Zug. Würfele, damit das Spiel beginnt.«

Anouk zögerte. Abgesehen davon, dass dies alles komplett irre war, hatte sie Angst, sich auf das Spiel einzulassen. Vielleicht konnte ihr dort etwas geschehen? Hin- und hergerissen zwischen dem Drang, ihre Schwester zu retten, und der Furcht vor dem, was sie erwartete, blickte sie auf den Würfel.

Pan bemerkte ihr Zögern. Und zog einen angelaufenen Taschenspiegel aus einer Tasche seines Anzugs. »Da ist noch etwas«, meinte er mit seiner rauen Stimme. »Wenn du nicht spielst, nun … wird dein Wunsch in dir nachwirken. Er verändert dich, verstehst du?«

Anouk schüttelte den Kopf. Pans ernster Blick machte ihr fast mehr Angst als das Spiel vor ihr.

»Es geht um dein Herz«, erklärte der Schimpanse. »Noch ist es voll Mitgefühl, auch wenn der Wunsch es nicht war. Aber mit der Zeit wird er wie ein Gift wirken, wenn wir ihn nicht ersetzen. Deine dunkle Seite wird siegen und dein Herz versteinern. Sieh!« Pan hielt ihr den Spiegel vor die sommersprossige Nase.

Und Anouk erschrak. Sie erblickte sich selbst, doch es war nicht ihr Spiegelbild, das sie erkannte. Nicht direkt. Diese Anouk dort war wenigstens sechzehn. Die Augen waren hart. Der Blick eingebildet und kühl und hochnäsig. *Ich bin etwas Besseres als du*, schien das Mädchen im Spiegel zu sagen. Anouk schauderte es, sich so zu sehen.

»So wirst du werden, wenn du den Wunsch nicht tilgst. Ihn wirken lässt. Du. Musst. Spielen.« Er betonte jedes Wort.

Anouk wollte noch etwas sagen, doch dann schluckte sie alle Erwiderungen hinunter. Sie musste Maya retten. Sonst würde ihre Schwester auf ewig dort in dem Spiel bleiben. Und sie wollte nicht diese Anouk dort werden. Niemals. Sie schloss die Augen und warf den Würfel so rasch, als könnte sie sich die Finger an ihm verbrennen.

Pan entfuhr ein Raunen, als der Würfel mit einem Klacken auf dem Boden landete. »Gut gemacht. Ein hübscher Ort.«

DER ERSTE ZUG

Als Anouk die Augen wieder öffnete, sah sie gerade noch, wie Pan den Würfel einsteckte, während auf ihrem Bett Gras spross. Binnen weniger Augenblicke waren Kissen und Decke schon nicht mehr darunter zu erkennen und ihr Bett sah aus wie eine kleine Erhebung. Daneben schossen Bäume aus dem Holzboden in die Luft, rissen das Dach des kleinen Hauses mit der Treppe und dem Garten laut krachend auf und entfalteten ihre mächtigen Kronen, als wollten sie sich strecken. Sie waren unfassbar groß. Noch nie hatte Anouk solch gewaltige Stämme gesehen. Auch das Gras wurde geradezu riesig. Schlingpflanzen reckten sich die Wände empor, schienen tastend mal hierhin, mal dorthin zu wachsen, und drückten dann die Mauern des Hauses so spielend leicht ein, als wären diese aus Pappe. Grün und rot leuchtende Pilze trieben auf Anouks Kleiderschrank aus, der längst wie das ganze Bett von Gras überwuchert war. Anouk konnte ihnen beim Wachsen zusehen. Sie reichten immer höher, bis sie so groß wie Anouk waren. Alles hier war ... gigantisch.

»Der Wald«, wisperte sie beinahe sprachlos vor Verblüffung. Das alles hier war so unglaublich. Glaub es dennoch, sagte sich Anouk und versuchte ihr vor Aufregung wild schlagendes Herz zu beruhigen.

»Sehr scharfsinnig«, kommentierte Pan. »Die Krone der Schöpfung, fürwahr.«

»Aber weshalb ist hier alles so …«

»Groß?«, beendete er ihre Frage. »Weil du noch ganz am Anfang deines Spiels stehst. Das klärt sich gleich alles auf.«

Anouk starrte ihn verwirrt an. Er trug nun nicht mehr den Anzug, sondern … War gerade Karneval? »Robin Hood?«, fragte sie.

Pan wirkte einigermaßen unglücklich in den grünen Sachen mit dem spitzen Hut und der Feder auf dem Kopf. »Ich weiß auch nicht, was das immer soll. Der Regelmacher packt mich in jeder Spielwelt in ein Kostüm, das aus seiner Sicht dorthin passt. Erzähl bloß keinem davon.«

Wozu auch, dachte Anouk bei sich. Man konnte es ja deutlich sehen. Sie nickte beiläufig und atmete tief durch. Gut, dass sie ihre Jeans, den Pullover und ihre Turnschuhe hatte behalten können.

»So«, meinte Pan übellaunig. »Also fangen wir an zu spielen.«

»Warum eigentlich ein Affe?«, fragte Anouk und hatte in dem Moment, in dem die Frage ihren Mund verlassen hatte, Angst, sie könnte Pan mit ihr beleidigen.

In der Tat sah er sie streng an. »Affe? Ich bin nicht bloß ein Affe. Ich bin ein Schimpanse. Die wahre Krone der Schöpfung. Eine Hochleistungsmaschine. Schlau, ach was, genial. Mit einem Körper, für den es keine Grenzen gibt. Ich bin gewitzt, gefährlich, gerissen.«

Geschwätzig, dachte Anouk bei sich, doch sie sagte nichts.

»Ganz einfach überragend.« Pan wirkte sehr zufrieden mit sich. »Du brauchst eben jemanden mit Mut und ... Klasse. Wer bitte außer mir sollte das sein, hm?« Er grinste Anouk überheblich an. Die schlechte Laune war zumindest für den Moment verschwunden. »Es gibt natürlich auch andere Begleiter durch das Spiel. Zum Beispiel eine sehr nervige und vorlaute Schildkröte. Testudina. Glaub mir, ihre Spiele dauern eine Ewigkeit. Und sie ist wahnsinnig eingebildet.« Er setzte einen erhabenen Gesichtsausdruck auf. »Eile mit Weile, junger Schimpanse«, sagte er mit verstellter Stimme. »Eile hat noch nie ans Ziel geführt.« Pan schüttelte sich. »Furchtbar. Und am Ende wird auch noch sie das beste Spiel abliefern und den Pokal des Regelmachers gewinnen.«

Anouk starrte Pan nur verständnislos an, doch der plapperte einfach weiter.

»Nun, sieh einmal dort.« Er deutete an den Rand des Weges. »Da erfahren wir auch schon, was du zu tun hast.« Er zeigte auf einen Stein, groß wie ein Tisch. Darauf stand zu Anouks Überraschung das Spiel. Weder konnte sie sich erklären, wie es hierhergekommen war, noch wer es aufgebaut hatte. Sie erkannte die Figur mit den spitzen Ohren. Alle anderen waren verschwunden.

»Na los, sag schon, was zu tun ist«, sagte Pan.

Und als wäre der plötzlich gewachsene Wald selbst nicht schon unglaublich genug, verbeugte sich die hölzerne Figur auf einmal und begann zu sprechen. »In diesem ersten Abschnitt des Spiels sind die Kontrahenten so groß wie Mäuse.«

»Offensichtlich«, kommentierte Anouk, was ihr einen missbilligenden Blick des Schimpansen einbrachte.

»In der ersten Runde des Spiels kämpft der Spieler gegen die Feindschaft«, fuhr die Figur fort. »Nur wenn er seinen Weg ins Herz des Waldes findet, über sich hinauswächst und sich als mitfühlend erweist, erhält er das Schwert, das schärfer ist als alle anderen Klingen.« Damit verstummte die Figur und wurde wieder völlig leblos.

»Muss ich etwa jemanden erstechen?«, fragte Anouk voll plötzlicher Furcht. Sie konnte doch niemanden verletzen.

»Nicht, wenn du es nicht willst«, erwiderte Pan. »Aber einen Kampf wirst du am Ende des Spiels nun einmal bestreiten müssen. Jetzt guck nicht so entsetzt. Keiner muss sterben. Nur von den Füßen geholt werden. Dennoch ist es besser, du hast die Waffe, die schärfer als alle anderen ist, und nicht der dunkle Prinz.« Pan sah Anouk prüfend an. »Alles klar so weit?«

Anouk schüttelte den Kopf.

»Bestens«, meinte Pan. »Dann sollten wir uns mal auf den Weg machen.«

»Wohin?«, fragte Anouk. »Wo ist dieses Herz des Waldes?« Um sie herum erkannte sie bloß Gras. Ein richtiges Grasmeer. Sie machte ein paar vorsichtige Schritte hinein und lugte zwischen den eng stehenden Halmen hindurch. Sie stellte mit einiger Mühe fest, dass sie auf einer Art Hügel stand. Nicht sehr verwunderlich, da ihr Zimmer doch im ersten Stock lag. Vor sich aber erkannte sie nicht den Garten, der eigentlich dort hätte sein müssen. Stattdessen erstreckte sich in einiger Entfernung ein verwunschener, riesenhafter Wald, aus dem das Singen Tausender und Abertausender Vögel zu ihr drang. Bei aller Angst um Maya erwachte etwas in Anouk. Eine nie gekannte Abenteuerlust.

»Nun, ich war schon mal hier«, erwiderte Pan. »Aber nicht bei den Wipflingen. Ist das erste Mal, dass der Regelmacher mich zu ihnen schickt. Und ich musste auch nie ins Herz des Waldes. Doch es gibt immer ein erstes Mal, wie ich stets sage. Schätze, wir müssen zuerst zu ihnen. War nicht schwer für mich, darauf zu kommen.« Er tippte sich gegen die Stirn. »Hochleistungsmaschine.«

Ehe Anouk fragen konnte, was nun wieder ein Wipfling war, sprach er einfach weiter. »Mir nach. Ich kenne jeden verdammten Weg zwischen den verfluchten Bäumen. Das wird ein Kinderspiel.«

»Verflixt«, zischte der Schimpanse nach einer ganzen Weile. »Wir haben uns verlaufen.« Er blieb ächzend an einem Stein stehen und lehnte sich gegen ihn.

»Ich dachte, du kennst jeden verdammten Weg …«, begann Anouk, doch ein beleidigtes Schnauben von Pan ließ sie verstummen.

»Zwischen den Bäumen«, entgegnete er. »Nicht im Gras. Hier sieht ja auch alles gleich aus. Und außerdem ist überhaupt nichts so wie sonst. Offenbar macht man sich über mich lustig.«

»Vielleicht sollten wir jemanden fragen«, schlug Anouk vor.

»Ach, und wen?«, erwiderte Pan. Er blickte missmutig umher.

Anouk beschloss, besser nichts mehr zu sagen. Vielleicht erinnerte sich Pan ja an den richtigen Weg, wenn sie ihn in Ruhe ließ. Das funktionierte zumindest meistens bei ihrem Vater, wenn er zu stolz war, beim Fahren das Navigationsgerät einzuschalten, und nicht mehr sicher war, in welche Richtung er abbiegen sollte.

Über ihnen fuhr der Wind raunend durch das Gras, das links und rechts wie eine dichte Hecke wuchs. Pan hatte sie auf einen unebenen Weg geführt, der sich durch das Grasmeer schlängelte und gelegentlich verzweigte. Von der Stelle aus, an der sie nun standen, führten gleich drei Pfade in verschiedene Richtungen. Anouk stellte sich versuchsweise auf den Stein. Doch außer den Halmen, die sie überragten, war für sie nichts zu erkennen. Nicht einmal die Kronen der Riesenbäume waren irgendwo auszumachen.

»Du bist zu klein«, hörte sie einen Chor heller Stimmen, die in ein albernes Kichern ausbrachen. Verblüfft trat Anouk wieder von dem Stein herab. »Was …«

»Das Gras«, brummte Pan, zog sich die Mütze vom Kopf und wedelte sich damit etwas Luft zu. »Hör bloß nicht auf die Halme. Sie machen sich einen Heidenspaß daraus, dich in die Irre zu führen, und lassen sich dann ewig bitten, dir den richtigen Weg zu verraten.«

»Das Gras?« Anouk traute ihren Ohren nicht. »Es kann sprechen?«

»Natürlich«, ertönte es aus dem Grasmeer. »Warum sollten wir nicht sprechen dürfen?«

»Lass dich nicht auf eine Unterhaltung mit ihnen ein. Sie sind fast noch lästiger als die Mücken in dem Sumpf am Waldrand.«

Ein Zittern durchlief das Gras, ohne dass dabei ein Windhauch zu spüren gewesen wäre. »Wir würden dich allzu gerne zu den Mücken schicken. Aber die Spielerin würden wir noch viel lieber auf den rechten Weg führen. Auf dem Pfad, den du gewählt hast, würdest du im Übrigen geradewegs zu den Flussratten marschieren, kleiner unverschämter Affe. Viel besser wäre es doch, hier entlangzugehen.« An einem der drei Wege bog sich das Gras zu beiden Seiten fort.

»Na, siehst du?«, meinte Anouk. »Man fragt doch immer besser nach dem Weg.«

»Wir werden uns verirren«, behauptete Pan düster. Und ehe er Anouk auf den vorgeschlagenen Weg folgte, wandte er sich noch einmal zu den Grashalmen, die gesprochen hatten. »Und es heißt *Schimpanse*, wenn ich bitten darf.« Er seufzte. »Wir werden immer tiefer und tiefer ...« Er stockte, als sich schon nach wenigen Schritten das Grasmeer unvermittelt lichtete. Zumindest wirkte es auf den ersten Blick so. Dann aber bemerkte Anouk, dass die Halme nur platt getreten waren. Etwas wirklich Großes und Schweres musste hier vorbeimarschiert sein. Sie kam nicht dazu, sich Gedanken darüber zu machen, was für ein Wesen dies gewesen sein konnte. Über die niedergetrampelten Halme hinweg waren deutlich die Ausläufer des Waldes zu erkennen.

Pans Stimmung hob sich augenblicklich. »Siehst du«, bemerkte er selbstzufrieden. »Ich habe doch gesagt, dass ich jeden Weg hier kenne.«

Anouk lag die Erwiderung bereits auf der Zunge, doch dann beschloss sie, die Worte lieber herunterzuschlucken und einfach weiterzugehen.

Das Laufen in den riesenhaften Spuren war zwar immer noch einigermaßen mühsam, doch sie kamen gut voran.

»Wer ist hier langgekommen?«, fragte Anouk nach einer Weile. Sie hatte nun einige Zeit gehabt, darüber nachzudenken. Ganz wohl war ihr nicht. Vermutlich waren die meisten Bewohner dieses Waldes größer als Pan und sie. Sie konnte sich aber kaum vorstellen, welches Geschöpf diese Spuren hinterlassen haben sollte.

»Keine Ahnung«, erwiderte Pan. »Aber es waren in jedem Fall viele von ihnen. Sieh nur, dies sind keine einzelnen Fußabdrücke. Das ganze Gras ist bis zu den Bäumen platt getreten. Kein Halm steht mehr. Wir sollten froh sein, dass sie weg sind, wer immer sie waren. Ich hatte doch erwähnt, dass dieses Spiel auch gefährlich sein kann, oder?«

Anouk hob die Augenbrauen. »Nein, das hattest du nicht«,

meinte sie vorwurfsvoll. Sofort schaute sie sich misstrauisch um.

»Ach, du hast vermutlich nicht richtig zugehört.« Der Schimpanse winkte ab. »Nun, wenn man so klein wie eine Maus ist, sollte man keiner Katze über den Weg laufen, wenn du verstehst, was ich meine.«

»Ich kann gefressen werden?«, entfuhr es Anouk. Hatten sie im Biologieunterricht nicht einmal den Wald und seine Bewohner durchgenommen? Sie erinnerte sich vage an Bären, Füchse, ein paar Vögel. Wer hatte wohl am meisten Appetit auf eine Dreizehnjährige in Mäusegröße?

»Ich auch, wenn es dich interessiert«, bemerkte Pan. »Aber keine Angst. Du hast mich an deiner Seite. Und ich bin sozusagen in der Wildnis groß geworden.«

Anouk blickte den geschrumpften Schimpansen im Robin-Hood-Kostüm an, öffnete den Mund und verkniff sich die Erwiderung.

»Ich habe die Augen eines Luchses und die Instinkte …« Sein Satz endete unvermittelt in einem aufgeregten Schrei, als ein Grashüpfer, der Anouk beinahe bis zur Hüfte reichte, mit einem kraftvollen Satz über sie hinwegsprang.

Anouk konnte ein kurzes Lachen nicht unterdrücken. Es vertrieb die plötzliche Angst, Maya zu verlieren, ebenso wie die Angst, gefressen zu werden, zwar ein wenig, brachte ihr aber auch einen beleidigten Blick von Pan ein. Fortan folgte der Schimpanse dem Weg aus niedergetrampelten Grashalmen leise vor sich hin grummelnd.

Da er dabei eingeschnappt zu Boden schaute, blickte sich Anouk immer wieder um, damit sie von keinem Tier überrascht wurden, das sie als Mittagessen ins Auge fassen könnte. Doch sie wurde zunehmend von den gewaltigen Bäumen abgelenkt, die sich vor ihr in den Himmel streckten. Dann erreichten sie endlich die Ausläufer des Waldes, und Anouk war einen Moment lang sprachlos. Die Bäume schienen ihr endlos hoch. Das Blätterdach spannte sich so weit über Anouks Kopf, dass sie den Himmel nur als blaue Sprenkel hinter dichtem Grün wahrnahm. Die Sonne, die zwischen den Blättern einen Weg hinab fand, malte ein helles Muster auf den Boden. Anouk hörte den Wind mit einem leisen Rauschen durch den Wald streichen. Sie lauschte wie verzaubert den Stimmen der Vögel. Wenn sie sich anstrengte, konnte sie zu ihrer Verblüffung in dem Gezwitscher Worte ausmachen. So viele, dass sie keinen Sinn in allem zu erkennen vermochte. Dutzende, vielleicht Hunderte Unterhaltungen und Lieder. Und dann waren da die Stimmen der Bäume. Tief und so gemächlich, dass sich die Sätze beinahe unverständlich weit dehnten. Der ganze Wald war von Leben erfüllt. Für einen Augenblick vergaß Anouk alle Sorgen um Maya oder sich selbst. Was sie sah und was sie hörte, war einfach zu atemberaubend.

»Komm«, trieb Pan sie an. »Keine Zeit zu trödeln.« Er marschierte los, einem Weg folgend, den Anouk nicht erkennen konnte. »Der dunkle Prinz ist eine Flasche, aber wir sollten ihm dennoch keine Chance geben, als Erster im Herzen des Waldes anzukommen.«

»Ist er auch hier?«, fragte Anouk, während über ihr zwei Eichhörnchen lauthals miteinander um eine Nuss stritten.

»Er betritt die Spielwelt an einer anderen Stelle«, erklärte Pan. Er spazierte so lässig vor Anouk her, als gehörte ihm der ganze Wald. »Ist immer dasselbe. Und doch jedes Mal anders. Klein sind alle Spieler am Anfang. Und in der ersten Welt müssen sie immer einen Trank finden, der sie wachsen lässt.« Er sprach so gelangweilt, als sei dies hier eine besonders öde Mathestunde. »Die Sache mit dem Herzen des Waldes aber ist neu. Meistens versteckt der Regelmacher den Trank in einem verwunschenen Brunnen im Wald. Und wo der Trank ist, findet man auch das Schwert. Keine große Herausforderung. Aber eine sehr unangenehme. Denn in dem Brunnen hockt eine hässliche, von Warzen übersäte Kröte. Der alte Knabe hat eine Vorliebe für Märchen, musst du wissen. Ein paarmal hat er hier sogar das Haus einer Hexe reingeschrieben und den Trank in ihrer Küche verborgen. Sehr gemein.«

»Wer ist der Regelmacher eigentlich?«, wollte Anouk wissen. Über ihnen wiegten sich die weit entfernten Blätter der Bäume im Wind, und auf einer nahen Lichtung tanzten ein paar faustgroße Fliegen über einem Kreis aus leuchtend roten Pilzen, wobei sie ein Lied sangen. »Du hast ihn schon so oft erwähnt.«

»Na ja, er leitet eben das Spiel«, beantwortete Pan die Frage. »Steckt meistens irgendwo, wo man ihn nicht sieht, und passt auf, dass alles ordentlich verläuft.« Er schlug nach einer der Fliegen, die mit lautem Gebrumm von den Pilzen her auf sie zugeflogen kamen. »Und komm jetzt bloß nicht mit der Frage, wer das Spiel gemacht hat. Das weiß ich selbst nicht. Wahrscheinlich weißt du auch nicht, wer die Welt erschaffen hat. Also mit Sicherheit, oder? Und außerdem ...« Pan stockte mit einem Mal.

Verwirrt folgte Anouk seinem Blick. Und erkannte zwischen zwei kürzeren Bäumen etwas Dunkles in den Blättern hängen. Eine riesenhafte schwarze Stoffplane.

Anouk legte den Kopf schief, als sie betrachtete, was sie da entdeckt hatten. Ein weißer grinsender Totenkopf war darauf gemalt. »Eine Piratenflagge?«

Pan war offenbar zu verblüfft, um zu antworten. Wortlos starrte er die Fahne an.

»Vielleicht gehört sie auch in ein Märchen«, versuchte es Anouk, während sie in Gedanken die Geschichten durchging, die sie kannte.

Der Schimpanse aber schüttelte den Kopf. »Nein, das ist eine Piratenflagge. Und die Piraten sollten eigentlich in einer anderen Spielwelt auftauchen«, sagte er mit rauer Stimme. »Im Meer, um genau zu sein.« Er sah sich um, als könnte er zwischen den Bäumen das zu der Fahne gehörende Schiff ausmachen. Doch da waren nur Stämme und Blätter und Tiere, die gelegentlich schattenhaft durch den Wald strichen. »Das gefällt mir nicht. Nun, wir werden eh nicht lange hier sein. Wir müssen nur dieses verfluchte Waldherz finden. Ein Kinderspiel.«

Anouk war zwar nicht der Ansicht, dass dies ein Kinderspiel war, doch sie erwiderte nichts. »Der Wald ist ziemlich groß«, bemerkte sie, während sie weitergingen. Wälder waren ihr schon riesig vorgekommen, wenn sie mit ihren Eltern in ihnen spazieren gegangen war. Doch angesichts ihrer geringen Größe war dieser hier wohl beinahe endlos. »Und wenn du nicht weißt, wo das Herz des Waldes ist«, sie bemerkte Pans missbilligenden Blick, »oder dich der Wald arglistig täuschen will«, schob sie schnell hinterher, »sollten wir vielleicht jemanden fragen?« Anouk konnte erkennen, wie Pan mit sich rang. Es schien seine Ehre zu verletzen, jemanden um Hilfe bitten zu müssen. »Ich meine, vor allem, wenn hier eine Flagge hängt, die eigentlich in eine andere Spielwelt gehört«, fuhr sie fort. »Vielleicht gibt es jemanden, der mehr weiß als du. Ich meine natürlich, der eine einzige Sache weiß, die dir nicht bekannt ist, so unglaublich das auch wäre.«

Das schien Pan zu überzeugen. Er nickte unmerklich und knetete sich mit den Fingern die Unterlippe. »Du bist gar nicht mal so dumm«, sagte er, was Anouk angesichts der Umstände beinahe für so etwas wie ein Kompliment hielt.

»Die große Eule«, murmelte er. »Wenn etwas nicht stimmt, sollte sie wissen, weshalb. Ziemlich weise, aber auch brandgefährlich. Zumindest, wenn man so klein ist wie du.«

Und du, fügte Anouk in Gedanken hinzu.

»Vielleicht sollten wir lieber versuchen, einen Mittelsmann zu schicken? Ja, das wäre besser. Damit du nicht in Gefahr gerätst.«

Und du, fügte Anouk erneut in Gedanken hinzu.

»Wir müssen uns jemanden suchen, der für uns eine Botschaft zu den Eulen trägt. Mal sehen, die Schlangen? Nein, zu verschlagen. Mäuse? Auch nicht. Die werden gefressen, ehe sie auch nur gequiekt haben. Aber keine Angst, wir finden jemanden. Und wenn alles klappt, wird die alte Strix geneigt sein, uns zuzuhören und nicht zu fressen. Dann kann ich mich mit ihr austauschen. Ein Gespräch unter zwei Weisen.«

»Und wohin müssen wir dann gehen, um sie zu finden?« Anouk blickte sich um und beschloss, Pans Prahlerei einfach wortlos hinzunehmen.

Pan legte einen seiner dunklen Finger an ihr Kinn und schob es ein wenig in die Höhe. »Die Eulen dieses Waldes fliegen hoch«, raunte er. »Sehr hoch sogar.«

AN DER FALSCHEN STELLE

Anouk starrte in die Baumwipfel. Über das Raunen der riesenhaften Pflanzen in ihrer behäbigen Sprache hinweg glaubte sie noch andere Stimmen zu hören, wenn sie sich nur fest genug konzentrierte.

Waren das die Eulen?

»Keine Angst«, meinte Pan, »wir müssen ja wie gesagt nicht raufklettern. Komm, komm. Wir suchen jemanden, der ihnen unsere Botschaft überbringt.«

Der Schimpanse lotste Anouk an den Baumriesen entlang tiefer und tiefer in den Wald hinein. Dieser Ort war in der Tat ganz und gar von Leben und Worten erfüllt. Anouk sah sich auf ihrem Weg nach allen Seiten um und versuchte den zahllosen leisen Stimmen, die sie hörte, Tiere zuzuordnen. Doch abgesehen von ein paar faustgroßen Fliegen, die sich einen besonderen Spaß daraus zu machen schienen, Pan zu ärgern, indem sie ihm ständig über den Kopf flogen, schienen sie allein zu sein.

»Du hast nicht den richtigen Blick dafür«, erklärte ihr Pan, als sie ihn darauf ansprach. Verärgert schlug er nach einem besonders hartnäckigen Insekt. Sie passierten eine Lichtung voll von Blumen, die Anouk allesamt überragten und ihre leuchtend bunten Köpfe in den Himmel reckten. »Die Tiere verbergen sich im Wald und deine Augen sind es im Gegensatz zu meinen nicht gewohnt, sie zu finden.«

Nun, Anouk beschloss an dieser Stelle nicht extra darauf hinzuweisen, dass der extrem große Grashüpfer Pan vor nicht allzu langer Zeit einen ziemlichen Schrecken eingejagt hatte. Sie wollte ihn stattdessen gerade nach dem dunklen Prinzen fragen, da durchfuhr sie ein plötzlicher Schmerz. Von einem zum anderen Moment sank sie kraftlos auf die Knie. Es schien, als hätte ihr jemand eine Klinge ins Herz getrieben. Das Atmen fiel ihr so schwer, dass sie wie ein Fisch an Land nach Luft rang. Punkte tanzten vor ihren Augen und Pans Rufe hörte sie kaum über das laute Rauschen in ihren Ohren hinweg.

Sie fühlte, wie sie gepackt und hochgezogen wurde. Nur verschwommen erkannte sie das dunkle Gesicht des Schimpansen mit dem Robin-Hood-Hut auf dem Kopf. Ihr Herz raste, als wollte es vor etwas davonlaufen. Dann aber verflog der Schmerz so plötzlich, wie er gekommen war, und ihr Blick klarte sich wieder auf.

»Was …?« Ihre Zunge fühlte sich an, als wäre ein Pelz darauf gewachsen.

»Verdammt, so früh schon«, raunte Pan und sah sie besorgt an. »Und so heftig. Das hat wehgetan, nicht?«

Anouk nickte. Zu mehr war sie nicht in der Lage.

»Dein Herz. Es versteinert.« Pan ließ sie versuchsweise los. Anouk schwankte, aber sie hielt sich auf den Beinen.

»Doch es ist ungewöhnlich, dass es so früh geschieht. Ehrlich gesagt, ist das erst einmal einem Menschen passiert, mit dem ich gespielt habe. Und zwar erst kurz vor dem Ende. Du aber hast gerade erst begonnen.«

Anouk bekam kaum mit, was Pan da erzählte. Nur eines behielt sie in ihrem Kopf, in dem sich alles drehte. Ihr Herz versteinerte.

»Du musst dich noch mehr eilen, sonst wirst du zu deinem grässlichen Spiegelbild und Mayo ist verloren.«

Sie hatte nicht mal Kraft, Pan zu verbessern. »Ich muss etwas trinken«, wisperte sie. Angst stieg in ihr empor wie Wasser in einem dunklen Brunnen. Angst, dass Pans furchtbare Worte zur Wahrheit werden könnten. In Gedanken sah sie das Bild ihres hartherzigen Ichs. Denk nicht daran, sagte sie sich und zwang sich, an Maya zu denken. Anouk hatte eine Aufgabe zu erfüllen.

»Kein Problem«, sagte Pan unerwartet hilfsbereit. Ihr Anfall hatte zumindest für den Augenblick eine fürsorgliche Seite an ihm hervorgebracht, bemerkte Anouk trotz ihres Schocks. »Ich finde einen Fluss oder einen Bach oder …«

»Kein Fluss. Kein Bach.« Ein paar helle Stimmen, die ein wenig wie die des Grasmeeres klangen. Ein Blick auf das sich wiegende Blumenfeld zeigte Anouk, wer da gesprochen hatte. »Aber ein Brunnen.« Die Blumen bogen sich wie schon zuvor die Grashalme voneinander fort. »Frisches Wasser für die Spielerin. Nicht weit.«

»Komm, das wird reichen«, sagte Pan und legte Anouks Arm um seinen Nacken. Da er kleiner war als sie, konnte er sie zwar nicht richtig stützen, aber die Geste entlockte ihr über den Schmerz hinweg ein Lächeln.

Ihr Herz schlug nun wieder regelmäßig, doch es brauchte eine Weile, bis Anouk sich sicher genug fühlte, ganz ohne Hilfe zu gehen. Das Bild ihres hartherzigen Ichs aber bekam sie nicht aus dem Kopf, gleich wie sehr sie sich auch anstrengte.

Der Brunnen war tatsächlich nicht weit entfernt. Sie fanden ihn umringt von weiteren Blumen im Schatten einiger hoher Tannen, durch deren Kronen nur wenig Sonnenlicht brach. Es schien genau auf dessen Rand, als wollte es Anouk den rechten Weg weisen. Sie fühlte sich schon fast wieder gut, doch der Schock über den Schmerz und der Durst waren geblieben.

Der Brunnen war, wie nicht anders zu erwarten, riesig. Er bestand aus groben, grauen Steinen. An einer Seite wucherte Moos so dicht auf ihm, als hätte er sich dort einen grünen Mantel umgelegt. An einer rostigen Kurbel hing eine Kette herab.

»Sonst ist hier immer der Trank versteckt. Du weißt schon, die Kröte und so.« Pan lief eilig auf den Brunnen zu, kletterte behände die für den kleinen Schimpansen ziemlich hohe gemauerte Wand empor, bis er ihren Rand erreichte, und begann ächzend zu drehen. Er musste sich immer wieder mit seinem ganzen Gewicht an die Kurbel hängen, um sie zu bewegen. »Ein Schluck wird dich erfrischen«, brachte er keuchend hervor. »Und dann kümmern wir uns um einen Boten und die Eule und den dunklen Prinzen und Mayo.« Er lächelte ihr aufmunternd zu, als langsam ein großer Eimer an der eisernen Kette ans Licht kam. Pan hakte die Kurbel ein, sprang an dem Eimer empor (wobei er sich waghalsig wie ein Zirkusartist auf dessen Rand stellte) und formte mit den Händen einen Trichter, mit dem er das Wasser schöpfte. »So«, sagte er, »und nun ...« Seine nächsten Worte gingen in einem Schrei unter, mit dem er rücklings vom Eimerrand fiel.

Anouk war wie versteinert. Sie konnte keinen Grund für Pans Schreck erkennen. Der Sturz des Affen wurde von den Blumen abgefedert (die ihm daraufhin einige unhöfliche Verwünschungen entgegenschrien). Er lag auf dem Rücken und starrte mit weit aufgerissenen Augen auf den Brunnen.

Du musst ihm helfen, sagte sich Anouk. Und auch wenn ihr selbst mehr als mulmig zumute war, zwang sie ihre Beine wieder unter ihre Kontrolle und lief auf Pan zu. Neben ihm fiel sie zwischen die Blumen, wobei sie ein, zwei verknickte. Nur am Rande nahm Anouk deren empörte Beschwerden über ihr rüpelhaftes Verhalten wahr. »Geht es dir gut?«, fragte sie aufrichtig besorgt.

Pan konnte nur nicken. Mit einem zitternden Finger deutete er auf den Brunnen. »Da ... da ...«, er schluckte hart und setzte noch einmal an, »da ... da ...«

»... ist etwas?«, riet Anouk.

Wieder nickte Pan.

»Warte, ich sehe nach.« Noch während sich Anouk erhob, fragte sie sich, ob es klug war, in dieser unbekannten Welt in einen geheimnisvollen Brunnen zu blicken. Wenn Pan schon so geschockt von dem war, was er gesehen hatte, wie sollte es da erst ihr gehen? Die Blumen beschwerten sich noch immer, doch einige rieten Anouk auch zur Vorsicht und eine angriffslustige Distel mit besonders langen Stacheln, für Anouk groß wie ein Schwert, bot sich ihr als Waffe an. »Pflück mich und schlag mich dem orientalischen Unhold ins Gesicht, damit er brennende Striemen bekommt.«

»Wenn sie dich pflückt, bist du tot, du dämliches Unkraut«, erwiderte ein Farn, der am Rand des Brunnens seine fächerförmigen Blätter ausgebreitet hatte.

Orientalischer Unhold? Während die Pflanzen stritten, näherte sich Anouk vorsichtig dem Brunnen. Was um alles in der Welt war ein orientalischer Unhold? Geschickt kletterte sie an der schartigen Mauer empor, bis sie den Rand erreichte, und lugte hinein. Vielleicht, dachte sie, hätten Pan und sie doch besser weglaufen sollen. Aber ihr Durst war fast unerträglich.

»Guten Morgen«, ertönte eine tiefe Stimme.

Anouk wäre fast wie Pan zuvor erschrocken zurückgestolpert, doch sie mahnte sich zur Ruhe. Oder zur Dummheit, schoss es ihr durch den Kopf. In jedem Fall blieb sie an Ort und Stelle.

»Pass auf!«, rief Pan aufgeregt von unten.

»Nimm die dusselige Distel!«, rieten ihr einige Blumen.

Anouk ignorierte die Rufe und räusperte sich. »Guten Morgen«, erwiderte sie unsicher. »Wer sind Sie?« Oh, das war verrückt. Sie sprach mit … wem eigentlich?

Anouk kniff die Augen zusammen, bis sie eine nebelhafte Gestalt in dem dunklen Brunnenloch zu erkennen glaubte. »Bist du ein verwunschener Prinz?« Sie dachte unwillkürlich an das Märchen vom Froschkönig. Auch wenn das Wesen da unten offenbar weder eine Kröte noch ein Frosch war. Aber immerhin hatte es dort auch einen Brunnen gegeben.

»Himmel«, ächzte der Farn. »Und ich dachte schon, die Distel wäre hier das dümmste Kraut.«

»Also bitte«, entfuhr es Anouk. »Ich will nur helfen.«

»Helfen?«, tönte es aus dem Brunnen. »Mir kann keiner helfen.«

»Haben Sie sich verletzt?«, fragte Anouk. Vielleicht war da ein Mensch hineingestürzt und benötigte Hilfe.

»Schlimmer«, erwiderte die Stimme. Und dann schoss der Nebel aus dem Brunnen.

Nun stolperte Anouk doch zurück, fiel über den Rand und landete auf ein paar Blumen, die sich lauthals darüber beschwerten. Sprachlos starrte sie auf das, was da aus dem Brunnen gekommen war.

Der Nebel war silbergrau und gebar, kaum dass er dem dunklen Brunnen entstiegen war, einen haarlosen Männerkopf. Nun, völlig kahl war er nicht. Ein Zopf wuchs ihm ganz hinten aus dem Schädel. Der Kopf beherbergte einen großen Mund mit spitzen Zähnen und zwei mandelförmige Augen, die reichlich verheult aussahen. Die gewaltige Gestalt reckte sich in den Himmel, bis sie fast gegen die Wolken stieß. Aus dem Nebel drückten sich zwei Arme, dann zwei

Beine (von denen eines im Brunnen steckte) und zuletzt erkannte Anouk auch den Rest des Körpers. Ein arabisch aussehender Mann, der in ein silbergraues, altertümliches Gewand gehüllt war. Der orientalische Unhold, schoss es ihr durch den Kopf.

»Es ist noch viel, viel schlimmer«, klagte die Gestalt mit donnernder Stimme. »Mir ist schrecklich langweilig.«

»Du hier? Also das gibt es ja wohl nicht.« Pan klang auf einmal gar nicht mehr ängstlich, sondern vielmehr verärgert.

»Wer sind Sie?«, fragte Anouk (nun zum zweiten Mal).

»Ein Dschinn«, antworteten die Gestalt und Pan zur selben Zeit.

Ein Dschinn? Anouk hatte schon von ihnen gehört. In Geschichten. Tausendundeine Nacht. Flaschengeister. Märchenfiguren. Erfüllten drei Wünsche. Waren sie auch gefährlich? Sie wusste es nicht mehr.

»Genauer gesagt, *der* Dschinn«, sagte die Gestalt mit belegter Stimme.

»Du hast hier nichts zu suchen«, zischte Pan, der nun offenbar vollends die Fassung zurückgewonnen hatte und sich erhob. »Du bist an der falschen Stelle. Du gehörst in die Wüste.«

Der Dschinn zuckte mit den Schultern. »Ich bin aufgewacht, als das Spiel begonnen hat, und habe mich in diesem Brunnen wiedergefunden. Und du weißt ja, ich muss warten, bis der Spieler kommt und mich findet. An Ort und Stelle. Und da drin ist es so langweilig. Fast noch langweiliger als in der Flasche.« Der Dschinn verbeugte sich vor Anouk, bis sein Kopf ganz nah vor ihrem war. »Gestatten, mein Name ist Ginnaya.«

»Anouk«, stellte sie sich verwirrt vor.

Pan versuchte sich einigermaßen würdevoll sein Kostüm glatt zu streichen. »Geh zur Seite«, fuhr er Ginnaya an, während er die Brunnenwand emporkletterte. »Die Spielerin hat Durst.«

»Wo sind wir hier eigentlich?«, fragte der Dschinn und sah sich neugierig um, während er sein riesiges Bein aus dem Brunnenloch zog.

»Im Wald«, sagte Anouk. Sie kletterte Pan hinterher und nahm auf dem Rand des Brunnens das Wasser entgegen, das er erneut mit seinen Händen für sie aus dem Eimer geschöpft hatte. Es löschte den Durst augenblicklich und erfüllte Anouk mit neuer Kraft.

»Du meine Güte, ein Gespräch unter geistigen Überfliegern«, ächzte der Farn.

Pan stieß scheinbar versehentlich den Eimer an, sodass er sich über der vorlauten Pflanze leerte, die daraufhin begossen (und stumm) die Blätter hängen ließ. »Das ganze Spiel ist durcheinandergeraten«, murrte der Schimpanse nun wieder gewohnt griesgrämig. »Nicht nur du bist an der falschen Stelle. Da hinten hängt die Flagge der Piraten zwischen den Bäumen. Sie hat hier überhaupt nichts zu suchen.«

»Unfassbar«, entfuhr es dem Dschinn. »Wie kann denn so etwas geschehen? Schlamperei. Ihr solltet den Regelmacher darüber informieren.« Offenbar aus Verärgerung verlor der Flaschengeist für einen Moment seine Gestalt und wurde auseinandergeweht.

Pan rollte mit den Augen. »Und wie sollen wir ihn so einfach finden? Wir sind noch klein. Vielleicht fällt dir das auf? Wir wollten eigentlich jemanden bitten, für uns zu den Eulen zu gehen. Die alte Strix weiß hoffentlich mehr über das Chaos.«

Ginnaya, dessen Leib sich wieder zusammenfügte, kniff die Augen zusammen, als würde er Pan und Anouk erst jetzt richtig erkennen. Dann tippte er sich gegen die Stirn und wurde daraufhin rasch kleiner, bis er nur noch einen Kopf größer als Anouk war. »Gute Idee. Habe viel von den Eulen gehört. Selbst in der Wüste kennt man ihre Weisheit. Und vielleicht kann euch die alte Strix auch ein paar gute Tipps geben, wie ihr im Wald ans Ziel gelangt, hm? Eure Größe aber ist in der Tat ein Problem. Vielleicht sollte ich euch wachsen lassen? Allerdings …« Er schüttelte den Kopf. »Das wäre schummeln. Und der Regelmacher hasst Tricksereien. Er würde das arme Ding hier glatt disqualifizieren. Und dann hätte sie verloren! Nein, ihr müsst das alleine schaffen.« Ginnayas Blick blieb noch einen Moment auf Anouk hängen. »Herrje, dein Herz versteinert, nicht wahr? Schmerzhafte Sache. Darf da ebenfalls nichts machen. So etwas gehört zum Spiel.« Er sah sich um. »Wie viel Grün es hier gibt! Mich versteckt der Regelmacher ja sonst immer mit meiner Flasche im Sand. Sehr langweilig. Aber hier gefällt es mir noch weniger. Grün ist einfach nicht meine Farbe. Würde gerne einmal etwas ganz anderes sehen.«

»Warum gehst du dann nicht einfach fort?«, fragte Anouk. »Ich meine, du kannst doch bestimmt überall hin. Du bist doch ein Geist, der zaubern kann, oder?«

Sie musste etwas Schlimmes gesagt haben, denn Ginnayas Gesicht verdüsterte sich augenblicklich.

»Dschinnen sind an ihre Flaschen gebunden«, wisperte Pan Anouk diskret zu. Dabei deutete er auf einen schmalen, kaum wahrnehmbaren Rauchfaden, der den Geist mit den grauen Steinen verband wie eine Kette. »Oder an ihren Brunnen.«

Ginnaya seufzte. »Nun, wenigstens habe ich mich einmal mit euch unterhalten können. Kommt ja nicht allzu oft vor, dass ich die Gelegenheit bekomme, ein Gespräch zu führen. In einer Flasche findet man überraschend wenig Leute zum Plaudern.« Der Dschinn sah nun sehr geknickt aus. »Außerdem weiß ich nicht mal, weshalb ich die meiste Zeit in einem so scheußlichen Ding stecken muss. Ich meine, warum ausgerechnet eine Flasche?«

Der Dschinn wirkte so unglücklich, dass Anouk augenblicklich den Wunsch verspürte, seine Traurigkeit zu lindern. Aber was konnte sie tun? Welche Macht besaß sie schon, um einem mächtigen Geist zu helfen? Welchen Wunsch …? Sie stockte. Ein Wunsch. In ihrem Kopf nahm eine Idee Gestalt an. Eine verrückte Idee. Anouk lächelte. Es gab eine Sache, die sie wirklich beherrschte. Aber besaß sie die Zeit dazu? »Haben wir ein paar Minuten?«, wisperte sie Pan zu.

»Auch ein paar Stunden, wenn es sein muss«, erwiderte der Schimpanse gelassen. »Der dunkle Prinz flüchtet wahrscheinlich gerade wie üblich vor ein paar Waldmäusen.« Pan kicherte heiser. »Wir müssen uns nicht eilen. Solange ich spiele, hat er die erste Runde noch nie gewonnen.« Bei diesen Worten klopfte sich der Schimpanse selbstgefällig auf die Schulter.

»Nun gut«, meinte Anouk. Wenn sie tatsächlich so viel Zeit hatte, würde sie einige Minuten erübrigen, um dem armen Ginnaya zu helfen. Sein Schicksal rührte sie. Und ohne dass sie etwas dagegen tun konnte, sponn ihr Kopf längst an einer Geschichte, die unbedingt erzählt werden wollte. Eine Geschichte, die Ginnayas Frage nach dem Grund für sein Eingesperrtsein in eine Flasche erklärte. Es überraschte Anouk dabei nicht, dass in dieser Erzählung ein Herzenswunsch eine wichtige Rolle einnahm. »Die Geschichte vom Dschinn und der Flasche. Willst du sie hören?«

»Ja«, schallte es von unten her. Die Blumen reckten ihre Köpfe empor, und neben Anouk nahm der Dschinn mitten in der Luft im Schneidersitz Platz. Selbst Pan sah sie erwartungsvoll an. Er hatte sich eine Zigarre aus einer Tasche seines Robin-Hood-Kostüms gezogen und entzündet. Nun saß er auf dem Rand des Brunnens und paffte genüsslich.

Anouk wedelte den Rauch fort. Sie war einigermaßen aufgeregt, denn dies war die erste Geschichte, die sie jemand

Fremden vortrug. Und noch dazu war es eine, deren Ende sie in diesem Moment noch nicht kannte. Sie hoffte inständig, dass ihr Kopf sie nicht im Stich lassen würde. Sie schloss die Augen, um sich besser konzentrieren zu können, räusperte sich und erzählte dann:

Die Geschichte, die berichtet, wie der Geist in die Flasche kam

Du musst wissen, lieber Dschinn, dass deine Art nicht immer in Flaschen gesperrt war. In einer Zeit, die so lange her ist, dass sich kaum einer an sie erinnern kann, wart ihr frei und ungebunden. Damals nannte man euch nicht Flaschengeister. Der Name, den man euch gab, lautete Wunschgeister. Denn es hieß, wenn jemand kam, der einen Herzenswunsch in sich trug, so würdet ihr ihn erfüllen. Zumindest, wenn ihr sicher wart, dass dieser Wunsch selbstlos war. Die Macht dazu hattet ihr. Ihr konntet beinahe alles vollbringen. Menschen in einer Sekunde von einem Ende der Welt zum anderen tragen. Oder von Krankheiten heilen, die kein Arzt kurieren konnte. Viele wünschten sich, einmal einem eurer Art zu begegnen, um sich etwas zu wünschen. Zu diesen Menschen gehörte der Sultan eines fernen Inselreichs, dessen Name längst vergessen ist.

Er war erst seit kurzer Zeit der Herrscher seines Volkes. Und anders als sein Vater, den die Menschen wegen seiner Güte geliebt hatten, war er ein missgünstiger Mann, dessen Herz von der Gier nach allem beherrscht wurde, was er nicht besaß. Vor allem auf das Inselreich, das seinem am nächsten lag, richtete sich sein Groll. Denn dort gab es vieles, was er wollte. Gold, aus dem Schmuck gefertigt wurde. Eisen, aus dem Waffen geschmiedet wurden. Gewürze, die selbst das fadeste Essen zu einem Festschmaus machten. Tag für Tag segelten Schiffe voller Handelsgüter über den Ozean und mehrten den Reichtum der vom jungen Sultan so verhassten Nachbarinsel.

In dieser Zeit geschah es, dass der junge Sultan krank vor Neid wurde. So krank, dass selbst die weisesten Gelehrten und die erfahrensten Ärzte keinen Rat wussten. Sie alle sahen schon den Tod nach ihm greifen. Die Trauer unter seinen Untertanen war grenzenlos, denn keiner ahnte etwas von dem gierigen Herzen in seiner Brust. Und so wünschten sich viele von ihnen nichts anderes, als dass ihr Sultan wieder gesund werden möge. Da kam es, dass ein Dschinn, der das Meer liebte und ohne müde zu werden über die Wellen fliegen und dem Rauschen der See zuhören konnte, diesen gemeinsamen Wunsch hörte. Gerührt von der Liebe so vieler Menschen zu ihrem Sultan betrat er noch am selben Tag in seiner nebelhaften Gestalt das Krankenzimmer des jungen Manns.

Der Prinz erschrak über das unerwartete Auftauchen des Dschinns. Er fragte, weshalb der Geist gekommen sei, und als er hörte, welcher Wunsch ihn hergeführt hatte, bat er den Geist, lieber ihm selbst seinen Herzenswunsch zu erfüllen. Der Dschinn, der glaubte, so viele Menschen könnten nur einen ganz und gar selbstlosen und herzensguten Sultan lieben, willigte ein, ohne auch nur einen einzigen Blick auf das gierige Herz des Sultans zu werfen. Da erhob sich der junge Mann mit letzter Kraft und wünschte sich, dass das Meer, über das Tag für Tag die Handelsschiffe des Nachbarreichs fuhren, austrocknen und versanden solle. So hoffte er, dass das Glück seiner Nachbarn zu einem Ende käme.

Der Dschinn erschrak über den Wunsch, denn er war bösartig und selbstsüchtig und schmeckte ihm bitter auf der Zunge. Doch er hatte eingewilligt und konnte sich seinem Versprechen nicht mehr entziehen. Und ausgerechnet er, der das Meer so sehr liebte wie kein anderer Wunschgeist, ließ es austrocknen, bis nur noch Sand blieb, wo einstmals der Ozean gewesen war.

An diesem Tag geschahen mehrere schreckliche Dinge. Das Meer aus Wasser verschwand und an seiner statt wurde das Meer aus Sand geboren, das fortan Wüste genannt wurde. Der junge Sultan freute sich so sehr darüber, dass sein von der Krankheit geschwächtes Herz vor Aufregung aufhörte zu schlagen. Und die Einwohner des einstigen Inselreiches, das von nun an ein Wüstenreich war, wünschten sich alle dasselbe vom Dschinn. Ihre vielen Wünsche wurden ein großer Wunsch. Ein mächtiger Herzenswunsch. So mächtig, dass der Geist ihn erfüllen musste. Man konnte sagen, dass die Menschen ihn verwünschten. Ihn und alle seiner Art. Denn er hatte in ihren Augen nicht nur das Meer ausgetrocknet, sondern ihnen auch noch den geliebten Sultan genommen. Der Wunsch sperrte den Wunschgeist und alle seiner Art in Fla-

schen. Und mehr noch. Wer seither eine solche Flasche öffnet, dem muss der Dschinn einen Wunsch erfüllen. Und er und die anderen müssen dies so lange tun, bis eines Tages einer kommt und sich nichts anderes wünscht, als dass die Dschinnen wieder frei wären.

Zufrieden mit sich darüber, dass sie ihre Geschichte bis zum Ende erzählt hatte, öffnete Anouk die Augen. Und sah in das erwartungsvolle, ja beinahe flehentliche Gesicht von Ginnaya. Anouk verstand nicht, was er von ihr wollte.

»Wünsch es dir«, wisperte der Geist so heiser, als traute er sich kaum, die Worte auszusprechen.

Anouk runzelte die Stirn und blickte von dem Dschinn fragend zu Pan.

»Er will, dass du ihn und seine Art freiwünschst«, erklärte der Schimpanse in einem Tonfall, der klarmachte, dass er Ginnayas Wunsch für völlig hoffnungslos hielt. »Auch wenn er gerade nicht in einer Flasche, sondern in einem Brunnen steckt. Aber ich schätze, das ist nicht entscheidend.«

»Wie bitte?«, entfuhr es Anouk. »Das war doch nur …« Eine Geschichte, wollte sie sagen, doch dann begriff sie. Ginnaya hatte ihre Geschichte als Wahrheit verstanden. Als etwas, das tatsächlich geschehen war. Sie wollte ihm erklären, dass er bloß ein Märchen zur Antwort auf seine Frage gehört hatte. Der Ausdruck in seinem nebligen Gesicht aber klebte ihr die Worte auf der Zunge fest. Er war so hoffnungsvoll, dass sie fürchtete, dem Dschinn mit der Wahrheit das Herz zu brechen. Also nickte sie (und ignorierte Pans fragenden Gesichtsausdruck). »Ich«, sagte sie und bemerkte, dass sich mit einem Mal eine tiefe Stille über den Wald gelegt hatte. Fast schien es, als würden die Bäume lauschen. »Ich wünsche mir …« Sie schob alle Gedanken daran, dass dies hier völlig irre war, fort, »… dass die Dschinnen vom heutigen Tage an wieder frei sind und nie wieder irgendjemandem einen Wunsch erfüllen müssen.«

Im nächsten Augenblick kam sich Anouk unsagbar dumm vor. Auch ohne Pans Augenrollen. Wie konnte sie nur glauben, dass sie sich wirklich etwas von dem Dschinn wünschen konnte? Dass ihre eigene Geschichte wahr werden würde? Nun schämte sie sich ein wenig, da sie nicht den Mut gehabt hatte, Ginnaya die Wahrheit zu sagen. Dass alles nur ausgedacht war. Sie wollte schon zu einer bedauernden Bemerkung darüber ansetzen, wie schade es sei, dass ihr Wunsch sich nicht erfüllen würde, da veränderte sich der Ausdruck auf Ginnayas Gesicht. In die Hoffnung, die es ausstrahlte, mischte sich zunächst Erstaunen und dann … Glück.

»Frei«, donnerte der Dschinn und reckte seinen nebligen Leib, als wäre er gerade aufgewacht. »Ich … bin … frei!« Bei jedem Wort stieg er einen Meter in die Höhe und überschlug sich zuletzt. Dann ließ er sich fallen und landete nur eine Handbreit über dem Brunnenrand. »Vielen Dank!«, rief er so laut, dass sich die Blumen bogen.

Erst jetzt bemerkte Anouk, dass der dünne Rauchfaden, der ihn an den Brunnen gebunden hatte, fort war.

»Das ist unmöglich«, entfuhr es ihr.

»Eher seltsam«, raunte Pan so verblüfft, dass er gar nicht griesgrämig klang. »Du kannst Einfluss auf das Spiel nehmen. Versuch mal, dich groß zu machen.«

Anouk wollte ihn fragen, wie um alles in der Welt sie das anstellen sollte, doch dann schloss sie den Mund und auch die Augen. Stell dir vor, dass du groß bist, sagte sie sich. Lass es wahr werden. Sie riss die Augen erwartungsvoll wieder auf. Doch zu ihrer Enttäuschung war sie noch immer so klein wie eine Maus und hockte auf dem Brunnenrand, während Ginnaya sie überglücklich anlachte.

Auf Pans Drängen hin, sich nun bei Anouk damit zu revanchieren, sie wachsen zu lassen, schüttelte der Dschinn nur den Kopf. »Alle Wünsche, die den Gewinn dieses Spiels oder einer seiner Runden zum Ziel hätten, wären eine Schummelei. Und wie gesagt, schummeln gilt nicht. Es könnte schreckliche Konsequenzen haben. Aber ich habe etwas für dich, das dir helfen wird«, sagte er und tauchte in den Brunnen hinein.

»Vielleicht sollten wir die Gelegenheit nutzen und verschwinden«, raunte Pan. »Ich glaube, der gute Geist ist ein wenig übergeschnappt. Wer weiß, was er von da unten mitbringt. Die hässliche Kröte vielleicht, die sonst immer hier herumgluckst. Oder …« Pan verstummte, als Ginnaya wieder auftauchte, und setzte ein falsches Lächeln auf.

»Hier«, rief der ehemalige Brunnengeist und hielt Anouk stolz einige tropfnasse Pflanzenteile hin, die ziemlich muffig rochen.

Anouk nahm die glitschigen Blätter widerstrebend entgegen. »Danke«, murmelte sie und blickte zu Pan. Der Schimpanse zuckte jedoch nur mit den Schultern und tippte sich mit dem Zeigefinger gegen die Stirn. *Völlig durchgeknallt*, las Anouk die stummen Worte von seinen Lippen ab.

»Wenn dein Herz noch mal versteinert, dann iss sie.« Ginnaya zog ihr die Pflanzen wieder aus den Fingern, pflückte einen faustgroßen Beutel aus der Luft und stopfte sie hinein, ehe er Anouk den Beutel in die noch feuchte Hand drückte. »Sie helfen eigentlich gegen alles. Kau ordentlich auf ihnen herum. Sie können dich zwar nicht heilen, aber sie nehmen den Schmerz und verschaffen dir mehr Zeit, bis …« Ginnaya lächelte ihr aufmunternd zu, dann sah er sich misstrauisch um, als wollte er sicherstellen, dass seine nächsten Worte nicht heimlich mitgehört würden. »Und hier ist noch etwas.« Er griff in eine Tasche seines Gewands und zog einen kleinen Glasball heraus. »Etwas Besonderes.«

Anouk band sich den Beutel an den Gürtel ihrer Hose und betrachtete den Glasball dann eingehend. Besonders sah er nicht gerade aus.

Ginnaya schien ihren Blick zu bemerken, denn er hob eine Augenbraue, führte die Kugel zu seinem Mund und hauchte sie an. In ihrem Inneren flammte daraufhin ein helles Licht auf und von einem zum anderen Moment schien die Kugel wie lebendig.

»Was ist das?«, wisperte Anouk, während sie den Glasball vorsichtig entgegennahm. Sie fürchtete im ersten Moment, er könnte ihr die Haut verbrennen. Doch das Licht, das in ihm strahlte, war kaum mehr als handwarm.

»Ein Wunsch«, erwiderte der Geist. Wieder sah er sich um. »Ist nicht richtig geschummelt«, meinte er, als müsste er sich rechtfertigen. »Nur ein wenig. Dagegen kann keiner was sagen. Ist mein Dank, dass du mir deinen Wunsch gewissermaßen geschenkt hast. Dieser hier ist ein Geschenk von mir. Nichts zwingt mich dazu.« Er lächelte sie an, dann lachte er tönend. »Gebrauch ihn gut. Was du dir wünschst, sagt viel über dich aus. Er darf bloß nicht zum Gewinn des Spiels eingesetzt werden. Wenn das Licht so hell scheint, dass du fast nicht hinsehen kannst, ist es der richtige. Dann wird er sich erfüllen. Und jetzt zum Meer!«, rief er so übermütig, dass die Vögel von den Wipfeln der Bäume um sie herum aufstiegen, als würde der Wald seine Blätter in den Himmel spucken. »Blau ist meine Lieblingsfarbe. Ach, und ich glaube, wenn ihr zu den Eulen wollt, müsst ihr da lang.« Er wirbelte um die eigene Achse, deutete auf eine Stelle im Wald und einen Moment später war er verschwunden.

Anouk stand noch eine Weile dort und betrachtete verblüfft den Wunsch in ihrer Hand. Sie hätte ihn noch Stunden anstarren können, so schön war das Licht, doch ein Räuspern von Pan riss sie aus ihren Gedanken.

»Wenn du erlaubst, sollten wir weitergehen, Gnädigste«, sagte er mit einigem Spott in der Stimme. Sein Mitleid war für den Moment offenbar erschöpft. »Den Wunsch solltest du besser mir geben. Nicht, dass du ihn noch falsch einsetzt und dann disqualifiziert wirst. Das würde auf mich zurückfallen. Und ich«, er presste grimmig die Lippen aufeinander und schnippte seine Zigarre in den Brunnen, »habe ich einen Ruf zu verlieren.«

Mit dem Wunsch des Dschinns in Pans Tasche und dem Weg zu den Eulen vor Augen fühlte Anouk neuen Mut in sich aufsteigen. Der Schmerz in ihrem Herzen war bald kaum mehr als eine blasse Erinnerung. Während sie Pan auf einem Weg zwischen den Stämmen entlang folgte, lauschte sie dem Raunen der Bäume, die sich über vergangene Zeiten zu unterhalten schienen, und überlegte, was sie mit dem Wunsch des Dschinns wohl anfangen konnte. Vermutlich musste sie achtgeben, dass man ihr den Wunsch nicht als Schummeln auslegen konnte. Besser, sie gebrauchte ihn nur im Notfall.

»Die Eulen werden froh sein, mit mir sprechen zu können«, tönte Pan über das emsige Zwitschern Dutzender Vögel hinweg. Er schritt voran und schwang einen langen Stock, mit dem er sich bewaffnet hatte. Der Schimpanse hielt ihn wie eine hölzerne Klinge, was eine Maus, die sie unter einem Haufen herabgefallener Blätter interessiert musterte, allerdings wenig beeindruckte. »Könnte ihnen schon so manche Sache erklären, auch wenn sie nie zugeben würden, dass ich wohl noch weiser bin als sie«, gab Pan an. »Sie sind ganz schön eingebildet, die aufgeplusterten Biester.«

Himmel, dachte Anouk. Der Schimpanse war größenwahnsinnig. Sie sagte indes nichts, sondern sah sich lieber aufmerksam um. Es gab sicher gefährlichere Tiere als die Maus oder den Grashüpfer von vorhin. Pan schien derweil immer tiefer in sein ausuferndes Eigenlob zu versinken.

»… wäre selbst wohl ein ziemlich guter Regelmacher«, hörte sie ihn sagen, als sie einen Schatten aus den Baumwipfeln auf sie herabspringen sah.

Augenblicklich verstummten die Vögel und es schien kalt im Wald zu werden. Die Maus, die sie beobachtet hatte, verschwand raschelnd unter ihrem Blätterstapel. Der Schatten kam ihnen lautlos und schnell entgegen.

»Pan«, setzte Anouk an, doch der Affe bemerkte gar nicht, dass sie etwas gesagt hatte.

Der Schatten hatte zwei Flügel. Er schien groß wie ein kleines Segelflugzeug.

»Pan!«, rief Anouk, diesmal drängender. Sie schielte auf den Stock in seiner Hand. Damit würden sie sich kaum gegen den Schatten verteidigen können, wenn er gefährlich war.

Der Schatten trug lange Krallen an den Füßen und besaß einen spitzen Schnabel.

»Pan!« Diesmal schrie Anouk, und endlich endete der Redeschwall des Schimpansen.

»Was ist denn?«, fragte er beinahe mitleidig, als hätte ein knackender Ast Anouk in Schrecken versetzt. Sie sah noch, wie er den Kopf hob und der selbstzufriedene Gesichtsausdruck Überraschung und Furcht wich.

»Ich bin …« Die letzten Worte gingen in einem panischen Quieken unter, als die Eule, die sich auf sie gestürzt hatte, den kleinen Pan packte und ihn mit sich in die Höhe riss.

»Pan! Pan!« Anouk schrie ungeachtet aller Gefahren. Sie packte den Stock, den der Schimpanse bei dem Angriff hatte fallen lassen, und schlug nach dem Vogel. Doch die Eule war längst zu weit entfernt, um sie mit der hölzernen Waffe zu erwischen. Hilflos musste Anouk dabei zusehen, wie die Eule mit Pan zwischen den Wipfeln der Bäume verschwand.

Dann wurde es still im Wald.

Und niemals zuvor hatte sich Anouk einsamer gefühlt.

WURZELN UND WASSER

Anouk stand einen Moment dort auf dem Weg zwischen den Bäumen und starrte in das dichte Blätterdach. Doch von Pan oder seinem gefiederten Entführer konnte sie keine Spur ausmachen. Der Wald, der eben noch so faszinierend und von Leben und Worten erfüllt gewesen war, erschien ihr mit einem Mal gefährlich und still wie der bedrohlichste Ort der Welt. Unter den weit entfernten Blättern glaubte Anouk Schatten zu erkennen, die sie finster musterten. So wie den, der sich als Eule entpuppt hatte. Verschwinde, rief sie sich in Gedanken zu. Bring dich in Sicherheit. Aber wo sollte sie hier Sicherheit finden? Wer weiß, was für Tiere im Unterholz leben?, dachte sie. Am Ende lief sie einem Fuchs ins Maul oder …

»Pst«, hörte sie jemanden zischen.

Anouk kniff die Augen zusammen und starrte auf eine Reihe mächtiger Bäume. Hatte sich gerade einer von ihnen gemeldet? In dieser verrückten Welt war das sicher nicht auszuschließen.

»Vorsicht, Vorsicht. Du bist in Gefahr.«

Wieder diese Stimme. Sie klang allerdings viel zu hell für einen Baum. Zumindest bislang hatten sich die Bäume viel tiefer unterhalten. Und sehr träge. Diese Stimme aber hörte sich eher nach einem ziemlich hektischen Wesen an. Anouk stolperte einige Schritte auf die Bäume zu. Wenn es sich um jemanden handelte, der sie fressen wollte, so würde er sie sicher einfach anspringen und nicht zu sich locken. Und wenn es eine Spinne ist, die dich in ihr Netz ziehen will, Anouk?

»Eilig, eilig. Komme endlich.« Die Stimme war nun drängender. »Die Eule!«

Anouk sah hinauf. Und erkannte den geflügelten Schatten, der auf sie zustürzte. Er war riesig und sie winzig. Starr vor Angst blickte sie in zwei kalte Eulenaugen. Und wurde im nächsten Moment vom Weg gezogen. Alles ging viel zu schnell, um zu erkennen, wer sie da gepackt hatte. Anouk wurde hinter eine dicke Baumwurzel geschubst, die sich aus dem Boden gedrückt hatte. Der geflügelte Schatten stieß ein ärgerliches Kreischen aus, und Anouk sah die silbergefiederte Eule so nahe an sich vorbeischießen, dass sie das Tier beinahe hätte berühren können. Ohne Anouk packen zu können, flog der Vogel einen Bogen und verschwand zeternd irgendwo über ihr zwischen den Blättern.

»Schnell, schnell.« Wieder die Stimme. »Hier lang. Keine Eulen unter der Erde.«

Anouk sah eine Gestalt unter der Wurzel in einem Loch verschwinden. Einen Moment stand sie unschlüssig davor und lugte ins Dunkel. Dann ertönte wieder ein schriller Eulenschrei. Anouk glaubte das Wort *Beute* darin zu hören. Sie atmete tief durch. Und sprang ebenfalls in das Loch.

Was hatte sie erwartet?, fragte sie sich mit laut klopfendem Herzen. Vermutlich einen Tunnel, feucht und dunkel und klamm, in dem es von Käfern und Würmern nur so wimmelte. Doch sicher nicht das. Schon nach wenigen Schritten trat sie nicht mehr auf buckelige Erde, sondern auf einen angelegten geraden Steinboden. Und die Finsternis wich einem warmen, freundlichen Lampenschein. Der Tunnel, durch den Anouk ihrem Retter folgte, war überall mit einer hölzernen, getäfelten Wand versehen. Es gab einige Nischen, in denen die Lampen standen, deren Licht mühelos die Dunkelheit vertrieb. Und in ihrem Schein erkannte Anouk das Geschöpf, das sie davor bewahrt hatte, wie Pan ein Opfer der Eule zu werden. Es war ein in ein erdfarbenes Gewand gekleidetes, glatzköpfiges Männchen mit schrumpeliger Haut, kleiner noch als die ohnehin derzeit winzige Anouk. Haare trug es keine auf dem Kopf. Dafür besaß es einen dichten, grauen Bart, über den sich eine lange, krumme Nase erstreckte.

»Danke«, brachte Anouk hervor. Gefährlich sah das Wesen nicht aus, doch es war sicher nicht unklug, höflich zu sein.

»Bitte, bitte«, erwiderte das Männchen mit einer hohen und seltsam alterslosen Stimme. »Gefährlich dort oben.« Es deutete hinauf. »Vögel, Vögel. Füchse, Bären. Töten alles kleine Leben. Hier unten aber sind wir die Könige. Komm in unser Reich. Herzlich willkommen, Spielerin.«

Spätestens jetzt fiel alle Furcht von Anouk ab. Sie lächelte erleichtert. »Danke«, sagte sie noch einmal. »Aber mein Begleiter ist ...« Anouk brachte die Worte nicht hervor.

»Eule, Eule. Macht immer Beute.« Das Geschöpf setzte einen bekümmerten Gesichtsausdruck auf.

»Ich muss ihn retten«, entfuhr es Anouk. Nun, im Grunde hatte sie es nur mit Mühe geschafft, sich selbst zu retten. Wie sollte sie da Pan helfen? Wenn er überhaupt noch … Zweifel nicht daran, ermahnte sie sich. Er lebt.

»Gefährlich, gefährlich«, brabbelte das Wesen und schüttelte energisch den Kopf. »Dort oben leben die Eulen. Viele Eulen. Sind immer hungrig. Und dort ist Krieg.« Das Wesen machte auf dem Absatz kehrt und ging mit schnellen Schritten den Gang entlang.

»Krieg?«, rief Anouk, während sie sich beeilte, dem Wesen zu folgen. »Ihr seid mit den Eulen im Krieg?« Sie mutmaßte, dass es noch mehr solche Geschöpfe wie dieses hier gab. Immerhin hatte es von *unserem Reich* gesprochen.

»Nein. Nein«, grollte das Geschöpf. »Die Wipflinge sind unsere Feinde.«

Wipflinge? Hatte Pan nicht von denen gesprochen? Jetzt verstand Anouk gar nichts mehr. Aber das Wesen lief weiter und sie hatte nur dann eine Chance, Pan zu finden, wenn sie Hilfe bekam. Hastig lief sie ihrem Retter hinterher, während sie der Weg offenbar hinabführte. Tiefer und tiefer in den Schoß der Erde. »Wie heißt du?«, fragte sie.

Der im Takt der schnellen Schritte wippende Glatzkopf drehte sich bei der Antwort nicht um. »Xylem, Xylem«, stellte sich das Wesen knapp vor.

»Xylem, ich muss meinem Freund helfen.« Himmel, dachte Anouk. Hatte sie den mürrischen Pan gerade wirklich einen Freund genannt? Warum eigentlich nicht? Er hatte ihr doch auch nach den Schmerzen geholfen.

»Gefährlich, ge…«

»Ich weiß, dass es gefährlich ist«, fiel ihm Anouk so höflich wie möglich ins Wort. »Aber ich muss zu ihm.«

Xylem blieb stehen und wandte sich zu Anouk um. Mit ernster Miene sah das Geschöpf sie an. »Wille, Wille. Wenn du es wünschst.«

Wenn sie es wünschte? Natürlich!, dachte Anouk. Xylem hatte sie an etwas erinnert, das sie in all der Aufregung ganz vergessen hatte. Der Wunsch. Sie … seufzte. Pan hatte den Wunsch. Und er konnte ihn nicht gebrauchen, denn es war Anouks Wunsch. Musste sie die Kugel in Händen halten, damit er wirkte? Sie versuchte es auch ohne sie. »Ich wünsche mir, dass Pan wieder bei mir ist.« Einen verrückten Moment lang hoffte sie, dass der Schimpanse wie aus dem Nichts an ihrer Seite erscheinen würde.

Doch da war nur Xylem, der sie fragend anblickte. »Helfen, helfen. Wenn du das wirklich willst, helfe ich. Aber es ist dumm. Dumm, dumm, dumm.« Wieder schüttelte Xylem den Kopf, dann zog er Anouk weiter mit sich. »Glück, Glück. Du hast viel Glück«, meinte er. »Die Königin ist nicht weit. Sehr weise. Sie wird helfen können.«

»Wie lange müssen wir denn laufen?«, wollte Anouk wissen. Sie fürchtete, sich zu weit von Pan zu entfernen und ihn am Ende nie wieder finden zu können.

Xylem deutete auf das Ende des Ganges. »Nah, nah. Nicht sehr weit.« Der Weg führte auf einen Durchgang zu, hinter dem eine Höhle lag, deren Ausmaß Anouk kaum abschätzen konnte. In ihrer normalen Größe wäre dies hier wohl ein großes Loch im Boden gewesen. Ein Hohlraum irgendwo unter einem Baum. Verblüfft blieb sie stehen. Anouk bemerkte die Wurzeln, die sich durch die Höhle wanden wie Schlangen und in Becken und Gefäßen endeten, die durch eine komplizierte Anordnung von Rinnen und Wasserrädern gefüllt wurden. Dutzende Wesen wie Xylem liefen eifrig und hektisch durcheinander. Einige hielten Werkzeuge in den Händen, mit denen sie sich an dem Rohrleitungssystem zu schaffen machten. Sprachlos betrachtete Anouk das Treiben, bis Xylem sie weiter mit sich zog. Die Geschöpfe, an denen er sie vorbeiführte, sahen ihr überrascht nach.

Xylem hielt auf eine Gestalt zu, die inmitten all des Chaos auf einer Art Thron saß. Dieser Herrschaftssitz schien von einigen Wurzeln gebildet zu sein, die so zusammengewachsen waren, dass sie genau die richtige Größe für den Sitzenden hatten. Das Wesen rief ein paar Anweisungen in die Höhle, woraufhin einige der Geschöpfe eilig zu einer freiliegenden Wurzel liefen, an ihr horchten und dann anfingen, diese mit Wasser zu benetzen. Erst als sie ihre Aufgabe zum offensichtlichen Wohlgefallen des thronenden Wesens erledigt hatten, wandte dieses sich Anouk zu. Eine Königin war es offensichtlich nicht. Dieses Geschöpf war ebenso ein kahler, bärtiger Mann wie Xylem.

»Seltsam, seltsam. Bei allen Wurzelhaaren, wer ist das denn?« Das Wesen blickte Anouk dabei ziemlich feindselig an. Auf ein Schnipsen seiner Finger hin lösten sich einige der anderen Bärtigen, ebenfalls alle völlig glatzköpfig, und kamen mit bedrohlichen Mienen auf Anouk zu. Dabei hielten sie ihr Werkzeug wie Waffen in den schrumpeligen Händen.

Anouk fühlte Angst in sich aufsteigen. Gerade noch der Eule entwischt und nun gefangen unter der Erde. »Ich heiße Anouk«, stellte sie sich vor. »Und ich bin die Spielerin«, schob sie rasch hinterher.

Die Geschöpfe blieben daraufhin stehen. Ein rascher Blick zeigte Anouk, dass die feindseligen Mienen weicher wurden. Freundlicher.

»Wahrheit, Wahrheit«, rief Xylem. »Habe sie sofort erkannt.«

Doch das Wesen auf dem Thron starrte sie weiter abweisend an. »Lüge, Lüge. Was, wenn sie eine Spionin der Wipflinge ist?« Es sprach sie noch immer nicht direkt an, was Anouk ziemlich ärgerte. »Du weißt, dass wir im Krieg sind, Xylem.«

»Ich bin nicht eure Feindin«, rief Anouk. Und als sie erkannte, dass dieses Geschöpf auf dem Thron ihr nicht glauben würde, wandte sie sich an die Umstehenden. »Ich spiele dieses Spiel. Aber alles ist durcheinandergeraten. Mein Begleiter in dieser Welt, Pan, ist von den Eulen entführt worden. Und wenn ich nicht schnell genug bin …«, sie hielt nur mit Mühe die Tränen zurück, »… wird er gefressen.«

Auf einmal war es ganz still geworden. Nur gelegentlich war ein *Plitsch-Platsch* zu hören, wenn irgendwo ein Tropfen in ein Becken fiel. Anouk erkannte nun tiefe Anteilnahme in den Mienen der Geschöpfe. Die anderen bärtigen Glatzköpfe hatten einen engen Kreis um Anouk, Xylem und das Geschöpf auf dem Thron gezogen.

»Lüge, Lüge. Eine Spionin, sage ich doch«, krächzte es. »Niemand ist so dumm, freiwillig hinauf in die Hölle der Blätter zu steigen, wenn er im Himmel der Wurzeln bleiben kann. Sie will nur zu ihren Leuten. Verfluchte Wipflinge. Aber das wird ihr nicht gelingen. Wir werden sie für immer hierbehalten. Bei allen Wurzelhaaren und Wurzelspitzen. Die Wipflinge werden uns nie wieder täuschen.«

Anouks Herz schlug so schnell, als wollte es der Angst entkommen, die sie fühlte. Doch sie schluckte die Furcht herunter. Es ging nicht nur um sie. Pan musste gerettet werden. Und vor allem Maya.

»Diese Wipflinge sind eure Feinde.« Sie sah dem Wesen auf dem Thron direkt in die Augen. »Doch ich bin ein Mensch. Im Moment nur klein, aber ich bin mit meinem Freund auf der Suche nach dem Herzen des Waldes, um über mich hinauszuwachsen. Und ich muss hinauf zu den Eulen …« Ihre Stimme begann zu zittern, und Anouk atmete tief durch.

Das Männchen auf dem Thron wollte gerade den Mund aufmachen, als sich die Menge hinter Anouk teilte. Es wurde, wenn das überhaupt möglich war, noch stiller.

»Was ist denn hier los?«, rief eine weitere Gestalt. Ihre Haut war gefurcht wie ein Baumstamm. Sie ging gebeugt und trug als Einzige schlohweiße Haare auf dem Kopf. Dafür fehlte ihr der Bart.

»Gefangen, gefangen. Eine Spionin, Mutter«, sagte das Wesen auf dem Thron stolz. »Und ich habe sie festgenommen.«

Anouk wollte etwas einwenden, doch Xylem, der die ganze Zeit über geschwiegen hatte, drückte ihre Hand und schüttelte unmerklich den Kopf.

Das Geschöpf auf dem Thron nahm einen Krug, der neben ihm stand, führte ihn an seine Lippen und reichte ihn dann der Alten, die wie die Übrigen in ein erdfarbenes Gewand gekleidet war. Sie nahm ihn entgegen und trank. Offenbar kostete sie einige Augenblicke lang und nickte schließlich. »Ich verstehe.« Sie sah Anouk prüfend an. »Aber du nicht.«

Anouk schüttelte den Kopf.

»Erklären, erklären. Mutter, wir ...«, begann das Wesen auf dem Thron, doch die Alte schnitt ihm mit einer Geste die Worte von den runzeligen Lippen. »Sei still, Xylem«, sagte sie in einem Ton, der keinen Widerspruch duldete.

Verwirrt sah sich Anouk um, denn Xylem hatte überhaupt nichts gesagt.

»Und du, Xylem«, sagte die Alte und wandte sich nun dem Wesen zu, das sich Anouk unter diesem Namen vorgestellt hatte, »wirst sie wieder nach oben bringen müssen, wenn sie ist, wer sie vorgibt zu sein. Hier unten wäre kein Platz für die Spielerin.«

»Glaubst du mir?« Anouk war zu aufgeregt, um sich mit Höflichkeiten aufzuhalten.

Zur Antwort reichte die Alte Anouk das Gefäß, von dem sie zuvor getrunken hatte. Fragend nahm Anouk es entgegen und hielt es fest.

»Nippen, nippen. Du musst es an deine Lippen führen«, wisperte Xylem neben ihr. »Nichts kann das Wasser betrügen.«

Ehe Anouk seiner Anweisung folgen konnte, hob die Alte warnend einen Finger. »Lügst du, bleibst du. Sagst du die Wahrheit, kannst du gehen.«

Anouk nickte, berührte mit ihren Lippen sacht das Wasser und reichte dann der Alten das Gefäß, die daraus einen Schluck nahm. Sie kostete wie schon zuvor. Und nickte. Mit einer Handbewegung scheuchte sie das Geschöpf vom Thron und nahm selbst darauf Platz. »Wir sind Xylem«, sagte sie.

»Aha«, erwiderte Anouk. Das war zwar nicht besonders schlau, doch in diesem Moment war sie zu verwirrt für schlaue Bemerkungen. Sie verlor langsam die Übersicht, wer hier alles Xylem hieß.

Die Alte lächelte. »Unser Volk trägt diesen Namen und jeder Einzelne von uns trägt diesen Namen.«

»Er klingt sehr ... interessant«, bemerkte Anouk, um wenigstens etwas höflich zu wirken.

»Du bist der erste Mensch, der den Weg hinab findet. Hier unter der Erde«, sie machte eine Bewegung, die jeden Winkel der Höhle einschloss, »ist der Anfang von allem. Die Welt, in der du dich beweisen musst, lebt. Ihr Blut ist das Wasser, das durch den Boden fließt. Und wir sorgen dafür, dass ihr Herz schlägt. Oder hast du geglaubt, all die vielen Pflanzen wachsen einfach so von selbst aus dem Nichts heraus? Ohne uns gibt es kein Spiel. Wir sind die Wurzelmenschen. Xylem. Wir sind das Leben. Wir bringen das Wasser.«

Das Herz? Sofort dachte Anouk an die Aufgabe, die sie zu bewältigen hatte. »Wo ist dieses Herz?«, fragte sie. Falls sie den Schimpansen … nein, verbesserte sie sich, *wenn* sie den Schimpansen gefunden hatte, würden sie die verlorene Zeit aufholen müssen. Es wäre dann gut zu wissen, wo sie eigentlich genau hinmussten.

Bei Anouks Frage ging ein Raunen durch die Menge der Wurzelmenschen. »Das Herz«, wisperte die Alte, »ist ein Geheimnis, über das wir mit keinem Fremden sprechen. Der Ort, an dem der erste Baum aus seiner Nuss herausgebrochen ist. Seine haarfeinen Wurzeln ins Wasser gehalten hat. Wir waren dort. Haben ihm geholfen, aus seiner Schale zu schlüpfen. Die Wurzeln zum Wasser geführt. Und später zu den anderen. Der ganze Wald ist wie ein einziges Lebewesen. Alle Wurzeln halten einander fest.« Sie verschränkte die Finger ihrer beiden Hände ineinander. »Trinken von dem Wasser, das sie groß werden lässt.«

»Groß?«, entfuhr es Anouk. »Ich muss auch wachsen. Damit ich das Schwert finden kann. Und damit ich meine Schwester retten kann.«

»Unwahrheit, Unwahrheit. Sie lügt«, zischte der unsympathische Xylem, der auf dem Thron gesessen hatte.

Der weitaus freundlichere Xylem neben Anouk, der sie hergeführt hatte, aber schüttelte den Kopf. »Ehrlich, ehrlich. Sie ist die Spielerin. Und sie muss wachsen. Warum helfen wir ihr nicht?«

»Weil wir uns um Wurzeln kümmern, nicht um Wünsche«, erwiderte die Alte bestimmt, die offenbar besser sprechen konnte als die Männer ihrer Art. Anouk hatte längst keinen Zweifel mehr daran, dass sie die weise Königin war, von der Xylem (der Freundliche) gesprochen hatte.

»Hilfe, Hilfe. Sie könnte Xylem finden«, meinte Xylem (wieder der Freundliche). Anouk verlor endgültig die Übersicht über die vielen Xylems.

Die Miene der Alten wurde sorgenvoll. »Die Prinzessin. Sie soll einmal die Verantwortung für den Wald übernehmen. Die Wurzeln an die Hand nehmen. Doch sie wurde entführt. Von den Wipflingen.« Alle Augen richteten sich bei diesen Worten an die Höhlendecke. »Sie haben Prinzessin Xylem geraubt. Im letzten Spiel. Seither sind wir Feinde. Todfeinde.«

Himmel, dachte Anouk. Sie war mitten in einen Baumkrieg geraten. »Und warum?«, fragte sie.

»Das weiß niemand. Doch wir können sie nicht retten.« Die Alte legte ihre ohnehin runzelige Stirn in so viele Falten, dass ihr Gesicht kaum noch zu erkennen war.

»Geschwächt, geschwächt. Wir sind nicht schwindelfrei«, antwortete der freundliche Xylem an ihrer Stelle kleinlaut.

»Schon an der Oberfläche wird uns unwohl. Nur die besten schaffen es, sich auf einen Stein zu stellen, ehe sie ohnmächtig werden. Und einer, der berühmte König Xylem …«

»Mein Vater«, warf die Alte ein.

»… nun, er schaffte es …«, fuhr der nette Xylem fort.

»… in die Blätter?«, meinte Anouk.

»… auf einen *hohen* Stein«, schloss Xylem. »Nie kam einer von uns weiter. Die arme Prinzessin Xylem muss Höllenqualen durchleiden.«

»Wenn wir sie doch nur retten könnten«, entfuhr es der Alten mit so tiefem Kummer in der Stimme, dass Anouk sich zurückhalten musste, sie nicht tröstend in den Arm zu nehmen.

»Ich könnte in der Tat helfen, indem ich hinaufgehe«, bot sie sich einem Impuls folgend an. »Ich … ich bin schwindelfrei.« Nun, das stimmte zwar. Und sie war auch schon mehr als einmal auf einen Baum geklettert. Doch es hatte sich dabei nur um den Kirschbaum im Garten gehandelt, und da war Anouk auch nicht so klein wie eine Maus gewesen. Aber das behielt sie lieber für sich.

»Forderung, Forderung. Was willst du für deine Hilfe?«, fragte der unfreundliche Xylem misstrauisch.

»Den Weg ins Herz des Waldes«, sagte Anouk. »Sagt mir, wo es ist, damit ich über mich hinauswachsen kann. Und ich werde nach oben gehen und eure Prinzessin suchen.« Sie konnte den Widerwillen, ihr den geheimen Standort des Herzens zu offenbaren, beinahe spüren.

»Es könnte gelingen. Selbst die hinterhältigen Wipflinge werden die Spielerin nicht angreifen. Rette die Prinzessin«, sagte die Alte schließlich, die sich merklich hatte überwinden müssen. »Und sie wird dich führen.«

»Wann soll ich hinauf?« Anouk war erleichtert, dass sie nicht bleiben musste. Sie hatte allerdings keine Ahnung, wie sie die Wipflinge finden sollte. Und Pan aus den Klauen der Eule retten. Doch beide, die Eulen und diese Wipflinge, waren an der Oberfläche zu finden.

»Jetzt«, sagte die Alte bestimmt. »Der Weg, den du nehmen wirst, ist nicht ungefährlich. Aber es ist der einzige, den wir kennen. Wir geben dir eine Nachricht für Prinzessin Xylem mit. Sie wird dir daraufhin den Weg weisen.« Bei diesen Worten zog sie ein winziges Tongefäß aus einer Tasche ihres erdfarbenen Gewands, tunkte es in den Wasserbecher und führte es an ihre Lippen. Dann verschloss sie es mit einem Stopfen, der wie eine winzige Haselnuss aussah. Eine Kette war daran befestigt. »Und wir geben dir auch eine Nachricht für die Wipflinge mit. Wenn sie uns die Prinzessin nicht zurückgeben, schicken wir ihnen vergiftetes Wasser nach oben.« Sie klopfte gegen den Ausläufer einer Wurzel. »Es wird die Bäume und die Tiere nicht krank machen. Aber die Wipflinge werden es nicht trinken können. Und den Wald verlassen müssen, wenn sie leben wollen.« Dunkle Worte. Und der Tonfall der Alten ließ keinen Zweifel darüber aufkommen, dass sie ernst gemeint waren. Todernst.

Anouk nickte nur, nahm das Tongefäß entgegen und hängte es sich um den Hals. Rette Pan. Rette die Prinzessin. Rette Mayo ... verdammt, rette Maya. Und wer, dachte sie, würde sie retten?

Den Weg hinauf hatte sich Anouk wie eine Leiter vorgestellt. Vielleicht sogar wie eine lange Treppe. Aber nicht so. Xylem (der Freundliche) begleitete Anouk aus der Höhle durch eine Tür in einen anderen Raum, der schmal und eng und feucht war. Er glich einer langen Röhre, die hinaufführte. Die Wände waren holzartig und machten auf Anouk den Eindruck, irgendwie lebendig zu sein. Sie meinte ein Wispern hören zu können. Eine tiefe, lang gezogene Stimme.

Nun also würde Anouk direkt zu den Eulen gehen und kein Bote, wie Pan und sie ursprünglich geplant hatten. Der Gedanke machte ihr ganz schön Angst. »Wo bin ich hier?«, fragte sie Xylem, der die Röhre nicht betreten hatte.

»Schnell, schnell. Der schnellste Weg hinauf führt durch den Baum. Es ist der einzige für kleine Leute. Der Baum ist zu hoch. Du würdest es nicht schaffen, an ihm hinaufzuklettern.«

Anouk blickte hinab. Der Boden schwankte.

»Hoch, hoch. Eine Plattform«, sagte Xylem. »Unter uns ist Wasser gestaut. Viel Wasser. Starkes Wasser.«

Wasser? Ein Weg *durch* den Baum? »Ist das hier eine Wurzel?«, fragte Anouk verblüfft.

Das Lächeln auf dem runzeligen Gesicht ihres Begleiters war mitleidig. »Länger, länger. Nicht nur Wurzel. Eine Wasserader des Baums, die bis in seine Blätter führt. Xylem.« Er deutete die Röhre hinauf. »Alter Weg, alter Weg. Früher waren Wipflinge und wir Freunde. Heute nicht mehr. Früher haben sie uns besucht und diesen Weg genommen. Heute nicht mehr.«

»Wie kann es eigentlich ein Früher gegeben haben, wenn dieser Wald erst gerade gewachsen ist?«, wollte Anouk wissen, während sie sich fragte, wie genau wohl dieser Fahrstuhl (ein anderes Wort für dieses Ding fiel ihr nicht ein) funktionierte.

»Neu, neu. Alter Wald wächst immer wieder neu«, antwortete Xylem geheimnisvoll. »Und so schnell, dass du ihm dabei zusehen kannst. Ist unser Verdienst.«

Anouk nickte, als sie sich an den Beginn des Spiels erinnerte. Sie selbst hatte die Bäume beim Wachsen beobachtet.

»Gut festhalten«, rief Xylem. »Wenn du wieder nach unten willst, nimm diesen Weg. Prinzessin Xylem weiß, wie er funktioniert. Und«, er drückte seine kleinen Daumen, »viel Glück.«

Mit diesen Worten schloss er die Tür.

Anouks Herz schlug plötzlich so fest, als wollte es fliehen.

Sie hörte ein Rumpeln und Rauschen.

Und dann wurde der Boden mit ihr so unvermittelt nach oben katapultiert, dass ihr die Luft wegblieb.

Anouk wollte schreien, doch sie konnte nicht. Sie war auf den Rücken gefallen, kaum dass der Boden wie eine Kugel aus einer Pistole losgeschossen war. Nun lag sie einem hilflosen Käfer gleich da und starrte mit aufgerissenen Augen in eine Dunkelheit, die so tief war, dass sie Anouk blind machte. Ein heftiger Wind fauchte ihr entgegen und presste sie auf die hölzerne Plattform. Selbst auf der schlimmsten Achterbahn hatte sich Anouk nie schlechter gefühlt.

Als sie schon nicht mehr glaubte, dass dieser Albtraum jemals enden würde, verlangsamte sich ihre Fahrt, und schließlich stoppte die Plattform. Mit zitternden Knien erhob sich Anouk. Es war noch immer völlig finster. Was, wenn sie hier nicht heraus … Sie hatte den Gedanken noch nicht zu Ende gebracht, als eine Tür aufgerissen wurde. Gleißend helles Licht blendete Anouk und ließ sie blinzeln. Nur verschwommen erkannte sie die Gestalten, die sich im Schein wie ein Scherenschnitt abzeichneten.

Und eine von ihnen schien eine Waffe in der Hand zu halten.

DIE EULEN

»Gefährlich sieht sie nicht aus«, hörte Anouk jemanden mit heller Stimme sagen.

»Ungefährlich aber auch nicht«, erwiderte eine zweite, nicht minder hohe. »Ich glaube, dein Stock ängstigt sie. Leg ihn besser weg.«

»Tatsächlich?«, fragte die erste Gestalt. »Und wie soll ich mir ohne ihn die Vögel vom Leib halten? Sie sind so furchtbar neugierig, seit das Spiel begonnen hat.«

»Tu es dennoch.«

Anouk erkannte, wie die verschwommene Gestalt ihre Waffe beiseitelegte. »Ob sie sprechen kann?«

»Hallo?«, sagte Anouk mit rauer Stimme. Der Schreck über den rasanten Aufstieg steckte ihr noch in den Knochen.

»Kann sie«, bemerkte die zweite Stimme. Eine Hand legte sich um Anouks Arm und zog sie hinaus ins Freie.

Es war so hell, dass sie unwillkürlich die Augen schloss.

»Sie ist aber kein Wurzelmensch, oder?«

Anouk zwang sich, die Augen wieder einen Spaltbreit zu öffnen. Viel erkennen konnte sie noch immer nicht. Vor ihr standen zwei Wesen, die wie Kinder aussahen. Die fein geschnittenen Gesichter der beiden schienen völlig faltenfrei. Dunkle Augen steckten in ihnen. Auf dem Kopf trugen sie silberne Haare, die sie ein wenig wie Pusteblumen aussehen ließen. Dann bemerkte sie die Ohren. Sie waren spitz, als gehörten sie einer Maus. Wie die Figur aus dem Spiel. Der Wipfling, dachte sie bei sich, als sie sich an das Männchen aus dem abgegriffenen Karton erinnerte. Offenbar war sie unverhofft auf den richtigen Weg gelangt. »Ich bin Anouk, die Spielerin«, stellte sie sich vor. Die Sonne schien genau auf Anouk. Sie trat einen Schritt zur Seite in den Schatten der Blätter und schirmte ihre Augen mit der Hand ab. Allmählich gewöhnte sie sich an die Helligkeit. Die Tür, durch die sie gekommen war, steckte mitten in einem gewaltigen Baumstamm. Zahllose Äste wuchsen in alle Richtungen und ein mächtiges Blätterdach erhob sich um Anouk und die beiden Wipflinge herum. Der Ast, auf dem sie standen, war so breit wie eine schmale Straße. Er schaukelte ganz leicht im Wind, der sanft durch das Blätterdach strich. Oder zitterten Anouks Knie noch immer?

»Oh«, entfuhr es einem der Wesen. »Die Spielerin? Tatsächlich? Du bist hier hochgekommen? Du kannst froh sein, dass diese Tür im Baum bewacht wird. Wegen der Wurzelmenschen. Sonst hätten wir dich glatt übersehen. Wir hatten dich später erwartet. Und an einem anderen Ort.«

»Später? An einem anderen Ort?« Anouk musterte ihr Gegenüber. Der Wipfling, der gerade gesprochen hatte, trug braune Hosen, ein ebenso braunes Gewand und einen moosgrünen Umhang. Wenn er sich nicht rührte, hätte Anouk ihn glatt für einen Teil des Baums gehalten. Allenfalls der silberne Haarschopf verriet ihn.

»Während deiner Suche nach dem Schwert«, erwiderte er und lachte hell. Dann verbeugte er sich tief. »Ki, Prinz der Wipflinge. Zu deinen Diensten.«

Anouk verbeugte sich ebenfalls (wobei sie dem Wipfling nicht ihre Dienste anbot). »Wieso wisst ihr von meiner Suche?«, fragte sie. Dann aber erinnerte sie sich, weshalb sie hier hinaufgekommen war. »Ich muss zu den Eulen«, sagte sie.

Sofort wichen die beiden Wipflinge vor ihr zurück. Prinz Kis Begleiter zischte wie eine Schlange und blickte sich beunruhigt um, als würde er irgendwo einen der Vögel erkennen.

Prinz Ki sah sie ernst an. »Die Eulen sind gefährlich«, meinte er. »Lebensgefährlich. Weshalb willst du zu ihnen?«

Anouk griff nach einem kleinen Zweig, um auf dem schaukelnden Ast besser Halt zu finden. Mit raschen Worten erzählte sie von den Fehlern im Spiel und von Pans Entführung. »Ich muss ihn suchen«, sagte Anouk bestimmt. »Ach, und eine Botschaft der Wurzelmenschen habe ich. Aber sie wird euch nicht gefallen.«

»Nun«, Prinz Ki sah Anouk prüfend an. »Ich denke, es ist besser, wenn du mitkommst. Der Weg zu den Eulen ist nicht der, den du einschlagen solltest. Wir hatten erwartet, dass du zum Herzen des Waldes gelangen willst.«

»Aber das will ich doch«, erwiderte Anouk. »Nur muss ich erst meinen Freund finden. Ich … ich kann ihn nicht im Stich lassen.«

»Dieser Pan ist dein Freund?«, fragte Prinz Ki. Sein Begleiter wisperte dem Wipfling etwas ins Ohr. Der Prinz nickte, dann pfiff er und einen Augenblick später erschien ein silbergraues Eichhörnchen auf dem Ast und brachte diesen so sehr zum Schwanken, dass Anouk fürchtete, sie würde gleich abstürzen.

»Bitte, steig auf. Es ist sicherer.«

Anouk starrte das Eichhörnchen an. Noch nie hatte sie eines so nahe gesehen. Und erst recht nicht ein so großes und ... wildes. Normalerweise waren Eichhörnchen putzig. Doch dieses machte nicht den Anschein, niedlich wirken zu wollen. Die dunklen Augen leuchteten übermütig in dem schmalen Gesicht. Sie spürte eine unbändige Kraft in dem Tier. »Sicherer als was?«, wollte sie wissen. Die Vorstellung, auf den Rücken dieses Eichhörnchens zu steigen, erschien ihr wenig verlockend.

Ki deutete auf eine Reihe weit entfernter Bäume. »Sicherer, als dorthin zu laufen. Die Wege im Himmel der Blätter sind schmal. Und du musst springen können. Glaub mir, es ist besser, wenn du dich tragen lässt.«

Ki faltete die Hände zu einer Räuberleiter zusammen. Mit einem Seufzer stellte Anouk einen Fuß hinein und drückte sich nach oben auf den Rücken des Tieres. Das Fell war ganz warm und weich.

»Keine Angst«, flüsterte das Eichhörnchen Anouk zu.

Es wunderte sie nicht, dass auch dieses Geschöpf sprechen konnte.

»Wir werden gewinnen«, fügte das Eichhörnchen hinzu.

Gewinnen? Ehe Anouk fragen konnte, was das Tier damit meinte, sprang es so unvermittelt von dem Ast ab, dass Anouk vor Überraschung aufschrie. Für einen Augenblick glaubte sie, dass sie abstürzten. Sie krallte sich in das Fell und wagte kaum, ihren Kopf am Hals des Eichhörnchens vorbeizudrücken. Dann aber begriff sie, dass der Sprung wohlkalkuliert war. Das Eichhörnchen landete leichtfüßig auf dem Ast eines anderen Baums und lief sofort weiter. Hinter sich hörte Anouk jemanden einen hellen Ruf ausstoßen. Während das Eichhörnchen seinen halsbrecherischen Lauf fortsetzte, wandte Anouk den Kopf. Prinz Ki sprang übermütig von dem Baum in die Tiefe und landete knapp hinter ihr und ihrem Reittier auf dem Ast.

Himmel, dachte sie, während sie alle Mühe hatte, sich auf dem Tier zu halten. Sie machen ein Wettrennen.

Das Eichhörnchen schoss durch das Blätterdach eines weiteren Baums, übersprang scheinbar mühelos den (furchtbar tiefen) Spalt zwischen zwei mächtigen Ästen und raste dann über einen so dünnen Zweig, dass Anouk um ihr Leben fürchtete. Sie wollte das Tier gerade bitten, langsamer zu laufen, als sich wieder die Abenteuerlust in ihr meldete. Bei allen Gefahren machte ihr das Rennen unverhofft viel Spaß. Ihr Herz schlug schnell, doch nicht nur vor Angst. Im Gegenteil, alle Furcht wurde aus ihm herausgewaschen, während das Eichhörnchen mit Anouk wieder durch die Luft flog und gerade noch den nächsten Ast zu fassen bekam.

Sie wandte sich rasch um und sah, dass der Wipfling sie beinahe eingeholt hatte. »Schneller«, wisperte sie dem Eichhörnchen zu (und wunderte sich dabei über sich selbst). »Du willst doch nicht, dass wir verlieren.«

Zur Antwort beschleunigte das Tier noch einmal. Die Welt um Anouk wurde zu grünen und braunen Schemen, als sie durch die Baumwipfel schossen. Anouks Herz trommelte vor Aufregung im Takt der Eichhörnchenschritte. Sie hörte, wie ihnen ein paar Vögel etwas empört nachriefen, doch der Wind pfiff so laut in ihren Ohren, dass die Worte schnell verklangen. Plötzlich aber wurde das Eichhörnchen so abrupt langsamer, dass Anouk an seinem Hals vorbei von dessen Rücken fiel und mit einem Schrei schlitternd auf einem dicken Ast liegen blieb. Einen Augenblick später stand Ki neben ihr.

»Nicht schlecht«, meinte er schwer atmend und nickte anerkennend. »Mutig bist du, das kann man nicht anders sagen. Oder verrückt.«

»Ki!« Die Stimme, die durch die Blätter drang, verriet Sorge und Ärger.

Anouk rappelte sich hoch und fand sich zu ihrer Verblüffung in einer Art Stadt wieder. Zahllose Häuser schienen auf wundersame Weise aus dem Stamm und den Ästen eines besonders mächtigen Baums herauszuwachsen. Auf den ersten Blick wirkte alles krumm und schief, doch der Eindruck verflog, kaum dass Anouk die seltsamen Häuser länger betrachtet hatte. Einige drückten sich rund und kugelig aus dem Holz heraus, andere waren kaum mehr als Ausbuchtungen im Stamm, mit Dächern aus Blättern und Moos, Fensteröffnungen und einer Tür, die in das Innere des Baums führte. Der Ast, auf dem Anouk nun auf ziemlich wackligen Beinen stand, war offenbar so etwas wie eine Straße. Links von ihr erhob sich der Hauptstamm mit sicher einem Dutzend der seltsamen Häuser und zu ihrer Rechten wuchs ein mächtiger Ast gerade so, dass die Häuser in ihm den anderen direkt gegenüberlagen. Einige Gesichter lugten aus dunklen Fenstern, andere sahen von den Ästen über Anouk auf sie herab. Und aus den Augenwinkeln bemerkte sie eine Gestalt, die mit energischen Schritten auf sie und Ki zuschritt. Zu ihrer Verblüffung war dies eine Frau, die wie ein junges Abbild der Königin Xylem aussah. Ein äußerst ungehaltenes Abbild. Ihre Haut war hingegen nicht ganz so zerfurcht und das Haar glänzte so schwarz, als hätte sich die Nacht darin verfangen.

»Die entführte Prinzessin Xylem«, entfuhr es ihr.

Die Wurzelfrau sah sie erstaunt an. Doch vermutlich noch erstaunter war Anouk, als sie bemerkte, dass Ki die Hand der Prinzessin nahm und zärtlich in seine eigene legte.

»Woher kennst du mich?«, fragte Prinzessin Xylem verblüfft.

Anouk hätte lieber selbst einige Fragen gestellt. Über diese Stadt. Über die Vertrautheit zwischen Ki und der Prinzessin. Und vor allem über die Eulen. Doch sie verstand, dass sie zunächst einige Antworten geben musste. So berichtete Anouk noch einmal in knappen Worten, wer sie war und was ihr widerfahren war, seit sie diese Welt betreten hatte.

»Und als ich ihr über den Weg gelaufen bin, habe ich sie direkt hergebracht«, beendete Ki die Geschichte für sie in einem äußerst selbstzufriedenen Ton.

»Hergebracht?« Die Prinzessin erinnerte sich augenscheinlich wieder an ihren Ärger. »Das war ein Rennen. Sie hätte abstürzen können! Und du auch. Und außerdem bist du ihr nicht über den Weg gelaufen. In allen Bäumen sitzen doch Wipflinge und warten darauf, dass die Spielerin kommt. Nur du musstest ja auch noch raus. Du hättest sie hier empfangen sollen. Überhaupt gibt es noch andere Dinge zu tun.«

Der Prinz legte ihr rasch einen Finger auf die Lippen, ehe sie weitersprechen konnte. »Aber, meine Liebe, unser Haus wird schon bald fertig sein. Und dann können wir unser ganzes Leben lang hier oben verbringen.« Er lächelte sie so glücklich an, dass der Groll der Prinzessin wie ein dunkles Gewitter verflog.

»Ihr seid ein … Paar?« Hinter Anouk verschwand das Eichhörnchen raschelnd in den Blättern. Wundert dich das, Anouk?, fragte sie sich. Es ist doch offensichtlich. Ja, doch das machte es nicht weniger verwunderlich.

»Aber natürlich«, meinten die beiden wie aus einem Mund.

»Ich habe ihn am Boden gefunden und gerettet«, fuhr die Prinzessin fort. »Als er bei einem seiner Rennen abgestürzt ist und …«

»Ich wollte mir die Welt da unten einmal ansehen und bin hinabgestiegen«, fiel ihr Ki rasch ins Wort, doch Anouk beschloss, eher der Darstellung der Prinzessin zu glauben. »Bei uns Wipflingen heißt es, am Stamm der Bäume ist die Luft zu dick zum Atmen. Stimmt gar nicht. Und da habe ich diesen wunderschönen Tannenzapfen hier gesehen.«

Tannenzapfen? Die beiden blickten sich so verliebt an, dass es beinahe peinlich war.

»Du bist gar nicht entführt worden?«, fragte Anouk Xylem. Erst einen Augenblick später wurde ihr bewusst, dass man Prinzen und Prinzessinnen vermutlich anders ansprach, doch weder Ki noch Xylem schienen sich daran zu stören. In diesem Moment erinnerte sich Anouk an das Gefäß mit der Nachricht. Sie zog es sich über den Kopf und reichte es der Prinzessin.

Xylem öffnete es und führte ihre Lippen an das Wasser. Einen Moment lang kostete sie, dann schüttelte sie den Kopf. »Oh je«, murmelte sie und bedeutete Anouk, ihr zu folgen. »Sobald du willst, zeige ich dir den Weg hinab und zum Herzen des Waldes. Aber was ist das nur für ein Schlamassel? Entführt? Wie kann meine Mutter das bloß glauben? Oh, wie furchtbar. Ich habe gar nicht mehr an sie gedacht. Erst war es so aufregend hier oben. Und dann hieß es, die Spielerin würde vermutlich kommen. Diesmal, ja, zum ersten Mal, sind die Wipflinge Teil der Lösung. Alle sind so aufgeregt, dass ich mich davon habe anstecken lassen. Bislang mussten die Spieler immer nur in den alten Brunnen steigen und eine ziemlich hässliche Kröte mit eitrigen Warzen und üblem Mundgeruch erlösen.«

Das Spiel. Anouk zwang sich, Maya und ihre Aufgabe für den Moment beiseitezuschieben. »Deine Mutter will irgendwas ins Wasser leiten, damit die Wipflinge verschwinden. Sie ist ziemlich wütend. Und ich glaube auch verzweifelt.«

Anouk sah sich neugierig um. Immer mehr Wipflinge steckten die Köpfe aus den Fenstern und sahen ihnen nach, während die Prinzessin Anouk weiterführte. Ki schloss nach kurzer Zeit wieder zu ihnen auf.

»Herrje«, entfuhr es Xylem. »Alter Groll und Ärger. Wurzelmenschen und Wipflinge sind keine Freunde mehr. Aber ich weiß nicht, wie wir meine Mutter besänftigen können.«

»Vielleicht steigst du hinab und redest mit ihr?«, schlug Anouk vor. Sie fand das ganz vernünftig, doch Xylems Gesicht verdüsterte sich und sie schüttelte den Kopf.

»Die Königin ist stur wie ein Stein. Sie würde nie auf mich hören. Ich würde eingesperrt und könnte nie mehr hinauf.« Bei diesen Worten griff sie die Hand des Prinzen, der mit einem verliebten Gesichtsausdruck neben ihr ging.

»Aber keine Angst«, rief der Prinz. »Wir geben uns nicht geschlagen. Eher ziehen wir in den Kampf, als dass wir uns dem Willen der Wurzelmenschen beugen.«

Anouk seufzte. Noch ein Problem. Als gäbe es nicht schon genug davon. Was, wenn Königin Xylem ihre Drohung in die Tat umsetzte und tatsächlich etwas ins Wasser mischte?

»Nun, du bist also nicht hergekommen, weil du im Spiel vorankommen wolltest, sondern um zu helfen?«, fragte Ki, während sie den Ast ein Stück aufwärts gehen mussten.

»Na ja«, meinte Anouk. »Irgendwie schon. Ich muss nun einmal Pan finden. Es war ein Zufall, dass ich hierhergelangt bin.«

»Kein Zufall. Die Dinge im Spiel geschehen nicht ohne Grund«, erwiderte die Prinzessin vielsagend. »Der Regelmacher hat einen Plan.«

»Ich fürchte, dieser Plan ist im Moment irgendwie … schräg«, sagte Anouk. »Wenn es ihn überhaupt gibt.«

Sie erreichten einen kleinen, runden Platz auf dem mächtigen Ast, der mit Blättern und Moos ausgelegt war. Er lag so hoch am Rand der mächtigen Krone, dass man von hier aus fast den gesamten Wald überblicken konnte. Anouk wurde ein wenig schwindlig, doch die Aussicht war atemberaubend. Der Wald schien endlos. Sie musste sich zwingen, den Blick wieder auf den Platz zu richten.

Zwei Throne, die aus riesigen, glänzenden Kastanien herausgeschnitten worden waren, standen dort. Ki und Xylem setzten sich und auf ein Klatschen des Prinzen hin erschienen hinter Blättern und Ästen, die den Platz säumten, weitere Wipflinge und brachten Schalen mit Früchten und Tonkrüge mit Wasser. Xylem gab das Gefäß ihrer Mutter einer der Frauen. Eine andere reichte Anouk einen Teller mit Beeren und stellte einen der Krüge vor ihren Füßen ab. Sie ähnelte Ki, doch ihre Haare waren golden. Mit einem Lächeln zwinkerte sie Anouk zu, dann verschwand sie wieder.

Nur aus Höflichkeit schob sich Anouk eine der Früchte in den Mund. Sie schmeckte köstlich. Obwohl sie keinen Hunger verspürte, leerte Anouk ihren Teller rasch und trank von dem klaren Wasser, bis kein Tropfen mehr im Krug war.

»Wird dir eigentlich nicht schwindlig hier oben?«, fragte Anouk.

Xylem lachte hell auf. »Schwindlig? Haben sie dir die Geschichte von meinem Großvater erzählt, der auf den Stein geklettert ist? Das Geheimnis ist«, sie senkte verschwörerisch die Stimme, »dass bei uns nur die Männer Angsthasen sind. Und sie haben außerdem diesen Sprachfehler. Wir Wurzelfrauen sind um einiges mutiger. Aber wir sind zu höflich, es offen zu zeigen.« Sie griff einen Krug und nahm einen kurzen Schluck. »Von hier aus könntest du leicht bis in das Herz des Waldes gelangen. Aber wenn du vorher unbedingt den Affen retten willst …« Sie seufzte und sah zu dem Prinzen der Wipflinge. »Ich fürchte, es gibt nur einen hier, der verrü… mutig genug ist, mit dir zu den Eulen zu gehen.«

»Ein Kinderspiel, meine wunderschöne Haselnuss«, meinte Ki schmeichelnd. »Du weißt, dass es keinen Ort gibt, an den ich nicht zu gehen wage. Und dass es kein Ungeheuer gibt, gegen das ich nicht antrete. Denk nur einmal an den Adler, vor dem ich dich gerettet habe.« Er lächelte überheblich und nahm gedankenverloren einen Schluck Wasser.

»Soweit ich mich erinnere, war es eine Amsel. Und sie war so alt und kurzsichtig, dass sie fast vor den nächsten Baum geflogen ist.« Xylem rollte kurz mit den Augen, dann lächelte sie Anouk wieder an. »Aber er ist tatsächlich mutig. Mutiger als alle, die ich kenne. Er wird dich zu den Eulen führen.«

»Ist es weit?«, fragte Anouk. Die Angst um Pans Leben erstickte überraschenderweise die Furcht vor den Eulen in ihr.

»Nein, sogar nahe«, erwiderte Xylem.

Ki stand mit einem Blitzen in den Augen auf und deutete auf einen Teil des Waldes, in den das Licht kaum einen Weg zu finden schien. Dunkel und dicht war er. »Aber gefährlich«, fügte er mit rauer Stimme hinzu.

Und diesmal hatte Anouk das Gefühl, dass er nicht übertrieb.

Sie hätte sich gerne länger in der seltsamen Stadt aufgehalten, die sich über die Krone dieses Baums (und viel weiter) erstreckte. Doch jeder Augenblick, ja, jede Sekunde, klang in Anouks Ohren wie das gierige Schnappen eines Eulenschnabels und das einzige Bild, an das sie denken konnte, seit sie die Heimat der Eulen gesehen hatte, zeigte einen von gefiederten Räubern umringten Pan.

Ki rief das Eichhörnchen zurück, während Xylem in aller Eile einen Beutel mit einigen in Blättern eingeschlagenen Beeren und zwei verschlossenen Tonkrügen packte. Kaum war das silbergraue Tier den Stamm des Baums heraufgeklettert, setzte sich der Wipfling auf dessen Rücken, nahm den Beutel aus den runzeligen Händen der Prinzessin und bedeutete Anouk, zu ihm hinaufzukommen.

Sie atmete tief durch und fasste mit beiden Händen in das

weiche Fell des Eichhörnchens. Dann zog sie sich nach oben. »Müssen wir uns nicht bewaffnen?«, fragte sie, als sie hinter dem Prinzen Platz nahm.

»Du willst gegen die Eulen kämpfen?« Ki klang belustigt. »Selbst wenn sich alle Wipflinge bis an die Zähne bewaffneten, würden wir nichts gegen sie ausrichten können. Zu viele Schnäbel.« Er tat, als würde er in die Luft beißen. »Wir müssen im Geheimen vorgehen. Eine … Kommandoaktion.«

Anouk sah die Prinzessin bei diesen Worten abermals mit den Augen rollen.

»Das ist kein Spiel«, sagte sie mahnend. »Der Affe muss gerettet werden. Mehr nicht. Schnell und lautlos.«

»Natürlich, meine schöne Borke«, rief der Prinz so energisch, dass er einen Specht aufscheuchte, der daraufhin seinen Schnabel wütend in einen Baumstamm schlug. »Wir holen ihn. Dann kümmern wir uns um deine Mutter und gewinnen natürlich noch diese Runde.«

Er pfiff hell und so durchdringend, dass der Specht, der sich gerade erst wieder beruhigt hatte, erschrocken mit den Flügeln schlug. Dann schoss das Eichhörnchen los. Wieder verschwamm die Welt um Anouk in Schlieren aus Grün und Braun. Doch nach einer Weile und einigen äußerst waghalsigen Sprüngen über die Baumkronen wurde das Tier langsamer und vorsichtiger.

»Eulenland«, wisperte Ki. »Wir müssen nun leise sein.«

Das Eichhörnchen hielt auf einem alten, knorrigen Ast an und ließ Anouk und den Prinzen absteigen. Einen Augenblick später war es raschelnd zwischen den Blättern der dichten Baumkrone verschwunden.

Anouk atmete tief durch. Sie begriff erst jetzt, dass sie gar nicht wusste, was für Gefahren die Rettung von Pan bergen konnte. Die Bäume, die hinter ihr lagen, wurden von der Sonne beschienen und machten den Eindruck, freundlich zu sein. Doch die, die vor ihr lagen, wuchsen in den Schatten und waren abweisend und kalt. Als wollten sie Anouk klarmachen, dass sie besser keinen Schritt auf ihre Äste setzen sollte.

»Keine Sorge«, meinte Ki lässig. Anouk aber konnte ihm die Nervosität anhören.

Sie wollten gerade losgehen, als der Prinz sie festhielt.

»Was ist?«, wisperte Anouk aufgeregt. Unwillkürlich ging ihr Blick nach oben. Waren sie schon von den Eulen entdeckt worden?

Doch der Prinz legte seine Hand an ihr Kinn und zog es hinunter. »Da«, keuchte er. Das Wort war in Abscheu getränkt.

Anouk trat an den Rand des Astes und blickte hinab. Sie musste die Augen zusammenkneifen, doch dann erkannte sie die Gestalten, die Kis Missfallen erregt hatten. Dort unten am Rand der Schatten gingen Menschen in Rüstungen. Ritter. Das Metall, das sie am Leib trugen, blitzte in der Sonne. Mindestens ein Dutzend schlug und schnitt sich rücksichtslos einen Weg durch den Wald. In den Händen hielt jeder ein langes Schwert. Und die Klingen fuhren durch die Pflanzen wie Sensen durch ein Kornfeld. Anouk konnte nichts hören.

Zu weit waren die Ritter entfernt. Doch allein ihr Anblick war schrecklich und machte ihr das Herz schwer. Sie ängstigten Anouk mit ihrer Rücksichtslosigkeit. Die Ritter hinterließen eine Schneise der Verwüstung. Junge Bäume, deren Stämme abgehackt wurden. Platt getretenes Gras. Unwillkürlich dachte sie an ihren Weg in den Wald zum Beginn des Spiels. Waren die Ritter auch dort gewesen? Vermutlich.

So furchtbar sie waren, der Anführer dieser Schar erschien Anouk noch schlimmer, obwohl er keine Waffe trug. Der Ritter war ganz in schwarzes Metall gehüllt. Während seine Begleiter im Licht glänzten, schien es, als traute sich die Sonne nicht, sich auf seiner Rüstung zu fangen. Noch nie hatte Anouk etwas gesehen, das schwärzer war. Auch wenn er keine Klinge besaß, bestand für Anouk kein Zweifel daran, dass er der gefährlichste von allen war. Für einen Moment konnte sie ihn nur wortlos anstarren. Sie fühlte Angst in sich aufsteigen wie Wasser in einem bodenlosen Brunnen. Und eine nie gekannte Wut. Diese Ritter und ihr Anführer schnitten in den Wald wie in den Leib eines Gegners. Die Gleichgültigkeit, mit der sie sich ihren Weg zwischen die Bäume schlugen, trieb Anouk Tränen in die Augen. Für einen Moment hob der schwarze Ritter seinen Kopf, als spürte er die Blicke, die sich auf ihn und seine Männer richteten. Dann trat er mit den anderen in die Schatten unter den Nadeln einiger Tannen und verschwand.

Anouk hatte die Hände zu Fäusten geballt. »Der dunkle Prinz«, wisperte sie. Anouk wusste nicht, weshalb sie so sicher war, dass sie gerade ihren Gegenspieler gesehen hatte. Doch sie spürte, dass sie recht hatte. Sie blickte ihm noch nach, als er schon längst nicht mehr zu erkennen war. Irgendetwas hatte sie an ihm gestört. Sie wusste jedoch nicht, was es war.

»Er und seine Begleiter sind bereits gewachsen«, entfuhr es Ki. Er schien darüber beinahe so empört wie über die Brutalität der Ritter.

»Ja«, rief Anouk. Das war es, was sie gestört hatte. Pans Worten nach war der dunkle Prinz ein leicht zu schlagender Gegner. Sie hatte daraus die Hoffnung geschöpft, dieses Spiel nicht verlieren zu können. Doch offenbar hatte sie ihn unterschätzt. Er war ihr bereits einen Schritt voraus. Nun mischte sich in die Wut und die Sorge um Pan ein weiteres Gefühl. Die Angst, Maya zu verlieren.

»Komm«, sagte Ki mit rauer Stimme. »Wir müssen deinen Freund retten. Und dann den Rückstand auf den dunklen Prinzen aufholen.« Er zog sie hastig fort, tief unter die Kronen der Bäume.

Denk an Pan, sagte sich Anouk, doch die Bilder der Ritter in ihrem Kopf und die Angst um Maya in ihrem Herzen blieben. Es wurde schnell dunkel um Anouk und Ki. Als herrschte unter den Zweigen, die das Reich der Eulen markierten, auch am Tag eine tiefe Nacht.

»Sie sehen im Dunkeln besser als du im Licht«, wisperte Ki.

Anouk wagte nicht, etwas zu erwidern. Mit jedem Schritt wuchs die Anspannung in ihr. Sie lauschte angestrengt. Der

Wind fuhr schwach durch die Blätter. Es klang fast wie ein gequältes Stöhnen. Sonst war nichts zu hören. Dieser Ort schien keine Geräusche zu dulden. Mit jedem Schritt wurde es dunkler. Bis schließlich eine so dichte Finsternis Anouk umhüllte, dass sie glaubte, blind zu sein.

Ki hatte ihre Hand gegriffen, und Anouk hoffte, dass der Wipfling Augen wie eine Katze hatte. Als sie nichts mehr sehen und hören konnte, verlor Anouk den Mut. Wie sollten sie Pan retten? Die Eulen würden sie so nie finden. Oder Anouk und Ki würden sich verlieren in der Nacht unter den Bäumen und am Ende von einem Ast stürzen.

Während die Angst in Anouk wuchs, blieb Ki auf einmal stehen.

»Was ist?«, wisperte Anouk. In dieser lautlosen und schwarzen Welt klangen alle Worte dumpf, als könnten sie die dröhnende Stille nicht übertönen.

»Die Eulen«, gab der Prinz der Wipflinge zur Antwort.

Anouk versuchte die absolute Schwärze vor sich mit Blicken zu durchdringen. Vergeblich. Doch im nächsten Moment wurde die Finsternis von einer Wand aus hellen Punkten durchbrochen. Es waren Dutzende. Wie kalt leuchtende Blüten auf dunklem Gras. Einen Moment wunderte sich Anouk darüber. Doch dann begriff sie.

»Die Augen der Eulen«, sagte Ki mit belegter Stimme.

Anouk konnte nicht anders, als starr und steif dazustehen und auf die Wand aus leuchtenden Augen zu blicken. Für einen Moment fürchtete sie, die Eulen würden sich auf sie und den Prinzen der Wipflinge stürzen. Doch sie wurden nur gemustert. Kein Schnabel, der in ihr Fleisch geschlagen wurde. Keine Krallen, die sie packten.

»Wer wagt es, das Reich der Eulen zu betreten?« Die Stimme klang alt und hochmütig.

»Sag ihnen, wer du bist«, wisperte Ki, körperlos wie ein Geist.

»Ich bin die … Anouk … ich meine«, brachte sie heraus. Doch im Angesicht der leuchtenden Augen konnte sie keinen klaren Gedanken fassen. Sie schwirrten wie wild durch ihren von Angst erfüllten Kopf.

»Sie, edle Eule«, erhob Ki seine Stimme, »ist die große Spielerin. Anouk, die …«, er wandte sich zu ihr, »die Spielerin.«

Himmel, dachte Anouk, das war ja fast so schlimm wie ihr Versuch gerade.

»Und ich bin ihr treuer Gefährte Ki. Prinz der Wipflinge und Verlobter der anmutigen Xylem, Prinzessin des Wurzelvolks.«

»Was wollt ihr?« Die Eule klang nun ein klein wenig weniger hochmütig, fand Anouk.

»Sie …«, begann Ki, doch Anouk legte ihm eine Hand auf die Schulter und trat vor.

»Ich suche meinen Freund. Meinen Begleiter.« Ihre Stimme zitterte, doch Anouk zwang sie zur Ruhe. Sie hatten bis zu diesem Moment überlebt. Die Eulen hatten sie nicht gefressen. Also gab es Hoffnung, dass sie auch in den nächsten Minuten nicht verspeist wurden. »Er ist ein Schimpanse.« Anouk erinnerte sich an die Bezeichnung, die der Affe verwendet hatte. »Pan troglodytes. Er hilft mir in meinem Spiel. Anouks Spiel.« Nun zitterte ihre Stimme doch wieder ein wenig. Anouk atmete tief durch.

»Du riskierst dein Leben für ihn? Und du, Wipfling, riskierst dein Leben für sie?«

»Wir spielen alle ein Spiel, oder nicht? Jeder mit dem Einsatz, der für ihn passt. Ich war immer schon der Meinung, dass man ein gewisses Risiko eingehen muss.« Ki klang betont lässig. »Wer nichts riskiert, gewinnt nichts.«

»Oder verliert alles.« Diese Stimme war eine andere. Älter. Weiser. »Für was spielst du, Spielerin?«

»Meine Schwester«, antwortete Anouk nach kurzem Zögern. Die Angst ließ ihre Zunge schwer wie Blei werden. Sie fühlte sich so klein und wehrlos wie noch nie in ihrem Leben. Und alles, was ihr Schutz bieten konnte, waren ihre Worte. Ehrliche Worte. »Ich brauche Pan, um sie zu retten. Und ich muss Pan retten, weil er mein Freund ist.«

Für einen Moment herrschte Schweigen. Anouk stand dort vor den leuchtenden Augen und hatte das Gefühl, dass gerade über sie gerichtet wurde. Was, wenn die Eulen sie fraßen? Was, wenn sie Pan längst gefressen hatten? Oder wenn er gar nicht hier war?

Auf einmal schlossen sich die Augen wie auf ein stummes Signal hin. Und es wurde wieder so dunkel, dass Anouk nichts mehr sehen konnte.

»Bitte«, rief sie in die undurchdringliche Finsternis. »Ich muss Pan finden. Bitte.« Sie spürte eine bittere Verzweiflung in sich aufsteigen. »Hallo? Hört ihr mich? Ich …«

»Du darfst kommen.« Wieder die weise Stimme.

»Wohin?« Anouk fühlte eine Hand auf der ihren. Ki. Hoffte sie zumindest.

»Ich führe dich, Spielerin«, hörte sie tatsächlich seine Stimme. Erleichtert stolperte Anouk in die Richtung, in die Ki sie zog.

»Du kannst hier wirklich sehen?«, flüsterte sie.

»Stumpfe Sinne, kurzes Leben. Gute Sinne, lange Gesundheit«, erwiderte Ki. »Dies ist der Platz der Eulen. Eulen sehen hier am besten. Und erkennen sogar Lügen. Aber du hast die Wahrheit gesagt. Und daher dürfen wir in ihr Nest. Eine große Ehre.«

»Juhu«, murmelte Anouk angespannt. Die Vorstellung, durch diese Finsternis zu irren und womöglich auf noch mehr Eulen zu treffen, war alles andere als anregend. Doch sie ließ sich führen, auch wenn sie bei jedem Schritt fürchtete, gegen irgendein unsichtbares Hindernis zu stoßen und sich zu verletzen. Doch nichts geschah.

Anouk sah und hörte nichts. Lediglich ihre Schritte erfüllten die kalte, finstere Stille. Die Zeit schien eingefroren. Anouk wusste nicht, wie lange sie schon im Dunkeln gegangen war. Plötzlich aber wurde es hell. Das Licht biss Anouk in die Augen. Sie gewöhnte sich jedoch schnell daran und erkannte endlich, wo sie war. Vor ihr mündete ein breiter Ast, auf dem sie mit Ki wanderte, in ein riesiges, von Blättern zu allen Seiten gesäumtes Nest. Lediglich vor Anouk war ein Teil offen wie ein Tor. Und einige Lücken im dichten Blätterdach ließen vereinzelte Sonnenstrahlen hindurch. Ihr Schein hatte Anouk geblendet.

Entschlossen folgte Anouk dem Prinzen der Wipflinge. Was, wenn sie geradewegs in eine Falle marschierten? Der Gedanke war furchterregend. Doch Anouk verwarf ihn schon im nächsten Augenblick. Wenn die Eulen sie hätten töten wollen, wären sie wohl längst nicht mehr am Leben. Anouk atmete dennoch schwer vor Aufregung, als sie das Tor aus Blättern durchschritt und das Nest betrat. Es war so groß, dass es gut einem Dutzend Eulen Platz bot. Die Vögel saßen wie die Geschworenen in einem Gerichtsprozess am Rand des Nestes und bedachten Anouk und Ki mit undurchdringlichen Mienen.

»Du suchst deinen Begleiter«, stellte eine der Eulen fest.

Anouk konnte nicht sagen, ob es eine von denen war, die eben mit ihnen im Dunkeln gesprochen hatten. »Meinen Freund«, erwiderte sie.

Die Vögel musterten sie so eindringlich, als wollten sie ihr bis in das versteinernde Herz blicken. »Wir gebrauchen dieses Wort nicht leichtfertig«, sagte die Eule streng.

Mit einem tiefen Atemzug presste Anouk die Anspannung aus sich heraus. »Ich auch nicht.«

Diese Antwort schien den Eulen zu gefallen. Zumindest sahen sie Anouk ein wenig freundlicher an.

»Ist er hier?«, fragte sie betont ruhig. Nicht einfach im Angesicht der Eulen und ihrer tödlich spitzen Schnäbel.

»In diesem Nest«, kam die prompte Antwort.

»Bist du bereit, ihn zu sehen?« Eine der Eulen beugte sich vor. »Gleich wie verstörend sein Anblick sein wird?«

Was hatten sie Pan angetan?, fragte sich Anouk erschrocken. Sie brachte kein Wort mehr heraus. Die Sorge um Pan schien ihr alle von der Zunge geschnitten zu haben. Sie konnte nur wortlos nicken.

Daraufhin traten zwei der Eulen beiseite.

Und gaben den Blick auf Pan frei. Sein Gesicht war rot, als liefe ihm das eigene Blut über die Wangen.

EIN UNMÖGLICHER FRIEDE

Der Schimpanse lag auf einem Blätterhaufen, der ausgesprochen gemütlich aussah. Mit augenscheinlichem Genuss war er gerade dabei, in eine leuchtend rote Frucht zu beißen, deren Saft ihm über das Gesicht lief. Sie war in Wirklichkeit sicher nur so klein wie eine Johannisbeere. Für den winzigen Pan aber war sie groß wie ein Apfel.

»Da bist du ja«, bemerkte Pan so beiläufig, als hätten er und Anouk sich verabredet, und wischte sich den Fruchtsaft vom Gesicht.

Sie konnte ihn nur fassungslos anstarren. Dann endlich fand sie ihre Sprache unter der verblassenden Sorge wieder. »Was machst du da?«, fragte sie. Pan, um dessen Leben sie gebangt hatte, lag hier so entspannt, als wäre es Sonntagmorgen!

»Na was wohl?«, gab der Schimpanse zurück. »Ich erhole mich von meiner Entführung.« Er biss erneut in die Beere und erhob sich mit gespielter Anstrengung. »Die Eule, die mich versehentlich mitgenommen hat, dachte, ich sei eine Art Maus. Lächerlich, oder?« Dann entsann er sich offenbar, dass er das Ganze äußerst dramatisch darstellen wollte, und setzte – wenig überzeugend – eine leidende Miene auf. »Sie hätte mich beinahe zerrissen. Ich musste mit ihr ringen, bis sie von mir abließ. Nur mit Mühe konnte ich sie davon überzeugen, dass ich in diesem Spiel eine wichtige Rolle spiele. Und seither darf ich mich hier erholen.«

Anouk stemmte die Hände in die Hüften und trat auf Pan zu. Dessen gespielte Erschrockenheit wich daraufhin echter Verlegenheit. Ein Gewissen hatte er also doch. Sein betretenes Schweigen konnte Anouks Wut aber nicht abkühlen. Noch nie war sie so zornig gewesen. »Ich habe geglaubt, du seist tot!«, rief sie. Es war ihr egal, ob die Eulen zuhörten. Oder Ki. Wie hatte Pan ihr das nur antun können? »Du hättest mich suchen müssen, anstatt hier faul herumzuliegen«, empörte sie sich. »Ich war ganz alleine.«

»Nun, scheinbar bist du nicht lange allein geblieben. Und wir haben uns doch auch so gefunden«, erwiderte Pan in einem Tonfall, als hielte er Anouks Aufregung für maßlos übertrieben. »Du hast sogar ganz von selbst die Wipflinge entdeckt. Sehr gut. Das spart uns Zeit. Du lernst schnell von mir.«

»Sie hat uns in der Tat gefunden«, erwiderte Anouks Begleiter. »Prinz Ki, zu Euren Diensten.«

»Ja, ja, ebenso«, meinte Pan und winkte ab. »Ich habe nie daran gezweifelt, dass du mich findest. Immerhin bist du … schön? Schlau? Süß?«

Ehe er noch ein paar weitere unpassende Eigenschaften aufzählen konnte, fiel ihm Anouk ins Wort. »Wir haben den dunklen Prinzen gesehen.« Ihre Stimme klang zu ihrer eigenen Überraschung nun schon etwas weniger wütend. Immerhin war sie froh, dass der Schimpanse noch lebte. Allem Ärger über ihn zum Trotz.

»Der Prinz.« Pan setzte ein überhebliches Grinsen auf. »Vermutlich irrt er wie üblich durch das Gras und schaut sich voller Angst nach Mäusen um. Er ist …«

»Groß«, fiel ihm Ki ernst ins Wort.

»Groß?« Pan blickte den Wipfling verwirrt an. »Was genau meinst du damit?«

Anouk seufzte. Der Gedanke an ihren Kontrahenten trübte ihre Freude darüber, Pan wiedergefunden zu haben, erheblich. »Er ist bereits gewachsen.«

Nun wirkte Pan ernsthaft verblüfft. »Das ist unmöglich«, stammelte er und sah auf den Boden, als würde er zwischen seinen Zehen nach der Erklärung dafür suchen, weshalb der dunkle Prinz nicht mehr winzig war. »Wie hat er das geschafft? Bestimmt schummelt er.« Er blickte wieder auf. »Egal, das ändert nichts. Du wächst einfach auch. Und dann finden wir das Schwert. Das hat er noch nicht. Sonst wäre der Wald schon nicht mehr da.« Pan wandte sich den Eulen zu. »Wir brauchen einen Rat«, sagte er zu ihnen. »Wo ist die alte Strix? Seit ich hier bin, heißt es, sie würde kommen und …«

»Seit du hier bist, ist es so laut in diesem Nest, als wären einhundert hungrige Küken zur selben Zeit geschlüpft.« Die Vögel wichen vor der Stimme zurück. Sie gehörte zu einer Eule, deren Gefieder grau war wie schmutziger Schnee. Mit langsamen Schritten betrat sie das Nest und ließ ihren Blick über Ki, Pan und schließlich Anouk fahren. Sie schien alt zu sein. Alt wie die Zeit. Doch ihr Blick war hell und jung und bannte Anouk. »Ich bin Strix. Und du die Spielerin. Selten, dass ein Mensch den Weg zu uns findet. Um nicht zu sagen, einmalig. Du hast deinen Freund wiedergefunden. Was also gibt es noch für Worte zu wechseln?«

Pan hob eine Augenbraue. »Ich habe mehrfach gesagt, dass es etwas gibt, über das wir sprechen müssen.« Er klang schon wieder fast so griesgrämig wie sonst.

Rasch trat Anouk vor, ehe der Schimpanse die alte Eule noch verstimmte. »Edle Strix«, begann sie und hoffte, dass sie nicht albern klang. »Lasst mich erzählen.« Auf ein Nicken der Eule hin versuchte sich Anouk an einer kurzen Zusammenfassung der Ereignisse, angefangen von ihrem hartherzigen Wunsch über die Aufgabe, zum Herz des Waldes zu gelangen, bis zum Aufeinandertreffen mit Prinz Ki. »Wir sind gekommen, weil das Spiel nicht so läuft, wie es sollte«, schloss sie.

Die Eule legte den Kopf schief. »Jedes Spiel beginnt zum ersten Mal. Wie willst du wissen, was richtig und was falsch ist?«

»Was sie meint«, warf Pan ein, »ist, dass der Regelmacher … irgendwie nicht aufpasst. Ich meine, wir finden eine Piratenflagge im Wald. Einen Dschinn im Brunnen. Der dunkle Prinz ist schon gewachsen. Das ist doch nicht regelkonform. Und es ist nicht fair.«

»Nichts ist fair«, erwiderte Strix. Ihre Stimme klang rau, als striche sie über kantigen Fels. »Es gibt nur die Welt, deren Lauf du annehmen musst. Doch was du beschreibst, haben auch wir bemerkt. Die Dinge stehen nicht wie sonst.« Sie blickte zu den anderen Eulen und stieß ein tiefes, kehliges Heulen aus, das wie *Huhu* klang. Die anderen Vögel nahmen es auf und gaben eine Antwort. Anouk sah zu Pan, doch der Schimpanse zuckte bloß mit den Schultern. Nur mit Mühe konnte Anouk Worte in den Vogelstimmen erkennen, deren Sinn sie indes nicht verstand. Dann endete das Geheul, und die alte Strix blickte auf Anouk hinab.

»Was ihr berichtet habt, ist ernst. Ernster, als ihr womöglich begreift«, sagte sie nun deutlich verständlich. »Unsere Rolle in diesem Spiel war nie sonderlich groß. Doch diesmal ändern wir die Bedingungen.« Sie blickte zu Pan und es schien fast, als würde sich um den Schnabel herum ein leises Lächeln zeigen. »Wir werden euch helfen.«

»Das ist eine riesengroße Ehre«, wisperte Ki Anouk zu. »Und auf welche Weise werden die ehrenhaften Eulen der Spielerin zur Seite stehen?«, fragte er lauter.

»Die Spielerin muss wachsen. Die Spielerin wird wachsen. Ihr Ziel ist das Herz des Waldes. Wir beschleunigen die langwierige Reise einfach ein wenig. Es gibt einen freien Weg dorthin. Eine … Abkürzung. Zwischen den Wipfeln der Bäume. Doch hinab ins Herz geht es nur durch die Wurzeln. Ich denke, ich kann erraten, was der Regelmacher für diese Runde im Sinn hatte, denn er hat einen Wipfling als Figur dieser Runde auserkoren. Die Feindschaft zwischen ihnen und den Wurzelmenschen dauert schon zu lange an.«

»Das ist nicht unsere Schuld«, sagte Ki leise, aber deutlich.

»Es geht nicht darum, wer Schuld daran trägt, dass der Streit begann. Es geht darum, wer Schuld daran trägt, dass der Streit nicht endet«, entgegnete Strix. »Und ich sehe beide Seiten nicht frei von Schuld.« Sie sah Ki scharf an.

»Wenn ich nur von oben hinkomme und nur durch die Wurzeln hinein, dann …« Anouk spürte, wie sich mit einem Mal alle Blicke auf sie richteten. Besonders Pan starrte Anouk atemlos an. »Dann brauche ich die Hilfe der Wipflinge und der Wurzelmenschen.« Sie holte tief Luft. »Ich muss dafür sorgen, dass der Streit endet.«

»Bravo«, sagte die alte Strix.

»Das hat sie alles von mir«, plusterte sich der Schimpanse auf, doch keiner achtete auf ihn.

»Wir bringen dich schneller auf den rechten Weg ins Herz des Waldes, als es die Wipflinge könnten. Doch den Weg zum Frieden musst du alleine finden, Spielerin.«

Frieden. Anouk dachte an die unnachgiebige Feindseligkeit der Wurzelmenschen zurück. Wie sollte sie Frieden stiften? »Kein Problem«, sagte sie dennoch, als müsste sie sich selbst davon überzeugen, dass sie es schaffen könnte. »Dann sorge ich erst einmal irgendwie für Frieden«, sagte sie nachdenklich.

»Da verlieren wir viel zu viel Zeit«, warf Pan ein und kratzte sich unter seiner Robin-Hood-Mütze. »Wenn der dunkle Prinz schummelt, müssen wir schneller sein und vor ihm im Herzen des Waldes ankommen. Da können wir nicht erst einen dummen Streit schlichten.«

»Zwei Ziele, ein Weg.« Alle Augen wandten sich Ki zu. »Wir schicken der Familie meiner Frau eine Nachricht und verabreden uns zu einem ... Friedensgespräch. Im Herzen des Waldes.« Er strahlte über das ganze Gesicht, als habe er alle Probleme gelöst. »Vor Ort finden wir bestimmt rasch eine Lösung. Das wird ...«

»... ein Kinderspiel«, rief Pan und klopfte dem kleineren Ki so fest auf die Schulter, dass dieser fast umfiel.

Kinderspiel. Irgendwie hatte Anouk dieses Wort ein wenig zu oft für ihren Geschmack gehört. Selbst wenn sie es schafften, Xylem und ihr Gefolge dorthin zu beordern, und es ihnen gelang, sie davon abzuhalten, über Ki herzufallen, wusste Anouk dennoch nicht, wie sie Frieden stiften sollte. Aber sie musste es versuchen. Es ging um Maya. Und um dein Herz, Anouk, sagte sie sich. Aber das war ihr seltsamerweise in diesem Moment gar nicht so wichtig.

Strix wählte die drei schnellsten Eulen des Nestes aus, um Anouk und ihre Freunde an ihr Ziel zu bringen. Doch zunächst mussten sie einen Zwischenstopp bei den Wipflingen einlegen. »Ein kleiner Umweg nur«, meinte Ki, als er sich behände auf den Rücken eines grau gefiederten Vogels schwang. »Aber ein notwendiger. Wir müssen die Nachricht auf den

Weg bringen. Und außerdem kann ich doch nicht ohne Xylem zu ihrer Mutter Xylem gehen.«

»Ein wenig irre ist er schon, oder?«, raunte Pan Anouk zu, ehe er sich in die Federn einer schneeweißen Eule verkrallte und sich so unsanft an ihr hochzog, dass der Vogel vorwurfsvoll aufkreischte.

Irre? Anouk beschloss, nichts darauf zu erwidern. Immerhin hatte ein wie Robin Hood verkleideter Schimpanse dieses Wort benutzt. »Entschuldige«, sagte sie zu der silberblauen Eule, in deren Gefieder sie griff, um sich auf ihren Rücken zu ziehen.

Zur Antwort nickte das Tier knapp, dann tauchte es lautlos wie ein Geist durch den Ausgang aus dem Nest in die beinahe völlige Finsternis, die davor herrschte.

Anouk sah nur noch mit den Ohren. Das tiefe *Huhu*, als ihre Eule den beiden Nachfolgenden zurief, sich bereit zu machen. Und der eigene Schrei, als der Vogel plötzlich in die Höhe schoss.

Steil ging es hinauf. Der Schrei versiegte Anouk auf den Lippen und sie zwang sich zu atmen, obwohl die Angst vor dem Flug durch die Finsternis ihr die Luft aus der Lunge drückte. Hinter sich hörte sie weiteres Flügelschlagen und die Stimmen von Eulen.

Der Flug war rasend schnell. Anouk presste sich so eng an das Gefieder, dass sie die Wärme der Eule fühlte, und hoffte, dass der Vogel keinen noch so kleinen Ast übersah. Ein Treffer bei der Geschwindigkeit war sicher lebensgefährlich.

Und zwar für Anouk. Wenn sie das hier überlebte, dachte sie bei sich, dann konnte es nichts mehr geben, vor dem sie sich fürchten würde.

Die Dunkelheit schien bald durchsetzt mit hellen Flecken. Ein schmutziges Grau mischte sich in das allumgebende Schwarz. Und dann schoss die Eule mit Anouk plötzlich zwischen den Blättern hindurch ins Freie.

Anouk hatte keine Zeit, sich darüber zu freuen. Noch während sie sich umwandte und erkannte, dass auch Pan (der ziemlich elend aussah) und Ki (der vor Freude laut schrie) auf ihren Eulen ebenfalls den dichten Baumkronen entkamen, erhöhte Anouks Vogel noch einmal das ohnehin schon selbstmörderische Tempo. Es ging steil hinab, dann in einer Kehre wieder hinauf, unter einigen mächtigen Ästen hinweg und schließlich auf einen Baum zu, der Anouk bekannt vorkam. Eine ganze Reihe kleiner Häuser war in seinen Stamm gebaut.

Noch ehe die Eulen sicher auf dem Ast, der wie eine breite Straße zwischen den Häusern entlangwuchs, aufgesetzt hatten, war Ki bereits vom Rücken seines Vogels gesprungen und federnd aufgekommen. Um ihn herum stoben die Wipflinge auf dem Ast erschrocken auseinander. Ängstlich sahen sie zu den Eulen. Mit einem überheblichen Grinsen auf den Lippen trat Ki auf eine Frau mit runzeliger Haut zu, die auf die Eulen zugelaufen kam und sein Gesicht in beide Hände nahm, ehe sie ihn fest an sich drückte. Prinzessin Xylem.

Pan hingegen hielt sich nur mit Mühe auf seiner Eule und

sah so bleich aus, dass Anouk fürchtete, er würde jeden Moment das Bewusstsein verlieren. »Ich glaube, eine der Beeren war nicht ganz in Ordnung«, brachte er mit brüchiger Stimme hervor. Dann sagte er nichts mehr.

»Du gehst nicht alleine da runter«, hörte Anouk die Prinzessin im Befehlston sagen.

»Wieso sollte ich das wollen?«, gab Ki zurück. »Es ist doch längst an der Zeit, dass du mich deiner Familie vorstellst.«

»Es tut mir leid, dass …«, begann Anouk, doch Prinzessin Xylem winkte ab. »Dieser Streit schwelt tatsächlich schon viel zu lange. Zeit, ihn zu beenden. Und außerdem ist es Zeit, diese Runde zu beenden. Der dunkle Prinz darf nicht mit Schummeln durchkommen.« Bei diesen Worten gebar ihr faltiges Gesicht wenigstens ein Dutzend Zornesfalten.

Längst waren zahlreiche der Wipflinge nach dem ersten Schrecken zurückgekommen und lauschten neugierig den Worten, die gesprochen wurden, oder betrachteten verstohlen die Eulen. Die Prinzessin ließ sich von einem von ihnen ein Gefäß mit Wasser bringen und sprach einige Worte darüber. Dann gab sie es dem Geschöpf zurück und sah ihm nach, als es damit zwischen den Blättern der Baumkrone verschwand. »Die Nachricht wird überbracht. Wir treffen uns im Herzen des Waldes.«

»Dieses Herz des Waldes«, fragte Anouk, während irgendwo hinter ihr Pan jämmerlich vor sich hin stöhnte, »was ist das eigentlich?«

»Der schönste Ort der Welt«, rief Ki. »Von oben.«

»Und erst recht in der Tiefe. Du wirst ihn schon bald sehen«, fügte die Prinzessin hinzu und nahm die Hand des Wipflings. »Gehen wir? Es ist nicht nur Zeit, diese Spielrunde zu beenden, sondern auch Zeit, sie zu gewinnen.«

Diesmal war Anouk besser auf das vorbereitet, was geschehen würde. Die Eulen schwangen sich, verfolgt von den staunenden Blicken der umstehenden Wipflinge, wieder mit einer so hohen Geschwindigkeit von den Ästen, dass Anouk das Gefühl hatte, in einer Achterbahn zu sitzen. Der Wind pfiff ihr in die Ohren und übertönte Pans pausenloses Gejammer. So eng die Äste auch zusammenstehen mochten, die Eulen fanden dennoch einen Weg hindurch und schossen mit ihren nun vier Passagieren durch die Baumkronen, tauchten hintereinander unter einem großen Ast hindurch und stiegen wieder hinauf, bis sie über allen Bäumen flogen. Dies also war die Abkürzung, von der die alte Strix gesprochen hatte.

Anouk war sprachlos im Angesicht der Schönheit dieses Waldes. Vor ihr erstreckte sich ein Blättermeer. Endlos, als wäre die ganze Welt ein einziger Wald. Die Sonne goss ihr warmes Licht über die Bäume, sodass sie Kronen aus Gold zu tragen schienen. Die Luft roch nach Sommer und das Zwitschern, das von den Wipfeln her erklang, war wie ein Lied. In einiger Entfernung erhob sich ein Baumriese, der selbst in diesem Wald außergewöhnlich war. Die anderen Bäume schienen sich um ihn herum aufgestellt zu haben wie Diener um ihren König. Dort musste das Herz des Waldes sein. Anouk war sich ganz sicher. Für einen Moment schloss sie die Augen und sagte sich, dass alles gut werden würde. Dass sie alle Aufgaben meistern und Maya und sich retten könnte. Doch da war etwas Finsteres in all dem Licht. Anouk konnte nicht sagen, was es war. Es ließ sich nicht recht fassen. Wie ein schiefer Ton in dem Lied der Vögel.

»Der dunkle Prinz«, zischte die Eule, als hätte sie Anouks Gedanken gelesen.

»Wo?«, fragte Anouk. Sie kniff die Augen zusammen, doch sie konnte nichts sehen außer Blättern.

Zur Antwort sank die Eule tiefer. Die anderen Vögel folgten ihr. Es ging wieder unter die Baumkronen. Zunächst erkannte Anouk auch hier nichts Ungewöhnliches, doch dann flog die Eule zwischen zwei mächtigen Bäumen hindurch und glitt nun direkt über einem breiten Weg durch den Wald.

Und Anouk bot sich ein Bild der Verwüstung dar.

Unter den Bäumen lagen zu beiden Seiten abgetrennte Äste. Der Weg war, das erkannte Anouk schnell, mit Gewalt zwischen die Bäume geschlagen worden. Sie glaubte fast, die Wut und die Verzweiflung des Waldes spüren zu können. Mach dich nicht lächerlich, sagte sie sich. Das sind nur Bäume. Was sollen sie schon spüren? Allerdings … dies war kein normaler Wald. Er gehörte in dieses Spiel. Anouks Spiel. Und jemand zerstörte ihn. Wut erfüllte Anouk. Sie spürte, wie der Zorn in ihr wuchs.

»Schneller«, trieb sie die Eule an. »Wir müssen diese Spielrunde gewinnen, ehe der dunkle Prinz noch mehr Zerstörung anrichtet.«

Die Eule nickte stumm und zog das Tempo noch einmal an. Die Bäume rasten an Anouk vorbei, verschwammen ineinander, als wären sie mit feuchter Farbe auf eine Leinwand gemalt worden. Hinter ihr erklang Pans Stöhnen nun lauter. Anouk lugte am Kopf der Eule vorbei und blickte auf den Weg hinab. Und da sah sie ihren Gegner. Nur für den Bruchteil einer Sekunde. Der dunkle Prinz, umgeben von seinen Rittern. Er war unbewaffnet, doch seine Männer hieben mit ihren Schwertern in das Astwerk, das ihnen den Weg versperrte, als würden sie gegen eine hölzerne Armee ins Feld ziehen. Das Geräusch von Stahl auf Rinde brannte sich schmerzhaft tief in ihre Seele ein. Dann waren sie auch schon vorbei und schossen zwischen den Baumkronen weiter zum Herz des Waldes.

Der Baum war ... gigantisch. Je näher sie ihm kamen, desto höher schien er in den Himmel zu wachsen, bis er Anouks Blickfeld ganz und gar ausfüllte. Die Eule mit Ki und Xylem flog nun direkt neben ihrer. Sie blickte zu den beiden hinüber und erkannte die Ehrfurcht auf den Gesichtern der Geschöpfe. Dann sanken die Eulen, bis sie ihre Passagiere auf dem Boden absetzten. Kaum waren Anouk und die anderen abgestiegen, schwangen sie sich wieder in den Himmel und verließen sie grußlos.

Der Wipfling und die Wurzelfrau nahmen sich bei den Händen, während sich Pan mitgenommen und misstrauisch umschaute.

»Hier ist der Anfang von allem«, wisperte Ki beinahe atemlos vor Aufregung.

»Ja, ja«, brummte Pan. »Ein Baum. Es ist ja nicht so, als gäbe es von ihnen nicht schon genug. Was ist so besonders an diesem?«

»Dies ist ein heiliger Ort«, entgegnete Xylem aufgebracht. »Für mein Volk und …«

»Für meines«, ergänzte Ki.

»Der Anfang. Der Anfang. Der Wald hat hier begonnen.« Xylems Stimme klang rau. »Keine Gewalt darf hier ausgeübt werden.«

Offenbar verfiel sie vor lauter Ehrfurcht in die seltsame Redeweise der männlichen Wurzelmenschen.

»Erzähl das mal lieber dem dunklen Prinzen«, sagte Pan unwirsch. »So wie sich seine Leute durch den Wald schlagen, hätten sie wohl kaum ein Problem damit, auch diesen Baum hier zu fällen, um zu gewinnen. Ich schätze, das Schwert steckt irgendwo in ihm?«

»Tiefer. Tiefer. Nicht in ihm, garstiger Affe. Sondern darunter.«

Die Stimme war hinter ihnen erklungen. Anouk und die anderen wirbelten herum. Gut ein Dutzend Wurzelmenschen waren plötzlich erschienen. Die meisten hielten spitze Stöcke in den Händen, die wie Speere aussahen. Sie waren offenbar aus einem Loch in der Erde gekommen, das zwischen zwei Wurzeln im Waldboden klaffte.

»Es heißt *Schimpanse*«, stammelte Pan verblüfft, während er einen Schritt zurücktrat.

»Mutter!«, rief Prinzessin Xylem, als sie die Königin unter ihnen erkannte.

»Gib meine Tochter frei!«, rief diese, und auf ein Schnippen von ihr hin richteten die Wurzelmenschen ihre Waffen auf Ki.

»Sie ist es bereits«, entgegnete der Prinz der Wipflinge. Er zog eine Schleuder und einen Stein aus der Tasche seines Gewands, spannte die Waffe und richtete sie auf die Königin. »Vielleicht solltet *Ihr* sie lieber freilassen.«

Die Luft prickelte vor Feindseligkeit. So viel zum Frieden. Anouk merkte, dass sie schwer atmete. Die Wurzelmenschen riefen Ki Verwünschungen entgegen, während Prinzessin Xylem lautstark auf ihre Mutter einredete, ihre Männer zurückzurufen. Fassungslos sah Anouk der Auseinandersetzung zu. Das hier war Irrsinn. Wie konnten die Waldbewohner sich nur gegenseitig bedrohen, während …? Ihr kam mit einem Mal eine Idee. Eine Idee, die sie alle würde retten können. Wenn sie funktionierte.

»Was … was passiert, wenn der Baum hier gefällt würde?«

Ihre Frage ließ die Königin der Wurzelmenschen innehalten. Sie drehte ihren Kopf ebenso zu Anouk wie Ki und Prinzessin Xylem. »Was meinst du damit?«, fragten sie alle zur gleichen Zeit.

»Das würde ich auch gerne wissen«, wisperte Pan ihr zu. »Nur dass du es weißt: Egal welchen Teil der Bäume sie bewohnen, beide Völker verstehen keinen Spaß, wenn es um ihren Wald geht. Und sicher erst recht nicht, wenn es um sein Herz geht.«

Anouk erwiderte nichts. Stattdessen deutete sie in die Richtung, aus der sie gekommen waren. »Der dunkle Prinz lässt sich seinen Weg durch den Wald schneiden. Er würde jeden Baum fällen, wenn er ihm im Weg steht. Jeden. Auch diesen, wenn das Schwert, das er und ich suchen, unter ihm verborgen ist.« Anouk hatte Pans Worte wiederholt, auch wenn sie natürlich nicht mit Sicherheit wissen konnte, ob sie stimmten. Sie hatte jedoch gesehen, mit welcher Rücksichtslosigkeit ihr Gegner zu Werke ging. Und sie traute ihm alles zu.

»Sie hat recht«, pflichtete Pan ihr bei. »Er mogelt. So jemand ist zu allem fähig.«

Für einen Moment starrte Königin Xylem Anouk zweifelnd an.

»Es stimmt, Mutter«, wisperte Prinzessin Xylem. »Wir haben es gesehen. Er würde selbst vor dem großen Baum nicht Halt machen.«

»Ich würde ihn aufhalten«, rief Ki und fuchtelte so aufgeregt mit seiner Schleuder herum, dass Anouk sicherheitshalber den Kopf einzog.

»Er ist zu stark, selbst für dich«, erwiderte Prinzessin Xylem und schob sanft die Schleuder beiseite, mit der Ki in diesem Moment auf sie zielte.

»Für dich würde ich es dennoch mit ihm aufnehmen, mein kleiner Borkenkäfer«, sagte Ki überschwänglich.

»Du liebst meine Tochter und die Bäume?«, fragte die Königin so zögerlich, als wäre dieser Gedanke regelrecht undenkbar.

»Eure Tochter sogar noch mehr, bei Eichel und Nuss.«

Die Königin schien mit sich zu ringen. »Und du, Wurzelkind, liebst du ihn auch?«

Prinzessin Xylem nickte heftig.

»Junge Leute ändern die Welt zu schnell. Gerade erst sind wir zerstritten, schon wollen sie unsere Völker in eine Liebe zwingen.«

»Bitte«, sagte Anouk zu Königin Xylem, »lasst die beiden sich lieben.« Himmel, wie kitschig!, dachte sie. Gut, dass niemand aus ihrem normalen Leben sie hören konnte. »Und kämpft gemeinsam mit mir gegen den dunklen Prinzen. Helft mir. Wenn ich das Schwert, das schärfer als alle anderen Klingen ist, vor ihm finde, endet das Spiel. Und ich kann den Wald retten.« Anouk hielt die Luft vor Anspannung an. Wenn die Wurzelmenschen und Ki sich nicht vertrugen, wusste sie nicht, wie sie das Schwert …

»Liebe. Himmelsmacht. Wenn dies euer Wille ist, dann sollt ihr ihn haben.« Königin Xylems faltiges Gesicht verzog sich zu einem gequälten Lächeln. Ihre Tochter fiel ihr schluchzend um den Hals, und Ki riss so euphorisch die Arme empor, dass ihm der Stein in hohem Bogen aus der Hand fiel und Pan direkt auf den Kopf traf. »Mutter!«, rief der Wipfling.

»Schön, schön«, brummte Pan verärgert und rieb sich den Kopf. »Aber vielleicht könntet ihr eure kleine Familienfeier noch etwas verschieben. Wir haben immerhin ein Spiel zu gewinnen und einen Wald zu retten.«

»Wo ist das Schwert?«, fragte Anouk und blickte zu Pan.

Der Schimpanse zuckte ratlos mit den Schultern. »Ich war auch noch nie da unten. Nichts zieht mich in dunkle Höhlen.«

»Garstiger Affe«, rief die Königin. »Ein Paradies ist das Herz des Waldes. Ihr werdet es sehen. Wir suchen dein Schwert, Spielerin. Während meine Männer den dunklen Prinzen aufhalten.«

»Und meine mächtige Streitmacht«, fügte Ki rasch hinzu. »Die grausamen Eichhörnchenreiter. Schickt eine Nachricht an meine Leute. Diesen Krieg gewinnen wir.«

»Gemeinsam. Wir siegen zusammen.« Prinzessin Xylem drückte Ki fest an sich.

»Es heißt *Schimpanse*«, murmelte Pan beleidigt, doch keiner außer Anouk achtete auf ihn.

Die Königin gab einige Befehle. Dann deutete sie auf ein Loch unter einer der Wurzeln des mächtigen Baums. »Nun, Spielerin, sorgen wir dafür, dass du wächst, und finden dein Schwert. Vielleicht werden wir diesen Krieg nicht führen müssen, wenn wir schnell sind.«

WACHSEN

Anouks Angst, dass sie unter der Erde nichts würde sehen können, verflog rasch. Auch in dem Gang, der sich hinter dem Loch in der Erde erstreckte, hingen zahllose Lampen, die alles in einen warmen Schein tauchten. Auf den Ästen hoch über dem Waldboden hatte es Anouk zwar besser gefallen, doch der Weg unter der Erde machte ihr weit weniger zu schaffen als dem Wipfling. Ki sah aus, als wäre er schlagartig krank geworden.

»Er hat Tiefenangst«, erklärte Prinzessin Xylem und tätschelte dem Prinzen den silbernen Schopf. »Männer sind so wehleidig.«

Ki versuchte etwas zu erwidern, doch dann gab er den Versuch auf und beließ es bei einem elenden Stöhnen. Der Gang verlief in gerader Richtung. Dann endete er an einer Treppe, die sich steil in die Tiefe wand. Xylem (die Prinzessin) bot Ki an, hier mit ihm zu warten, doch ein reichlich hämisches Lachen von Xylem (der Königin), die von einigen der bewaffneten Wurzelmännern eskortiert wurde, ließ den Wipfling weitergehen. Vermutlich wollte er sich nicht vor seiner künftigen Schwiegermutter blamieren.

Die Wände waren anfangs noch mit Holz verkleidet, doch nun löste klamme Erde die Vertäfelung ab. Zuweilen ragten die zuckenden Enden von Würmern, die Anouk riesig wie Würgeschlangen erschienen, in den Treppenschacht hinein.

Sie folgten den Stufen, bis Anouk fürchtete, gleich schwindlig zu werden. Dann aber endete die Treppe und sie fanden sich in einer riesigen Höhle wieder. Sie war unbeschreiblich. Selbst Anouk, die von sich annahm, dass sie einigermaßen mit Worten umgehen konnte, fand nicht die richtigen, um die Bilder vor ihren Augen darin einzukleiden.

Ein gehöriger Teil dieser Höhle lag im Dunkeln. Doch von der Decke, viele Meter über ihnen, baumelten dünne Fäden hinab, die ein silbernes Licht in die Finsternis warfen. Sie sahen aus wie eingefrorene Sternschnuppen. Anouk glaubte sich unter einem Nachthimmel wiederzufinden. Und in dem kalten Licht erkannte sie die Wurzel. Sie war mächtig wie ein Baumstamm und ragte von der Decke herab.

»Der Ursprung. Hier hat der Wald seinen Anfang genommen«, raunte die Königin heiser vor Anspannung.

Anouk vermochte nichts zu sagen. Auf den Gesichtern ihrer Begleiter erkannte sie das eigene Staunen. Selbst Ki hatte offenbar für den Moment seine Tiefenangst vergessen.

Anouk wollte auf die Wurzel zugehen, doch Xylem (die Prinzessin) hielt sie am Arm fest und deutete nach oben.

»Vorsicht. Dies dort sind Angelwürmer«, erklärte sie. »Wunderschön. Und sehr gefährlich, wenn du an ihren klebrigen Fäden hängen bleibst.« Wie aufs Stichwort senkte sich einer der Fäden zu Anouk hinab und leuchtete ihr mit seinem kugeligen Ende ins Gesicht. Vorsichtig trat sie zur Seite.

Das einzige Geräusch, das sie in der Höhle hören konnte, war ein leises, helles *Plopp*. Tropfen, die auf Wasser fielen.

»Das Wasser im Boden lässt den Baum hoch wachsen«, sagte Xylem (die Königin).

»Mich etwa auch?«, fragte Anouk mit klopfendem Herzen.

Das Lächeln in den faltigen Gesichtern der Wurzelmenschen war Antwort genug.

Der Ursprung des Geräuschs war im Licht der Angelwürmer nicht schwer zu finden. Direkt neben der mächtigen Wurzel fielen die Tropfen von der Decke und platschten in eine Pfütze, die sich auf dem weichen Boden gebildet hatte.

»Sieh«, raunte Pan und deutete auf eine Stelle neben der Pfütze. Dort lag, als hätte es jemand achtlos fortgeworfen, ein Schwert. Es war Anouk im ersten Moment nicht aufgefallen. Zum einen war es voller Erde. Zum anderen war es schlicht zu gewaltig. Wie die Klinge eines Riesen erschien es Anouk.

»Erst groß werden, dann kämpfen.« Die Königin nahm Anouk an die Hand und führte sie zu der Pfütze. Als sie näher trat, erkannte Anouk, dass sich das Wasser in einem steinernen Becken sammelte. Es war randvoll, und mit jedem Tropfen schwappte ein wenig heraus.

»Ich würde am liebsten auf das Kämpfen verzichten«, erwiderte Anouk. Ihre Stimme klang rau. So seltsam fremd, als gehörte sie einer anderen. Sie atmete beim Anblick des

Schwertes schneller. Sie hatte die erste Runde gewonnen. Trotz der Mogelei des dunklen Prinzen. Und doch gefiel ihr der Gedanke nicht, die Klinge in die Hände zu nehmen.

»Das Wasser ist wirksam«, sagte Xylem (die Königin). »Du wirst schnell groß werden. Nimm das Schwert, wenn du bereit bist. Und dann wachse in den Himmel.«

»Da ist aber nur die Decke«, entfuhr es Pan. Er sah misstrauisch nach oben. »Am Ende werden wir uns noch den Kopf stoßen. Oder an den Würmern hängen bleiben. Sonst liegt das Schwert doch immer in einem Brunnen. Kann man sich an solche Traditionen nicht einfach einmal halten?«

»Wer gewinnen will, darf nicht ängstlich sein«, sagte die Königin bestimmt.

Anouk nickte. »Danke«, sagte sie und sah dabei nacheinander Ki, seine Frau und die Wurzelmenschen an.

»Keine Ursache«, erwiderte Pan und winkte ab. »Ist ja meine Aufgabe, dir zu helfen.«

Und ehe Anouk etwas sagen konnte, hatte sich der Schimpanse vor das steinerne Becken gekniet. Sie tat es ihm gleich, schob ihre Hände zusammen, sodass sie ein Gefäß bildeten, und senkte sie in das Wasser. Dann führte sie ihre Hände zögerlich an die Lippen.

Und trank.

Im ersten Moment geschah nichts, und Anouk fürchtete schon, dass dies nicht das richtige Wasser war. Doch dann erfüllte auf einmal ein Kribbeln ihren Körper. Anouk sah zu Pan, der ebenfalls von dem Wasser trank, und stellte fest, dass er bereits ein ganzes Stück kleiner als sie war. Auch die anderen erschienen auf einmal geradezu winzig.

»Schnell, das Schwert!«, rief Pan, während er sich einige Tropfen vom Mund wischte.

Anouk stolperte zu der Klinge und fiel dabei fast über ihre plötzlich viel größeren Füße. Offenbar wuchs sie nicht unbedingt gleichmäßig. Als sie den Arm ausstreckte, um das Schwert zu greifen, erschien er ihr wie der einer sehr großen Fremden. Kaum hatte sie ihre Hand um den Griff des Schwertes gelegt, hatten es ihre Beine offenbar sehr eilig damit, lang zu werden. Anouk schoss regelrecht in die Höhe. Die klebrigen, leuchtenden Fäden der Angelwürmer hingen ihr plötzlich im Gesicht. Mit der freien Hand wischte sie sie beiseite und wuchs noch weiter. Die Höhlendecke kam unaufhaltsam näher. Einem Impuls folgend riss Anouk das Schwert mit ausgestrecktem Arm in die Höhe. Und schnitt mit ihm in die Erde über sich. Es gelang ihr, einen Spalt in die Decke zu treiben. Dann brach sie hindurch.

Die Erde war unerwartet weich. Es tat nicht einmal weh, als Anouk das Erdreich mit ihrem Körper fortdrückte und wieder an die Oberfläche kam. Sie stemmte sich aus dem Loch, das sie in den Boden gerissen hatte, und gab den Weg für den fluchenden Pan frei, der nur einen Augenblick später ebenfalls ans Tageslicht kam.

»Himmel«, japste er. »Ich dachte schon, ich würde dort unten auf ewig eingesperrt.«

Anouk konnte nichts erwidern. Etwas stimmte nicht. Sie

blickte sich blinzelnd um. Schreie erfüllten die Luft. Jemand warf Steine von den Ästen. In den Kronen der Bäume erkannte sie Wipflinge, die auf Eichhörnchen ritten und dabei mit ihren Schleudern auf einen Trupp Ritter in glänzenden Rüstungen am Boden schossen. Die Ritter des dunklen Prinzen. Sie waren schon da. Und doch kamen sie zu spät.

Wo war Anouks Gegner? Sie erkannte auch nun geradezu winzige Wurzelmenschen, deren Speere klackend auf die Eisenpanzerung trafen.

Sie hatte dort unten den Krieg glatt vergessen, der in der Luft gelegen hatte. Der Krieg, der den Frieden der beiden Waldvölker ermöglicht hatte. Sie hatten alleine keine Chance gegen die Ritter. Aber sie kämpften zusammen. Und es war offenbar niemand verletzt worden. Besser, die Sache endete jetzt, ehe noch jemand ernsthaft zu Schaden kam.

»Komm. Du musst das Schwert bloß in den Himmel recken. Dann endet diese Runde. Und alles wird gut«, rief Pan.

»Das glaube ich nicht.«

Anouk fuhr herum. Die Stimme hatte tief geklungen. Blechern. Und auf eine Weise, die Anouk nicht begriff, vertraut. Vor ihr stand der dunkle Prinz. Für einen Moment konnte Anouk nicht anders, als ihn anzustarren. Er überragte sie kaum. Doch mit seiner schwarzen Rüstung und dem Helm, der sein Gesicht verbarg, erschien er ihr, als stammte er aus einer finsteren Geschichte. Hinter ihm ertrugen seine Ritter ungerührt die Angriffe der Waldbewohner. Jeder einzelne hielt ein Schwert in der Hand. Und alle Klingen waren auf Anouk gerichtet.

»Sie hat ehrlich gewonnen«, rief Pan und trat einen Schritt auf den dunklen Prinzen zu. Als dieser ihm das geschlossene Visier zuwandte, wich der Schimpanse jedoch schnell wieder zurück.

»Gib mir das Schwert.« Die Stimme klang so kalt, dass Anouks Herz erschauderte.

»Warum sollte sie?« Pan schien seine Angst mühsam hinunterzuschlucken. »Wenn du ihr ein Leid zufügst ...«

»Ihr nicht. Aber dem Baum.« Einer seiner eisernen Finger deutete auf den gewaltigen Stamm. »Ein Befehl, und meine Männer durchtrennen Wurzeln, hacken in Rinde und Borke, töten den Baum, reißen ihn nieder, werden ...«

»Nein!«, schrie Anouk, die erst in diesem Moment ihre Sprache wiederfand. »Das ... das würde alles hier töten.« Sie konnte nicht glauben, dass jemand so grausam war.

Zur Erwiderung bedeutete der dunkle Prinz einem seiner Männer vorzutreten. Der Ritter war hünenhaft. Er überragte seinen Herrn um wenigstens zwei Köpfe. In seinen eisenummantelten Händen hielt er ein gewaltiges Schwert. Alle Angriffe der Waldbewohner konzentrierten sich nun auf ihn. Doch kein noch so gut gezielter Stein konnte ihn aufhalten.

Aus dem Augenwinkel sah Anouk Ki und die Prinzessin, gefolgt von den anderen Wurzelmenschen, aus dem Loch klettern, durch das sie zuvor unter die Erde geschlüpft waren. In ihren Blicken las Anouk, dass sie gehört hatten, welche Worte zwischen ihr und dem dunklen Prinzen gewechselt worden waren.

»Rette dich selbst«, glaubte sie Ki wispern zu hören. Sie war nicht sicher. Denn in ihren Ohren rauschte es, so wütend war sie. Anouk blickte auf die Klinge in ihrer Hand. Im Grunde wollte sie doch gar kein Schwert. Aber wenn sie es dem dunklen Prinzen gab, würde sie dann überhaupt noch gewinnen können? Würdest du wollen, dass der ganze Wald deinetwegen stirbt?, fragte sie sich. Sie schloss die Augen und streckte dem schwarzen Ritter die Klinge hin. Stumm nahm er sie entgegen.

Ki und die anderen stöhnten. Es war eine Mischung aus Niedergeschlagenheit und Erleichterung.

Anouk öffnete die Augen wieder. Der dunkle Prinz wog die Waffe einen Moment lang prüfend in der Hand. Dann holte er aus.

Anouk schrie und stolperte fort von dem Ritter.

»Du Betrüger«, hörte sie Pan brüllen, während der Prinz die Klinge gegen den Stamm fahren ließ. Das Metall trennte kaum einen halben Meter über ihr einen Ast vom Baum. Er fiel neben ihr zu Boden. Der Ritter, der herbeigerufen worden war, hob ihn auf und drückte ihn der sprachlosen Anouk in die Hand.

»Deine Waffe, Spielerin«, sagte der dunkle Prinz höhnisch und lachte kalt. Dann wandte er sich um und ging mit seinen Männern unter einem Bombardement von Steinen zurück durch die Schneise, die sie in den Wald geschlagen hatten.

»Wo geht er nun hin?«, fragte Anouk schwer atmend. Noch immer steckten ihr der Schrecken vor dem Schwerthieb und die Angst davor, dass er ihr das Leben aus dem Körper hätte schneiden können, im Herzen.

»Zurück an den Ort, an dem er diese Spielwelt betreten hat. Und dort wartet er auf deinen nächsten Zug«, brummte Pan und warf einen Stein an die Stelle, an der eben noch der dunkle Prinz gestanden hatte, während die Waldbewohner nacheinander ihre Angriffe einstellten. Pan trat einen Blätterhaufen zur Seite, was ihm das empörte Quieken eines Igels einbrachte, der darunter verborgen gewesen war. »Ich sage dir ganz offen, dass es nun nicht einfacher wird, ihn zu besiegen. Der dunkle Prinz schummelt. Und er hat das Schwert. Du musst lernen, mehr an dich zu denken. Du musst immerhin deine Schwester retten.«

Anouk nickte. Er hatte recht. Auch wenn sie es nicht übers versteinernde Herz gebracht hatte, den dunklen Prinzen den Wald töten zu lassen. Als sie in die dankbaren und gleichsam sorgenvollen Gesichter der Wurzelmenschen und der Wipflinge blickte, fühlte sie sich dennoch erleichtert. Sie würde ihn auch so besiegen. Irgendwie. Hoffentlich. Sie reckte den Ast in die Höhe und sofort kam ein scharfer Wind auf, in dem die Blätter der Bäume aufgeregt rauschten. Mit dem Wind schwebte etwas Schwarzes auf Anouk zu. Etwas, das nicht in den Wald gehörte. Eine Piratenflagge.

»Ein seltsamer Zufall«, meinte Anouk und hob die Fahne auf, die vor ihr auf dem Waldboden gelandet war.

»Ja«, erwiderte Pan misstrauisch. »Vieles ist seltsam in diesem Spiel. Du solltest sie vielleicht besser liegen lassen.«

»Sie sieht nicht sehr gefährlich aus«, sagte Anouk. Unter der Fahne war das Spiel zum Vorschein gekommen. Es schien fast, als hätte es dort die ganze Zeit gelegen.

Der Wind ebbte ab, und eine gespannte Stille legte sich über die Bäume. Anouk erkannte die vier Spielfelder. Den Wald, die Wüste, die Berge und das Meer. Auch die Figuren waren da. Pan. Das Kamel. Die Schlange. Der Wipfling. Der Riese. Der dunkle Prinz. Und im Mittelpunkt des Spiels die Figur eines Babys.

»Mayo«, wisperte Pan bedeutungsvoll und reichte Anouk den Würfel.

Maya, verbesserte Anouk ihn in Gedanken. Sie betrachtete prüfend den Würfel. Er hatte nur noch vier Seiten und war wie eine Pyramide geformt. Der Wald fehlte. »Danke«, sagte sie an Ki und die Wurzelmenschen gewandt. Zu mehr war sie angesichts ihrer Enttäuschung nicht fähig.

Dann klemmte sie sich die Flagge unter den Arm und würfelte.

Der Wind wallte erneut auf, kaum dass der Würfel liegen geblieben war. Vor Anouks Augen drückte sich Sand aus dem Boden. Überall. Als wäre der ganze Wald auf einer gewaltigen Düne gewachsen. Ein regelrechter Sandsturm erhob sich. Du hättest dich von Ki richtig verabschieden sollen, schoss es ihr durch den Kopf. Sie wandte sich zu dem Wipfling um. Aus den Augenwinkeln sah sie, wie sich Pans Kleidung änderte.

Und wie Ki seine Frau in den Arm nahm. »Sie hat uns geholfen. Nun helfe ich ihr«, hörte Anouk ihn zu Xylem (der Prinzessin) sagen. »Du weißt, dass es keinen Ort gibt, an den ich nicht zu gehen wage.«

»Ich weiß es tatsächlich. Sorg dafür, dass sie gewinnt«, erwiderte diese entschlossen, drückte Ki einen Kuss auf die Lippen und schubste ihn auf die verblüffte Anouk zu. Behände kletterte der Wipfling an ihrem Hosenbein und ihrem Pullover empor und setzte sich ihr auf die Schulter.

Dann sah Anouk nichts mehr.

Überall war nur Sturm und Sand und eine plötzlich aufkommende Hitze. Dann legte sich der Sturm. Der Wald war fort. Alle Bäume, alle Geschöpfe. Und auch der Ast, den sie in Händen gehalten hatte, war verschwunden. Anouk blickte in die endlose Wüste. Über ihr brannte die Sonne vom Himmel.

»Wunderbar«, murrte Pan. »Und ich habe meine Sonnenmilch vergessen.«

DER ZWEITE ZUG

Die Hitze umfing Anouk so plötzlich, dass sie aufkeuchte. Der Schweiß stand ihr augenblicklich auf der Stirn, und sie musste die Hand über die Augen halten, um nicht von der grellen Sonne geblendet zu werden. Um sich herum erkannte sie nichts als Sand.

»Ich hatte gehofft, dass mir das erspart bleibt«, murrte Pan.

Der Affe trug nun andere Kleidung am Leib. Er war in ein weißes Gewand gehüllt, und um seinen Kopf hatte er einen Turban gewickelt. »Beduinensachen«, erklärte er kurz angebunden. »Sehr praktisch in der Wüste, denn sie schützen dich ein wenig vor der Hitze. Und zu Karneval ist das hier auch nicht schlecht. Aber sonst nicht zu gebrauchen.« Pan sah wenig glücklich aus.

»Und jetzt?«, fragte Anouk und zog sich ihren Pullover über den Kopf. Sie band ihn sich kurzerhand um die Hüfte und knotete sich die Piratenflagge um die Stirn, sodass sie ebenfalls eine Art Turban trug. Dann krempelte sie sich die Hosenbeine hoch.

Pan deutet auf eine nahe Düne. Anouk erkannte auf ihr das Spiel. Und sah, dass auf dem Teil, der den Wald darstellte, ein kleiner Ast lag. »Mein tolles Schwert«, murmelte sie. Die Erinnerung an ihre Niederlage im Wald schmeckte bitter.

»Komm, lass uns sehen, was du zu tun hast«, rief Ki aufmunternd. Er saß auf ihrer Schulter wie ein Papagei auf der eines Piratenkapitäns.

Erst jetzt wurde Anouk bewusst, dass er hier eigentlich nicht hingehörte. »Was hast du getan?«, rief sie besorgt und wandte ihm den Kopf zu. »Wieso bist du …«

»… nicht mehr im Wald?« Er schenkte ihr ein schiefes Grinsen. »Ich muss doch dafür sorgen, dass alles gut wird.« Er straffte seine kleine Gestalt. »Ich bin Ki, Prinz der Wipflinge. Helfer der in Not Geratenen.«

»Kleine Nervensäge«, murmelte Pan.

»Ich muss dafür sorgen, dass alles gut wird«, beendete er seine kleine Rede, ohne auf Pan zu achten. »Wie sonst sollte ich meiner Frau wieder unter die Augen treten? Sie hat es mir aufgetragen. Aber ich wäre dir auch so gefolgt.«

Anouk wusste nicht, was sie sagen sollte. Sie war gerührt. »Aber wie kommst du nach Hause?«, fragte sie.

»Wenn das Spiel endet und neu beginnt, sind alle wieder an Ort und Stelle«, meinte Pan. »Wird hier nicht anders sein. Nun haben wir Prinz Tannenzapfen an uns hängen. Macht das Spiel nicht einfacher.«

»Sogar viel einfacher«, behauptete Ki. »Du wirst sehen, Spielerin, diese Runde gewinnst du.«

»Wäre auch besser«, brummte Pan und stapfte voraus. »Sonst kann ich den Pokal für das beste Spiel vergessen. Und muss bis in alle Ewigkeit die selbstgefällige Art dieser besserwisserischen Schildkröte Testudina ertragen.«

Anouk hatte einige Schwierigkeiten, ihm zu folgen. Bei jedem Schritt versank sie ein wenig im Sand. Als sie Pan erreichte, hatte sich der Affe über das Spiel gebeugt.

»Verdammt«, murmelte er.

»Was ist?«, fragte Anouk und blickte an ihm vorbei auf das Spielfeld. Auf dem Teil, der die Wüste darstellte, sah sie das Kamel stehen. Wenig verwunderlich.

»Komm«, forderte Pan es auf, »sag deinen Spruch noch mal. Das hier ist die Spielerin.«

Die Kamelfigur schürzte missbilligend die Lippen. »Dass nicht du die Hauptperson bist, ist mir schon klar, Affe«, erwiderte sie hochmütig.

»Es heißt *Schimpanse*«, warf Pan brummig ein.

Das Kamel beachtete ihn nicht, sondern blickte zu Anouk empor und beugte den Kopf. »In der zweiten Runde des Spiels kämpft der Spieler gegen den Durst. Nur wenn er seinen Weg durch das endlose Meer aus Sand findet und sich als wahrhaftig erweist, wird er das Streitross finden, das eines Helden würdig ist.«

»Ein paar mehr Hinweise dürfen es schon sein«, meinte Pan und stupste das Kamel mit einem Finger an.

»Ich bin keine Auskunft«, erwiderte die Figur eingeschnappt. Dann schüttelte sie sich. »Aber ich will mal nicht so sein.« Sie senkte verschwörerisch die Stimme. »Unterschätzt niemals die Kamele.«

Für einen Moment sagte keiner etwas. Nur der Wind pfiff über die Dünen.

»Das ist alles?« Pan klang, als beschwerte er sich bei einem Kellner über das schlechte Essen.

»Vielen Dank«, fiel Anouk ihm ins Wort, ehe der Schimpanse weiterreden konnte. »Wir werden die Aufgabe meistern.«

»Viel Glück«, wünschte das Kamel. »Der dunkle Prinz weiß übrigens nicht, dass man Kamele nicht unterschätzen sollte.«

»Da wird er ja keine Chance gegen uns haben«, erwiderte Pan grimmig, während das Kamel wieder erstarrte. Dann marschierte der Schimpanse los.

»Gehen wir in die richtige Richtung?«, fragte Anouk, die ihm folgte. Sie blickte sich suchend um. Alles sah gleich aus. Die Dünen türmten sich vor ihnen auf wie die Wellen eines Ozeans. Und die Wüste schien in der Tat ein Meer aus Sand zu sein. Ganz wie in meiner Geschichte, dachte sie bei sich.

»Natürlich. Ist schließlich nicht das erste Mal, dass ich hier durchmuss«, erklärte Pan fachmännisch. Er hatte einige Mühe, beim Laufen nicht über sein Gewand zu stolpern, und der Turban rutschte ihm beim Gehen beharrlich ins Gesicht.

»Wie oft warst du denn schon hier?«, fragte Anouk.

Pan sah auf seine Hände und schien mithilfe seiner Finger stumm zu zählen, ehe er antwortete. »Ein…, nein, zweimal.«

»Das ist aber nicht sehr oft«, entfuhr es Ki, der sich bislang staunend umgesehen hatte. Die Verblüffung darüber, dass es eine Welt jenseits seines Waldes gab, war ihm deutlich vom Gesicht abzulesen.

»Es hat mir gereicht«, erwiderte Pan gereizt. »Eigentlich wäre der Flaschengeist eine Hilfe gewesen. Man hätte ihn überlisten müssen, damit er einen schnurstracks ans Ziel zaubert.« Er trat gegen eine leere Flasche, die wie achtlos weggeworfen aus dem Sand lugte. »Aber jetzt ist das Spiel anders.« Pan schnaufte verärgert. »Alles durcheinander. Das verfluchte Streitross könnte überall sein.« Er blickte sich missmutig um. »Nun, wir werden es schon finden. Das Gute an der Wüste ist, dass es hier keine falsche Richtung gibt, um auf deine Frage zurückzukommen. Nur falsche Bilder.«

»Was für falsche Bilder?«, wollte Anouk wissen, während sie den Kamm einer Düne hinaufstiegen. Sie hatte jetzt schon Durst. Wie lange würden sie wohl laufen müssen?

»Ich denke, der Affe spricht von solchen Bildern«, sagte Ki.

»Es heißt *Schimpanse*, wenn ich bitten darf«, erwiderte Pan brummig. »Aber du hast recht. Solche Bilder.« Anouks Begleiter deutete auf den Horizont.

Anouk kniff die Augen zusammen und glaubte die Ausläufer des Waldes zu sehen. Ja, sie erkannte, je länger sie dorthin sah, die saftig grünen Wiesen. Die hohen Bäume. Und meinte neben dem Pfeifen des Windes auch das Glitzern eines kleinen Baches auszumachen. Da war klares, kaltes Wasser.

»Es wird schlimmer, je durstiger du wirst«, meinte Pan düster. »Das da ist das Werk von Spiegelgeistern. Sie wohnen in der Wüste und haben nichts anderes im Sinn, als Reisende vom Weg abzubringen. Sie zeigen einem die Orte, an denen man gerade gerne wäre. Vermute ich zumindest. Sie verwenden dazu die Spiegelbilder der Erinnerungen, die sie in den Köpfen der Reisenden finden. Noch sind die Bilder schwach. Aber je durstiger du wirst, desto klarer werden sie.« Der Schimpanse sah Ki und Anouk hochmütig an. »Nicht, dass ich je vom Weg abgewichen wäre. Habe diese Runde immer gewonnen.« Auf ein Räuspern von Ki hin verdrehte Pan die Augen. »Der Spieler an meiner Seite, meinte ich natürlich. Also los. Bevor ich noch einen Sonnenbrand bekomme.«

Anouk war noch nie durch die Wüste gewandert. Sie hatte allenfalls in Filmen Menschen über eine grenzenlose Sandfläche marschieren sehen. Doch dies war nichts im Vergleich dazu, es selbst zu erleben. Die Sonne war so heiß, dass Anouk schon nach wenigen Minuten glaubte, ihr würden alle Gedanken aus dem Kopf gebrannt. Ihre Kehle war bald so trocken, als hätte sie noch nie in ihrem Leben einen Schluck Wasser gekostet. Was Anouk aber über alle Maßen zu schaffen machte, war die scheinbare Endlosigkeit der Wüste. Kaum hatten sie eine Düne erklommen und hinter sich gelassen, ragte schon die nächste vor ihnen empor, die der vorherigen zum Verwechseln ähnelte. Außer den Dünen aber gab es nichts, an dem sich ein Vorankommen messen ließ. Nicht einmal die Bilder der Spiegelgeister gaben einen Hinweis auf den zurückgelegten Weg. Anouk und ihre Begleiter hätten genauso gut im Kreis laufen können.

Ki versuchte zu Anfang ihres Marsches noch, Anouk mit ein paar Geschichten aus den Baumwipfeln seines Waldes zu unterhalten. Doch irgendwann wurde er leiser, bis er schließlich ganz verstummte. Pan trottete ohnehin mit einem griesgrämigen Gesichtsausdruck neben Anouk her. Die Wüste setzte ihm so zu, dass er sogar aufgehört hatte zu murren. Einzig der Wind war zu hören, der stetig über die Dünen strich, als wolle er das Rauschen des echten Meeres in das Meer aus Sand tragen. Und während sie stumm eine Düne nach der anderen erklommen, musste Anouk wieder an Maya denken und spürte die Angst um ihre Schwester in sich wie ein Raubtier, das im Dunkeln lauerte.

Es war Ki, der als Erster wieder etwas sagte. »Seht! Dort«, rief er so unvermittelt, dass Anouk vor Schreck stolperte und ihn beinahe versehentlich abwarf. Sie wischte sich den Schweiß von der Stirn, der sie schon eine ganze Weile beharrlich in die Augen biss, und starrte auf den Horizont.

»Bestimmt nur die Spiegelgeister«, brummte Pan.

»Nein, das sieht irgendwie anders aus«, murmelte Anouk und kniff die Augen zusammen. Sie erkannte Gestalten. Einen Moment lang glaubte sie ihren Augen nicht zu trauen. Sie sah Ritter. Die Sonne fing sich schimmernd auf ihren silbernen Rüstungen. Nur die Gestalt, die voranging, war schwarz wie die Nacht. Und hinter den Rittern … Anouk hatte solche Wesen noch nie gesehen. Doch, verbesserte sie sich. Eine der hölzernen Spielfiguren sah ihnen ähnlich. Hünenhafte Geschöpfe. Sie schienen große Kanister zu schleppen.

»Das … das …«, Pan fing vor Empörung an zu stottern, »das sind Steintrolle. Aus der Bergwelt. Die gehören nicht in diesen Teil des Spiels.« Pan ballte wütend die Hände zu Fäusten. »Das ist Betrug!« Er schrie die Worte und es schien, als hätte der dunkle Prinz sie gehört, obwohl er weit entfernt war. Anouks Gegner blieb stehen, wandte sich zu ihnen hin und ging dann zu einem der Trolle.

Anouk beobachtete ihn dabei, wie er sich an dem Kanister auf dem Rücken des Wesens zu schaffen machte und sich dann etwas an die Lippen drückte.

»Er trinkt«, entfuhr es Ki. Der Prinz der Wipflinge klang ebenso wütend wie neidisch.

»Das … das …« Pan schnappte nach Luft und Anouk fürchtete schon, der Schimpanse würde gleich vor überhitzter Wut umfallen.

»… ist Betrug«, beendete sie für ihn den Satz. Damit hatte sie rechnen müssen. Und dennoch fühlte sich Anouk in diesem Moment furchtbar hilflos. Sie war erschöpft, wütend und geschlagen. Und wünschte sich ihre Eltern an die Seite. Sie brauchte jemanden, der ihr half. Nur mit Mühe konnte sie die Tränen zurückhalten.

»Er. Bricht. Die. Regeln.« Pan betonte jedes Wort, als müsste er sie sich in seinen Kopf zwängen. »Er hat Helfer bei sich. Und zwar solche, die er gar nicht haben sollte.«

»Helfer hat die Spielerin auch«, sagte Ki sofort, der offenbar noch nicht den Mut verloren hatte.

Genau genommen gehörte auch Ki nicht hierher, dachte

Anouk. Aber er war aus freien Stücken bei ihr geblieben. Darum wurde ihr das vom Regelmacher nicht als Betrug ausgelegt. Anderenfalls wäre sie wohl schon disqualifiziert worden. Die Steintrolle hingegen waren sicher dank irgendeiner Schummelei des dunklen Prinzen in die Wüste gelangt. Warum nur kam er damit so einfach durch?, fragte sich Anouk.

»Und wir werden als Erste bei diesem Streitross ankommen.« Er legte seinen Kopf an Anouks Ohr. »Bei uns in den Wipfeln heißt es: *Wer nicht daran glaubt, den Sprung zu schaffen, stürzt in die Tiefe.* Verstehst du, Spielerin?«

Anouk drehte ihm den Kopf zu. Der Wipfling sah sie so entschlossen an, dass es sie rührte. »Anouk«, sagte sie leise und zwang sich ein Lächeln auf die Lippen. »So nennen mich alle meine Freunde.«

Prinz Ki schien vor Stolz fast zu platzen. »Was stehen wir hier noch herum? Los, Affe! Wir glauben an den Sieg. Wir spielen ehrlich und voller Mut. Wir haben keine Angst vor dem Sprung. Wir finden das verfluchte Streitross für Anouk. Und dann gewinnen wir das Spiel.«

Pan war so verblüfft über Kis kurze Rede, dass er nicht einmal etwas dazu sagte, dass er wieder Affe genannt worden war. Kis Energie breitete sich in Anouk aus. Und sie schien auch in Pan auszutreiben.

Als wäre sie mit frischer Kraft erfüllt, machte sich Anouk zusammen mit ihren Begleitern auf, die Wüste zu durchwandern. Da eine Richtung in diesem endlosen Sandmeer so gut wie die andere war (falls Pan recht hatte), bogen sie ein wenig nach rechts ab und ließen den dunklen Prinzen damit hinter sich. Bald schon hatten sie ihn aus den Augen verloren.

Anouk hatte längst kein Gefühl mehr für die verstrichene Zeit und litt zunehmend unter dem Durst. Er wurde besonders schlimm, wenn sie ihren Blick auf den Horizont richtete. Die Bilder der Spiegelgeister waren mittlerweile so lebensecht, dass sich Anouk zurückhalten musste, um nicht auf sie zuzulaufen. Sie sah nun Oasen. Vermutlich Bilder aus den Köpfen von Reisenden, die früher einmal hier vorbeigekommen waren. Hohe Palmen, die sich im Wind bogen. Vögel, die um sie herum in Schwärmen flogen. Und das Glitzern von großen Seen. Wenn sie doch nur einen Schluck von dem sicher köstlichen Wasser in den Mund …

»Es sind Fallen«, warnte Pan sie. Er klang kläglich. Ein wenig wie Anouks Vater, wenn er sich erkältet hatte. Männergrippe nannte ihre Mutter diesen Zustand, wenn er so tat, als würde er sich kaum mehr bewegen können.

»Da kannst du doch nicht sicher sein«, widersprach Anouk. Sie klang nicht viel besser. »Vielleicht …« Ein furchtbarer Schmerz schnitt ihr mit einem Mal alle Worte von der Zunge. Anouk fasste sich ans Herz, während die Wüste um sie herum verschwamm, als wäre sie mit feuchter Farbe gemalt. Sie hatte das Gefühl, eine Klinge würde in sie hineingetrieben. Anouk hörte wie aus weiter Ferne jemanden rufen. Pan? Dann wurde alles schwarz.

Als sich Anouks Blick wieder aufklarte, war sie allein. Sie

fühlte sich so elend wie noch nie in ihrem Leben. Kraftlos. Sie kam nur schwer auf die Knie und sah sich um. Sie war in der Wüste. Wieso? Das Spiel. Sie erinnerte sich im nächsten Augenblick daran. Die zweite Runde. Und sie entsann sich ihres versteinernden Herzens. Der Schmerz musste etwas mit den Folgen ihres Herzenswunsches zu tun haben. Komm auf die Beine, sagte sie sich. Mit Mühe drückte sie sich hoch, und die Welt um sie herum drehte sich. Es brauchte einige Atemzüge, ehe sie wieder halbwegs normal sehen konnte. Und ein paar klare Gedanken in den Kopf bekam. Jemand hatte vor nicht allzu langer Zeit etwas über ihr schmerzendes Herz gesagt. Ein Mann aus Nebel. Und mit dem Gedanken erschien ein Name in ihrem Kopf. Ginnaya. Natürlich. Er hatte ihr geraten, seine schleimigen Pflanzen zu kauen. Mit zitternden Fingern öffnete sie den Beutel, den sie an ihren Gürtel gebunden trug, und nahm einige der Pflanzenteile hervor. Sie schob sie sich auf die Zunge. Und hätte sie am liebsten direkt wieder ausgespuckt. Sie schmeckten noch ekliger, als sie aussahen. Doch Anouk behielt sie im Mund. Es gelang ihr sogar, sie herunterzuschlucken, und ihr Herz schmerzte auf einmal gar nicht mehr. Doch es blieb eine Spur Kälte in ihm zurück. Ein wenig Härte. Und es war voller Angst.

Anouk strich sich über das Gesicht und sah sich um. Wo waren Pan und Ki? Sie erkannte ihre Freunde erst auf den zweiten Blick. Sie rannten auf eine Oase zu, die sich gar nicht weit entfernt hinter zwei Dünen erhob. Ein gutes Dutzend Palmen streckte sich dort in die Höhe. Warum liefen die beiden auf die Oase zu? In Anouks Kopf klebten die Gedanken wieder zusammen. Schwindel und Durst verhinderten, dass sie richtig denken konnte. Wollten sie vielleicht Wasser holen? Auch wenn ihre Beine noch einigermaßen wacklig waren, stolperte Anouk los.

Sie fiel sicher vier oder fünf Mal und landete im Sand, doch sie holte auf. Die Kraft, um nach ihren Freunden zu rufen, besaß sie jedoch nicht. Dafür hörte sie die beiden.

»Bleib stehen, du dummer Astspringer!« Das war Pan.

»Da ist Wasser. Ich sehe es. Ich rieche es. Es wird Anouk retten.« Und das war Ki.

Die nächsten Worte gingen im Heulen des Windes unter. Ki hatte beinahe die erste Palme erreicht. Anouk sah hinter dem Baum einen See glitzern. Ihr Mund fühlte sich so schrecklich trocken an. Und dann erinnerte sie sich. Die Spiegelgeister. Pan hatte vor ihnen gewarnt. »Vorsicht!«, wollte sie laut rufen, doch es war kaum mehr als ein Krächzen, das aus ihrem Mund drang. Schon im nächsten Moment lösten sich die Palmen auf wie Frühnebel in der Sonne und Ki, der zu einem (für seine Verhältnisse) gewaltigen Sprung in den vermeintlichen See angesetzt hatte, landete im Sand. Pan, der nur wenige Meter hinter ihm war, strauchelte.

Und direkt neben Ki drückte sich ein Geschöpf aus dem Sand, das aussah, als wäre es aus grauem Nebel gemacht. Anouk konnte kein Gesicht erkennen. In einer der Hände hielt das Wesen einen rahmenlosen Spiegel.

»Halt!«, rief Pan Anouk zu, als er auf sie aufmerksam wurde. »Nicht weiter. Der Geist zieht dich sonst in seinen Spiegel.«

»Was?«, fragte Anouk. Widerwillig wurde sie langsamer, kam nun vorsichtig auf Pan zu und blieb neben ihm stehen. In ihrem Kopf schien jemand mit einem Hammer von innen gegen ihre Stirn zu schlagen.

Der Spiegelgeist stieß ein Zischen aus. Dann hörte Anouk ein Schnüffeln. Als wäre das Geschöpf ein Hund, der eine Witterung aufgenommen hatte.

Ki, der kaum eine Armlänge von dem Geist entfernt im Sand saß, kam mit erkennbarer Mühe wieder auf die Füße. »Lauf!«, rief Anouk ihm zu. Sie wollte Ki entgegenrennen, doch der Ausdruck der Furcht, den sie eben in Pans Stimme gehört hatte, lähmte sie.

Ki sah Anouk erstaunt an. Vermutlich hatte er geglaubt, dass sie noch besinnungslos im Sand lag. Dann aber straffte er sich, machte auf der Stelle kehrt und rannte los. Er war trotz des sandigen Bodens schnell. Sehr schnell sogar. Anouks versteinerndes Herz machte vor Freude einen Sprung.

Der Geist stieß ein raubtierhaftes Knurren aus. Er sah Ki nicht direkt an, sondern richtete seinen Spiegel so aus, dass sich das Bild des Wipflings in ihm zeigte.

Ein ungutes Gefühl stieg in ihr auf. »Was tut er?«, fragte sie atemlos.

»Spiegelgeister sehen die echte Welt nicht. Nur Spiegelbilder«, erklärte Pan. »Los, du Tannenzapfenpflücker. Schneller, oder du endest hinter dem Glas.«

Ki sah sie mit grimmiger Miene an. Er hatte sie fast erreicht, als der Geist in den Sand griff und ihn warf.

Anouk hielt es für eine Geste der Verzweiflung, da Ki ihm entkam. Doch dann erkannte sie voller Schrecken, dass der Sand schneller als Ki war. Die Körner flogen an ihm vorbei, landeten vor ihm auf dem Boden, und einen Augenblick später schoss eine regelrechte Sandfontäne in die Höhe. Wie eine undurchdringliche Mauer, die vor dem Wipfling aus dem Boden wuchs. Ki prallte gegen sie und wurde zurückgeschleudert. Er kam sofort wieder auf die Füße und schlug einen anderen Weg ein. Die Fontäne aber schien eine Art Eigenleben entwickelt zu haben. Sie reagierte auf jeden Schritt des Wipflings. Und hinderte ihn daran, zu fliehen.

»Wir müssen etwas tun«, schrie Anouk und wollte ungeachtet aller Gefahren loslaufen.

Doch Pan hielt sie mit erstaunlicher Kraft zurück. »Dein Bild darf nicht in seinem Spiegel erscheinen«, rief er. »Er saugt dich auf. Dich und all deine Erinnerungen. Alle Bilder. Dann steckst du gefangen im Spiegel. Und mit diesem Bild von dir gehen die Geister wieder auf Jagd in der Wüste. Du wirst so zum Köder für ihre Opfer.«

Anouk sah stumm zu Ki. Sie fühlte sich schrecklich hilflos. Und das war fast noch schlimmer als der Schmerz in ihrem Herzen. Ki schlug mehrmals einen Bogen, doch der Sand schichtete sich immer sofort um ihn herum auf, und der Geist kam langsam näher. Sein Leib war durchscheinend, und Anouk sah die Wüste hinter ihm. Sie hörte das furchtbare

Schnüffeln. Mit seiner nächsten Finte schien Ki dem Sand endlich zu entkommen. Wie ein Hase auf der Flucht schlug er einen Haken und war fast an der Fontäne vorbei, doch dann geriet der Boden unter ihm in Bewegung und ließ ihn taumeln.

Er fiel.

Und der Spiegelgeist richtete das Glas in seiner Hand auf den am Boden liegenden Ki. Zu Anouks Schrecken erkannte sie, dass die Gestalt des Wipflings anfing, durchscheinend zu werden. Als wäre er eine Erinnerung, die langsam verblasste.

»Es ist der Spiegel!«, schrie Anouk, so laut sie konnte.

Ki sah sie fragend an, dann wurde seine Miene entschlossen. Er rollte sich blitzschnell auf den Rücken. Mit zitternden Fingern zog er seine Schleuder und einen Stein aus der Tasche seines grünen Gewands. Er zielte auf den Spiegelgeist.

Und schoss.

Der Stein traf genau die Hand, die den Spiegel hielt. Doch er flog durch die nebelhaften Finger hindurch und landete irgendwo auf einer Düne.

Ki zog einen weiteren Stein aus der Tasche, der Sand aber stieß ihn wie zur Strafe für den Schuss in die Höhe, sodass der Wipfling fast einen halben Meter emporflog. Schleuder und Stein fielen ihm aus den Händen.

»Nein!«, rief Anouk, während der Sand abermals in Bewegung geriet. Wie von unsichtbaren Händen gezogen bewegte sich der verblassende Ki auf den Geist zu.

Pan brachte vor Schreck kein Wort heraus, und auch Anouk war unfähig zu sprechen. Die Angst drückte ihr die Kehle zu. Die Angst um einen Freund.

Die Sandfontäne war in sich zusammengefallen, und nur das Schnüffeln des Geistes war zu hören.

Pan zerrte an Anouk. Er wollte sie wohl fortziehen. Weg von dem Wesen, das sie nicht besiegen konnten.

Doch Anouk schüttelte stumm den Kopf. Sie konnte Ki nicht zurücklassen. Ganz egal, was dann mit ihr geschah. Sie konnte es einfach nicht.

Sie riss sich los und stolperte auf den Geist zu. Sofort hob das Geschöpf den Kopf und richtete ihn in ihre Richtung. Das Schnüffeln galt nun offenbar ihr.

Anouk zwang sich mit Verzweiflung im Herzen weiterzugehen. Und, fragte sie sich, was willst du nun tun? Sie wusste es nicht. Anouk war nun kaum einen halben Meter von dem Wesen entfernt, während es sich bückte, um seinen Spiegel besser auf Ki richten zu können. Bloß eine Handlänge trennte es noch von dem Wipfling. Die Luft in seiner Nähe schien so viel kälter zu sein. Ein Schauer überkam Anouk, trotz der heißen Sonne. Sie trat auf etwas im Sand. Die Schleuder. Sie würde wohl das Einzige bleiben, das von Ki zurück… Ein Gedanke fand seinen Weg in Anouks angsterfüllten Kopf. Warum hatte sie nicht gleich daran gedacht? Mit zitternden Fingern hob sie die für sie kleine Schleuder und den geradezu winzigen Stein daneben auf.

»Lass das«, hörte sie Pan rufen. »Wir müssen fliehen.

Es gibt keine Waffe, die ihn verletzen kann. Er ist aus Nebel.«

Ja, dachte Anouk, er schon.

Sie zielte.

Und lächelte grimmig.

Aber nicht der Spiegel.

Als der Schuss traf, erfüllte ein Kreischen die Wüste. Es war so schrill, dass Anouk die Schleuder fallen ließ und sich die Hände auf die Ohren presste.

Der Spiegelgeist riss die Arme in die Höhe, und der Sand peitschte umher. Der Spiegel aber war zerbrochen. Um Anouk und die anderen herum erschienen auf einmal Bilder von fremden Orten. Vielleicht gab der zerbrochene Spiegel sie wieder frei. Einer kam ihr vage bekannt vor. Der Wald. Andere hatte sie noch nie zuvor gesehen. Berge. Eine fremde Stadt. Die Bilder wechselten sich in rascher Folge ab. Noch immer den Schrei ausstoßend richtete der Spiegelgeist einen Finger drohend auf Anouk, während weitere Bilder um sie herum auftauchten. Er machte einen Schritt auf sie zu, doch da war Pan auf einmal neben ihr.

Und pustete.

Der Geist verlor seine Gestalt. Er versuchte noch, sich die nebelhaften Arme um die Brust zu schlingen, als wollte er seinen Leib zusammenhalten. Doch es war zu spät. Einen Augenblick später war er fort, als hätte es ihn nie gegeben.

Pan klatschte mit einem Ausdruck selbstzufriedener Überheblichkeit die Hände ineinander, als applaudierte er sich selbst. »Ein Kinderspiel.«

Anouk aber amtete tief durch. Sie waren gerettet.

»Keine große Sache«, sagte Pan. Er hatte die Worte schon mehrfach wiederholt und tat, als hätte er den Spiegelgeist im Alleingang besiegt.

Anouk kniete im Sand und strich dem sichtlich mitgenommenen Ki vorsichtig mit einem Finger über die silbernen Haare. Sein Leib war wieder ganz und gar undurchsichtig.

Es war nur noch ein Bild übrig geblieben. Die Oase. Ein paar Palmen an einem wunderschönen See. Ein Kamel mit einem zerschlissenen Sattel, festgebunden an einem der Stämme. Das Bild verblasste bereits, und das Tier richtete einen flehentlichen Blick auf Anouk. Es schien fast wirklich lebendig. Der Stamm, an den es gebunden war, wurde bereits durchscheinend. Es würde nur noch einen Augenblick dauern, bis auch das Kamel verschwand. Anouk stemmte sich einer Eingebung folgend auf die Füße.

Das Kamel wurde unruhig. Es zerrte an dem Strick um seinen Hals. Ein tiefes Blöken drang aus seiner Kehle.

»Was tust du da?«, fragte Pan. »Wir sind gerettet. Lass uns lieber abhauen, ehe am Ende noch so einer von diesen nebligen Typen kommt.«

»Das Kamel ... es ist so echt.«

»Bloß ein Bild.« Pan winkte ab. »Wir sollten lieber an den dunklen Prinzen denken. Siehst du? Es wird schon blasser. Gleich ist der Spuk vorbei.«

»Nein, dieses Bild ist anders.« Und ohne auf Pans Worte zu hören, begann Anouk zu laufen. Die Bilder mochten nur Erinnerungen sein. Doch der Blick des Kamels war in echte Angst getränkt. Was geschah mit den Opfern der Spiegelgeister?, fragte sie sich, als sie das Tier erreichte. Vielleicht wurden sie Teil der Illusionen.

Das Kamel war noch nicht ausgewachsen. Ein Jungtier, das Anouk kaum überragte.

Es roch wie ein echtes Tier und der Strick, mit dem es an die Palme gebunden war, fühlte sich ebenfalls wirklich an. Anouk hatte Mühe, den Knoten zu lösen, doch dann schaffte sie es. Das Tier lief los. Anouk konnte ihm kaum folgen. Und hinter ihr verblasste die Oase wie ein Traum am Morgen.

»Siehst du, Affe?« Ki sah zu dem Kamel hinauf, das neben ihm stehen geblieben war. Er hatte seine Schleuder wieder an sich genommen und steckte sie in eine Tasche seines Gewands. »Es war echt. Genauso wie der Strick, mit dem es an den Stamm gebunden war.« Der Wipfling deutete auf das Seil, das nun im Sand lag.

»Es heißt *Schimpanse*«, murmelte Pan und beäugte das Kamel misstrauisch, als würde es ihn jeden Moment beißen. »Was frisst es?«, fragte er mit rauer Stimme.

»Es …« Anouk stockte. Sie hatte natürlich keine Ahnung von Kamelen. Woher auch? Sie hatte einmal eines im Zoo gesehen. Und sich die Tafel am Gehege ehrlicherweise nicht durchgelesen. Es sah indes nicht gefährlich aus. Vorsichtig streichelte sie ihm über den Kopf. »Wie geht es dir?«, fragte sie.

Zur Antwort legte das Kamel den Kopf schief.

»Was glaubst du, soll es sagen?«, brummte Pan. »Es ist ein Kamel.«

»Aber im Wald können die Tiere doch auch reden«, entgegnete Anouk.

»Und?«, fragte Pan. »Sind wir im Wald? Nein, das ist die Wüste. Und hier dreht sich alles um Wüstenstürme. Und Wüstengeister. Und Wüstenoasen. Eine ziemlich wüste Welt.« Er lachte als Einziger über seinen Scherz. »Aber nicht um die Tiere. Also können sie hier nicht reden. Seht mich nicht so an. Ich habe die Regeln nicht gemacht.«

»Ja, ja«, meinte Anouk. »Das war der Regelmacher.« Sie drückte ihren Kopf gegen den des Kamels.

»Vorsicht, sonst beißt es dir den Kopf ab«, hörte sie Pan rufen, während sie das Zittern des Tieres fühlte.

»Es ist ein Kamel, kein Drache, einfältiger Af... Schimpanse.« Kis Worte drangen von unten an ihr Ohr, während sie ihre Lippen gegen das Ohr des Kamels drückte. »Wir brauchen Wasser. Wir und du. Kannst du uns helfen?«

Anouk wusste nicht, ob das Tier sie verstand. Aber falls nicht, so war das Kamel vielleicht einfach durstig genug, um von selbst die nächste Wasserstelle zu suchen. Außerdem waren ihr die Worte der Spielfigur in den Sinn gekommen. *Un-*

terschätzt niemals die Kamele. Nun, sie würde sich an diesen Rat halten.

Es nickte mit einem Mal so entschlossen, dass Anouk sicher war, verstanden worden zu sein. »Toni schafft das«, sagte sie.

»Toni?«, fragte Pan und sah sie an, als habe sie den Verstand verloren. »Du gibst ihm einen Namen? Es ist doch kein Meerschweinchen.«

»Ich finde ihn schön. Mein liebstes Stofftier hieß so. Und ich will mein Pferd so nennen. Falls ich mal eines bekomme sollte. Und außerdem hat doch jeder einen Namen, oder?«, entgegnete sie. »Selbst wenn er nur so lautet wie die eigene Art.« Sie lächelte Pan an, der sie eingeschnappt anblickte. »Toni wird uns helfen.«

»Er wird uns fressen«, meinte Pan übellaunig.

Das Kamel bedachte ihn mit einem erhabenen Blick, dann trabte es los. In eine Richtung, die weder der entsprach, aus der Anouk und ihre Freunde gekommen waren, noch der, in die sie hatten gehen wollen, und auch nicht der, in die der dunkle Prinz mit seinem Gefolge marschiert war.

Der Weg wurde schnell eintönig, und die Stille der Wüste wurde nur durch Pans fortwährendes Lamentieren unterbrochen. Er fand, dass die Richtung die falsche sei. Und dass sie sich in Lebensgefahr begaben. »Am Ende wird es uns noch zu seiner Herde führen, die uns dann zum Frühstück verspeist.« Er warf dem Kamel einen düsteren Blick zu, als es auf einmal stehen blieb.

»Ich glaube, es hat etwas gewittert«, sagte Ki. Der Wipfling kletterte behände an Toni hinauf und sprang auf dessen Kopf, ohne dass das Tier daran Anstoß nahm. Dann beschattete der Prinz mit einer Hand über den Augen seinen Blick und starrte in die Ferne.

»Sollte es dann nicht mit dem Schwanz wedeln, oder so?« Pan schnaufte und sah in seinem Beduinengewand äußerst unglücklich aus.

»Es ist doch kein Hund«, sagte Anouk und legte dem Tier eine Hand an den Hals. Auch sie starrte an den Horizont. Die Dünen türmten sich auf wie Wellen, und der Wind strich pfeifend über sie hinweg. Doch Anouk erkannte weder eine Oase noch …

»Da!« Ki deutete auf die entfernteste Düne.

»Wir sind verloren«, jammerte Pan.

»Was ist da?«, fragte Anouk und kniff die Augen zusammen. Im ersten Moment war dort nichts zu sehen außer Sand und Himmel. Doch dann erkannte sie einen großen Schatten, der langsam an Konturen gewann. »Ist das eine Karawane?« Sie dachte sofort an eine Ladung Wasserflaschen oder Trinkkrüge, die von Kamelen getragen wurden.

»Nein«, erwiderte Ki, ohne den Blick abzuwenden. »Das da ist größer.«

Dann erkannte auch Anouk das Ding am Horizont. Das konnte es doch nicht wirklich geben. »Ein Schiff«, wisperte sie verblüfft.

»Ein Schiff? Der Durst trübt deinen Blick.« Pan stapfte missmutig ein paar Schritte die nächste Düne hinauf (wobei er zweimal über den Saum seines Gewands stolperte) und starrte dann einige Augenblicke zu dem Schatten. »Das … das … verdammt, die haben hier überhaupt nichts zu suchen.« Er wandte den Kopf und sah entrüstet zu Anouk und Ki. »Piraten!«

Das Schiff kam schnell näher. Drei Masten wuchsen aus seinem Rumpf, an jedem blähte sich ein geflicktes Segel im Wind. Kanonen lugten aus Öffnungen an den beiden Seiten. Und ganz vorne (am Bug, wenn sich Anouk nicht irrte) hing die Figur einer goldenen Frau mit einem Fischschwanz. »Woher weißt du, dass es Piraten sind?«, wollte sie von Pan wissen. »Ich kann keine Piratenflagge entdecken.«

»Ach, und du bist also auch noch Expertin für nautische Dinge, ja?«, entgegnete er trocken. »Erstens: Wir haben die Flagge. Also kann sie nicht am Schiff hängen. Und zweitens«, er machte eine dramatische Pause, »gibt es in diesem Spiel nur ein Schiff. Das Piratenschiff.« Es gelang dem Schimpansen, noch ein wenig düsterer auszusehen. »Und es gehört definitiv nicht in diese Spielwelt.«

EIN NEUES MANNSCHAFTSMITGLIED

Es dauerte nicht lange, bis das Schiff sie fast erreicht hatte. In das Pfeifen des Windes mischte sich das Knirschen des Rumpfs auf dem Sandmeer. Und die Rufe von Männern. Äußerst aufgeregte Rufe. Sie waren nicht deutlich zu verstehen. Anouk spürte Angst in sich emporsteigen. Waren Piraten nicht brutal? Rücksichtslos? Todbringend? Aus Pans Miene konnte sie nichts lesen, doch der Schimpanse schien äußerst angespannt. Ebenso wie Ki, der seine Schleuder gezückt hatte. Angesichts des immer größer werdenden Schiffs eine eher verzweifelt wirkende Geste. Sollten sie fliehen? Vielleicht war das die beste Idee.

»Kommt, wir gehen«, wisperte sie, als müsste sie besonders leise sein, damit man sie auf dem Schiff, das unbeirrt auf sie zuhielt, nicht hören konnte. Seine Fahrt über den Sand wurde von einem lauten Knirschen begleitet. Sie zog an Toni. Doch das Kamel blieb stehen. Anouk versuchte es noch einmal, mit mehr Kraft nun, doch wieder rührte es sich nicht von der Stelle. Anouks dritten Versuch quittierte Toni mit einem wütenden Schnauben, bei dem es seine gelben Zähne entblößte.

»Lass es hier«, sagte Pan, der das Zittern in seiner Stimme kaum verbergen konnte. »Sollen es sich die Piraten doch holen. Dann sind wir längst fort.«

»Sind sie gefährlich?« Ki hatte offenbar noch nie in seinem Leben ein Schiff gesehen. Er starrte es mit einer Mischung aus Faszination und Furcht an.

»Bin ihnen nie begegnet«, sagte Pan düster. »Sie gehören in eine andere Welt. Und da treffen sie eigentlich nicht direkt auf den Spieler. Aber nach dem, was ich gehört habe, verbreiten sie Angst und Schrecken und fahren ein wenig am Horizont auf und ab. Man sagt, sie sind brutal! Rücksichtslos! Todbringend!«

Na wunderbar, dachte Anouk. Da hatte sie ja richtig gelegen. Sie zog weiter an Toni, doch das Kamel schien sich mit seinen Beinen regelrecht in den Sand zu bohren. Das Schiff war nun so nahe, dass Anouk die prachtvollen Verzierungen am Rumpf erkennen konnte. Einige Muscheln klebten an ihm. Die Klappen für die Kanonen waren geöffnet. Für einen Moment glaubte sie, die fischschwänzige Gallionsfigur hätte ihr zugezwinkert. Das Schiff türmte sich vor ihnen auf. Groß wie ein Haus war es nun, und Anouk gab resigniert auf. »Ich lasse Toni nicht zurück«, sagte sie entschlossen, auch wenn die Angst nun wie Gift durch ihren Körper floss.

»Und ich bleibe bei der Spielerin«, rief Ki, holte einen Stein hervor und spannte seine Schleuder.

»Verrückte«, entfuhr es Pan. Doch er blieb ebenfalls.

Dann hörten sie einen Ruf über die Dünen hinweg. »Beute!«

Einen Augenblick später wurde der Anker geworfen und das Schiff kam zum Halten.

Einen Lidschlag lang war es ganz still.

Schließlich erhob sich eine tiefe Stimme vom Schiff her. »Macht euch bereit, geentert zu werden. Versucht nicht zu fliehen. Ihr habt keine Chance.«

Anouk wagte kaum noch zu atmen. »Was passiert jetzt?«, fragte sie, denn plötzlich wurde es wieder still.

Pan zuckte mit den Schultern.

Ein Tuscheln. Leise Wortfetzen, kaum zu verstehen, drangen an Anouks Ohr. Sie glaubte *Kamel* und *gar kein Schiff* zu hören.

Wieder war es kurz still. Schließlich schob sich ein bärtiges Gesicht über die Reling.

Anouk starrte hinauf. Genau so hatte sie sich immer einen Piraten vorgestellt. Der Mann, zu dem das äußerst schmutzige Gesicht gehörte, trug einen Hut mit drei Spitzen auf dem Kopf. Ein Totenkopf prangte auf ihm. Zwei goldene Ringe baumelten von den Ohrläppchen des Mannes hinab.

»Verdammt, das ist wirklich ein verfluchtes Kamel. Und …« Der Mann stockte, denn Ki hatte geschossen. Und der Wipfling war ein hervorragender Schütze. Der Stein traf den Piraten genau auf die Nase. »Bei allen Teufeln! Was ist das für ein seltsames Meer? Das Wasser sieht verdammt ungesund aus. Leute laufen einfach darauf herum. Und hier gibt es äußerst schmerzhafte Insekten, wie es scheint.«

»Das ist die Wüste und kein Meer«, entfuhr es Pan. Seine Furcht schien sich aufgelöst zu haben. Vielleicht ermutigte ihn die offensichtliche Dummheit des Piraten.

Dieser fixierte Pan so ärgerlich, als vermutete er in dem Affen den Grund für die seltsame Situation. »Ich weiß, dass dies die Wüste ist«, behauptete er. Hinter ihm meinte Anouk jemanden kichern zu hören. Verärgert wandte sich der Pirat um, und das Geräusch erstarb. Auf einen Wink von ihm hin öffnete sich eine der Klappen und eine gewaltige Kanone wurde hindurchgeschoben.

»Tiefer!«, brüllte jemand und die Öffnung der Kanone senkte sich.

»Wir sind nicht eure Feinde«, rief Anouk. Doch niemand auf dem Schiff schien sich für sie zu interessieren. Neben ihr zog Ki einen weiteren Stein aus der Tasche.

»Ach, dann seid ihr wohl unsere Freunde, was?« Gelächter erhob sich, während die Kanone noch ein wenig bewegt wurde, bis die Öffnung wie ein dunkles Auge genau auf Anouk und die anderen gerichtet war.

In diesem Moment erinnerte sie sich an etwas. In ihrem angsterfüllten Kopf waren die Gedanken vor Furcht wie verklebt gewesen. Sie hatte doch etwas, das den Piraten gehörte. Mit zitternden Fingern zog sie sich die Flagge vom Kopf und entfaltete sie. Der Totenkopf war nun für alle sichtbar.

»Ja, wir sind eure Freunde.« Es gelang ihr kaum, die Angst in ihrer Stimme zu verbergen. »Und wir haben den ganzen Weg auf uns genommen, um euch zu suchen und etwas zu bringen, das euch fehlt.« Sie hielt die Flagge hoch wie einen Schutzschild. Nun konnte sie nicht mehr erkennen, was dort bei der Kanone vor sich ging.

Ein, zwei Sekunden verstrichen, dann erhob sich wieder die Stimme des Piraten. »Diebe!«, donnerte sein Ruf durch die Wüste.

Anouk, Ki und Pan sahen sich erschrocken an.

»Das ... gefällt mir!« Das Rufen ging ansatzlos in ein dreckiges Lachen über.

Anouk senkte die Flagge und sah, dass eine Strickleiter über die Reling geworfen wurde.

»Kommt herauf!«, rief der Pirat. Und an Toni gewandt fügte er hinzu: »Und du wirst hinaufgezogen. Ihr seid willkommen. Piraten ihre Flagge zu stehlen ist die höchste Kunst der Piraterie. Nicht schlecht, kleines Mädchen. Du hast Piratenblut in dir.«

Anouk war ziemlich mulmig zumute, während sie die Strickleiter emporkletterte. Doch als sie sich mit Ki auf der Schulter und dicht gefolgt von Pan über die Reling zog, blieb ihre Angst zurück und alles, was sie fühlte, war Verblüffung.

»Ihr seid ...«, begann sie, doch einer der Piraten unterbrach sie.

»Brutal? Rücksichtslos? Todbringend?«, fragte er. Es war der, der eben mit ihnen gesprochen hatte. Er trug einen mit einem goldenen Muster reich verzierten nachtblauen Mantel und kniehohe Lederstiefel.

»Aus der Ferne, vielleicht. Aus der Nähe seid ihr eher ...

klein«, antwortete Pan für Anouk und strich sich das Beduinengewand glatt. Hinter ihm kletterten ein paar Piraten mit langen Tauen, die an einer Seilwinde hingen, hinunter. Offenbar wollten sie Toni hochziehen.

Anouks Blick wanderte über die Reihen der Piraten. Es war gut ein Dutzend, das vor ihnen stand. Und keiner reichte ihr höher als bis zu den Schultern. Die meisten erreichten nicht einmal diese Größe.

Der Schimpanse zog sich eine Zigarre aus einer der Taschen seines Gewands. Doch Anouk wand sie ihm aus den Fingern und reichte sie dem Piraten vor ihr. »Das ist ungesund«, raunte sie Pan zu, der sie daraufhin griesgrämig ansah.

»Das ist ein … Gastgeschenk«, sagte sie laut an den Piraten gewandt. Gerade wurde Toni hochgezogen, und vier der Piraten machten sich mit sichtlicher Mühe daran, Toni von den Seilen zu befreien, kaum dass er auf den Planken des Decks stand. »Wir brauchen Wasser«, fügte sie hinzu und reichte dem Piraten, von dem sie annahm, dass er der Kapitän war, die Flagge.

»Hast du uns hierhergebracht?«, fragte er, während er sich die Zigarre zwischen die Lippen schob. »Wir mögen es nicht besonders gerne, wenn man uns zum Narren hält.«

»Das ist die Spielerin«, entfuhr es Ki, der seine Schleuder nun drohend auf den Piraten richtete.

»Und du, kleiner Mann? Wer … was bist du?« Der Pirat sprach die Worte *kleiner Mann* mit offensichtlichem Genuss aus. Vermutlich kam er nicht oft dazu, sie an jemanden zu richten.

»Der Prinz der Wipflinge aus dem Wald«, rief Ki und spannte seine Schleuder.

Der Kapitän zog seinen Säbel und seine Männer hinter ihm taten es ihm gleich, während Toni sie drohend anschnaubte.

»Du gehörst nicht hierher«, sagte der Kapitän.

»Ihr doch auch nicht«, erwiderte Pan. Er rollte mit den Augen. »Wenn ich doch nur einmal mit Profis zusammenarbeiten dürfte.« Er seufzte. »Der Regelmacher hat Mist gebaut. Alles ist durcheinander. Der dunkle Prinz schummelt sich durch das Spiel, will offenbar um jeden Preis gewinnen.«

»Ich wusste natürlich sofort, dass dies die Wüste ist«, rief der Kapitän.

»Ist auch schwer zu übersehen«, murmelte Pan. »Wir brauchen also Wasser. Und müssen das Streitross finden. Habt ihr eines gesehen?«

Die Piraten sahen sich schulterzuckend an. »Wir fahren seit dem Beginn des Spiels umher«, meinte der Kapitän und zog eine Karte unter dem Mantel hervor. »Viel haben wir noch nicht gesehen.« Er spuckte über die Reling. »Ist eine verflucht eintönige Gegend! Nur Dünen und ab und an eine Palme. Und dann erst diese falschen Bilder.« Er starrte missmutig auf die Karte.

»Lass mal sehen.« Pan zog ihm die Karte aus den schmutzigen Fingern. Der Schimpanse drehte sie einige Male, dann schüttelte er den Kopf. »Das hilft uns nicht weiter.«

»Lass uns einmal einen Blick auf die Karte werfen«, raunte Ki in Anouks Ohr.

»Darf ich?«, fragte sie und nahm sie Pan aus den Händen. Sie fühlte sich an wie ein Stück Leder. Jemand, vermutlich der Kapitän, hatte angefangen, auf ihr zu zeichnen. Anouk erkannte Dünen. Die ganze Karte war voll von ihnen. Nur gelegentlich hatte er auch einen kleinen Berg oder ein paar Palmen und einen kleinen See eingefügt. Außerdem gab es eine Art Stern, der die Himmelsrichtungen anzeigte. Doch von einem Streitross war nichts zu sehen. Es war wohl auch nicht zu erwarten gewesen. Pan hatte ja gesagt, dass die eine Richtung so gut wie die andere in der Wüste war. Enttäuscht legte Anouk die Karte wieder fort. Wie nur sollte sie das Streitross finden und Maya retten?

Sie musste wohl sehr traurig dreingeblickt haben, denn die Piraten, allen voran der Kapitän, sahen sie bedauernd an.

»Komm«, rief er sichtlich um gute Laune bemüht, »wir feiern.«

»Und was sollen wir feiern?«, fragte Anouk missmutig, der nun überhaupt nicht danach zumute war.

»Na, dass wir euch gerettet haben. Ihr habt doch Durst. Und wir haben Rum.«

»Und klares Wasser«, erklang eine Stimme aus den Reihen der Piraten.

»Ach ja, das auch«, sagte der Kapitän. »Und scharf gewürztes Dörrfleisch.«

»Und gesundes Obst«, fügte die Stimme hinzu.

»Verflixt, ist das hier ein Kindergarten oder ein Piratenschiff? Wir leben. Und das wollen wir feiern.«

Die Feier war ... einzigartig. Erst recht, nachdem Pan darauf hingewiesen hatte, dass es streng genommen noch immer Anouks Geburtstag war.

»Der dreizehnte«, meinte der Piratenkapitän und wischte sich über den Mund. Seine Stimme klang schon ein wenig schwer. Kein Wunder, angesichts der Menge an Rum, die er bereits getrunken hatte. »In dem Alter hatte ich auf diesem Schiff angeheuert. Musste das Deck schrubben. Die Takelage raufklettern. Segel einholen und eben alles tun, was so anfiel. Wunderbare Zeit.« Er wurde ein wenig rührselig und strich sich gedankenverloren über den gewaltigen Bauch. »Würde glatt noch einmal so jung sein wollen.«

»So fett, wie er ist, klettert er keinen Meter mehr hoch«, murmelte einer der Piraten, offenbar ohne dass der Kapitän es mitbekam. Sie alle saßen auf dem Deck an einem langen Tisch, den die Piraten aus dem Bauch des Schiffs geholt hatten, unter dem Abendhimmel. Die Sonne in der Wüste ging so schnell unter, als müsste sie sich beeilen, und die ersten Sterne waren bereits zu sehen. Sie funkelten wie Perlen auf dunkelblauem Stoff.

Anouk nippte an ihrem Wasser, das sie aus einem angelaufenen Metallbecher trank. Pan neben ihr war es gelungen, dem Kapitän seine Zigarre abzuschwatzen. Nun rauchte er sie genussvoll. Ki hingegen saß vor einem kleinen Teller mit Trauben, die für ihn groß wie Äpfel waren.

»Ein so schöner Abend schreit nach einer Prahlerei«, rief der Kapitän wie aus heiterem Himmel.

»Ja?«, fragte Ki verwirrt. »Ich höre gar nichts.«

Der Pirat fing schallend an zu lachen und da er Ki nicht auf die Schulter klopfen konnte, landete seine Hand auf der von Pan. Während sich der Schimpanse fast vor Schreck am Rauch seiner Zigarre verschluckte, kamen die anderen Piraten näher.

»Eine Prahlerei, eine Prahlerei«, erklang ein aufgeregter Ruf unter ihnen.

»Unsere liebste Beschäftigung«, erklärte der Kapitän. »Abgesehen vom Entern und Rauben.« Er lachte wieder, und Pan brachte sich rechtzeitig aus der Reichweite der Piratenhand. »Wir erzählen uns die wahnwitzigsten Geschichten unserer Piratenzeit. Und der, der sie am … lebendigsten erzählt, gewinnt.«

»Ihr meint, ihr lügt?«, fragte Pan und hob die Augenbrauen. Diesmal war er nicht schnell genug, und er erhielt einen freundschaftlichen Schlag auf die Schulter, der einen schmerzverzerrten Ausdruck auf sein Gesicht zauberte.

»Du gefällst mir, Han«, rief der Kapitän lachend.

»Pan«, verbesserte ihn der Schimpanse. »Also wirklich«, fügte er leiser an Anouk gewandt hinzu. »Man sollte doch meinen, er könnte sich meinen Namen richtig merken, oder?«

Anouk beschloss, ihn nicht auf den korrekten Namen ihrer Schwester hinzuweisen, und beschränkte sich nur darauf zu nicken. »Wo wir gerade bei Namen sind«, sagte sie zum Kapitän, »wie heißt du eigentlich?«

Der Pirat sah sie verständnislos an. »Na, Kapitän. Meine Mutter, Neptun habe sie selig, hat mich in weiser Voraussicht nach dem Rang benannt, den ich einmal annehmen würde.« Er klatschte offenbar zufrieden über seine erste kleine Prahlerei in die Hände. »So, wer will gegen mich antreten? Hm, niemand? Nun, kein Wunder. Ich bin eben der Beste der Besten. Der Gefährlichste der Gefährlichen. Der …«

»Ich«, ließ sich Pan vernehmen, »habe einen Spiegelgeist im Alleingang besiegt.«

Wollte er gegen den Kapitän antreten? Anouk wusste nicht, ob er bereits mitspielte oder es ernst meinte.

»Während meine beiden Freunde hier«, Pan deutete gönnerhaft auf Anouk und Ki, »weinend auf dem sandigen Boden lagen, habe ich dem Geist seinen Spiegel entrissen und ihn zerstört. Ein Kinderspiel.« Er zog an seiner Zigarre.

Für einen Moment herrschte Schweigen unter den Piraten. Anouk war der Auftritt furchtbar peinlich, denn sie hatte nun die ernste Befürchtung, dass Pan das gerade tatsächlich ernst gemeint haben könnte.

Dann aber begannen die Piraten höflich zu klatschen und ihr Kapitän erwischte Pan wieder an der Schulter.

»Nicht schlecht, Ken«, meinte er anerkennend und überhörte Pans empörte Verbesserung. »Aber das erinnert mich daran, wie ich einst die hässlichen Meerjungfrauen im Toten Meer besiegt habe. Wie ihr wisst, küssen sie jeden stattlichen Mann zu Tode. Und ich war der stattlichste der sieben Weltmeere. Doch ich habe ihnen klargemacht, dass sie mich besser leben lassen, damit ich sie hübscher machen kann. So bin ich mit ihnen in ihre Stadt am Meeresboden getaucht und blieb dort eine Woche. Mit Haarverlängerungen aus Seetang und der Tinte des Oktopus habe ich sie dann ziemlich ansehnlich hinbekommen.«

Die Piraten waren außer sich.

»Und wie habt ihr es geschafft, so lang die Luft anzuhalten?«, fragte Ki misstrauisch. »Man schafft doch höchstens eine Minute, vielleicht etwas mehr.«

»Tja …« Der Kapitän zog seine Taschenuhr hervor und zeigte ihnen das Ziffernblatt. »Keine Zeiger, seht ihr? Somit wusste ich gar nicht, dass bereits mehr als eine Minute verstrichen war.«

Nun jubelten die Piraten.

»Das, das ist doch gar nichts«, rief Pan. Es war offensichtlich, dass er nachdachte, während er sprach. Dass er irgendeine Erinnerung in seinem Kopf suchte. Es wurde still. Erwartungsvoll still. Dutzende Augenpaare blickten ihn an.

»Ich«, begann Pan, und Anouk wollte ihm schon hilfreich zur Seite springen und einfach anfangen irgendetwas zu erzählen. Sie würde schon eine kleine Geschichte zustande bringen. Doch dann hatte Pan etwas gefunden, was er vorbringen konnte. »Es war in einem lange vergangenen Spiel.

Ich war zusammen mit einem Mann im Spiel unterwegs. Junger Kerl, kaum zwanzig. Hieß Haus oder so ähnlich. Ist später ein berühmter Mathematiker geworden.«

»Vielleicht Gauß?«, fragte Anouk zweifelnd. Sie hatte gerade an diesem Tag noch in ihrem Mathebuch das Bild von einem Carl Friedrich Gauß gesehen, der irgendetwas mit Kurven zu tun hatte.

»Richtig«, strahlte Pan sie an. Langsam kam er in Fahrt. »Gauß wäre natürlich verloren gewesen ohne mich. Ich habe ihn durch den Wald geführt. Und zwischen die Vulkane hindurch. Noch heißer als hier ist es dort. Und dann kamen wir in die Eiswüste. Dort ist es so kalt, dass einem der Atem vor der Nase zu … nun eben zu Eis gefriert. Man kann kaum sehen, weil die Augen tränen. Und die Tränen werden zu …«

»Eis?«, bot einer der Piraten an.

»Nein«, erwiderte Pan schnippisch. »Zu Perlen.«

Das gefiel den Piraten. Einige klatschten.

Angestachelt von dem Applaus machte Pan weiter. »Und dann … und dann kamen wir zu der großen Herausforderung in jener Welt. Einem Monster. Einem Zahlenmonster. Es war gewaltig. Sein Atem Gift. Seine Haut Diamanten. Seine Zähne Eisenspitzen. Es war unbesiegbar.«

Alle hingen nun an Pans Lippen, was dem Schimpansen offensichtlich gefiel.

»Es konnte nur auf eine Weise überwunden werden. Durch einen Wettstreit der Zahlen. Denn es war nun mal ein Zahlenmonster. Nichts liebte es mehr, als sie aneinanderzusetzen und zu durchmischen. Es rechnete für sein Leben gern.«

Nun durchlief ein gequältes Stöhnen die Reihen der Seeleute.

»Es zeigte sich, dass Strauß …«

»Gauß«, verbesserte Anouk augenrollend.

»… genauso gut wie das Monster rechnen konnte. Alle lösten einander die schwersten Aufgaben. Zum Schluss aber stellte das Monster Gauß eine Frage, auf die es keine Antwort gab. Sie lautete: Wie heißt die größte Zahl? Das weiß keiner, denn die Welt der Zahlen ist unendlich groß. Doch diese Antwort von Maus akzeptierte es nicht. Der Arme drohte schon die Runde zu verlieren.«

Diesmal schwieg Anouk.

»Da hatte ich die Lösung.« Pan zog selbstgefällig an seiner Zigarre und ließ den Rauch wie ein Drache aus seinem Mund fahren. »Ich wisperte sie Laus ins Ohr.«

Gespannte Stille.

»Und sie lautete …« Er sah in die gespannten Mienen der Piraten. Selbst Anouk wollte die Lösung hören. »Immer einen mehr.« Er grinste selbstgefällig.

Ein Jubelsturm tobte über das Schiff. Diese Geschichte hatte den Piraten offenbar gefallen.

In die Bravo-Rufe seiner Leute stieß der Kapitän hastig mit einer aufregenden Geschichte vor, die damit begann, dass er zu spät in einem Rennen gegen einen anderen Seeräuber gewesen war und so den größten Schatz, den er je geraubt hatte, nicht hatte rauben können. Als Pan ihn darauf hinwies, dass man wohl kaum etwas stehlen und dann doch nicht stehlen konnte, lächelte er mitleidig. »Ich habe meine Uhr hier genommen und die Zeit herbeigerufen. Wie jeder gebildete Mann von Welt weiß, zeigt sie sich, wenn man etwas an ihrem Verlauf zu beanstanden hat. Man muss ja nur das Zifferblatt auf den Kopf drehen.«

Bei genauerem Hinsehen erkannte Anouk, dass die 6 tatsächlich oben und die 12 unten stand.

»Die Zeit erscheint dann als eine Frau ohne Alter. Weiße Augen. Schwarze Haare. Ein Kleid voller Zahlen. Ich forderte sie zu einem Wettlauf heraus. Einmal um die Welt, sagte ich. Wer zuerst wieder da ist, hat gewonnen. Und wenn ich gewinne, dreht sie meine Uhr zurück, damit ich doch noch als Erster beim Schatz bin. Es war also ein Wettlauf gegen die Zeit. Damals war ich noch besser in Form. Noch schneller.«

»Der ist doch höchstens als Erster beim Essen«, murmelte einer der kleinen Piraten.

»Wir stellten uns an der Startlinie auf, die bei unserem Wettlauf um die Welt auch das Ziel markierte. Und zwar genau unter unserer Gallionsfigur. Der schönsten von allen.«

Ein leises *Danke* schwebte durch die Nacht, und Anouk glaubte, dass es von der Figur am Bug kam.

»Und dann begann der Wettlauf. Die Zeit war sofort nicht mehr zu sehen. Hatte wohl schon die halbe Welt umrundet, während ich nur einen halben Schritt machen konnte.«

»Und wie habt Ihr gewonnen?«, fragte Ki atemlos.

Der Kapitän grinste selbstgefällig. »Ich bin diesen einen halben Schritt zurück und dann, genau in dem Moment, in dem die Zeit schon wieder da war, vor. So habe ich sie um genau eine Stiefelspitze geschlagen und den Wettlauf gegen die Zeit gewonnen. Den Schatz habe ich mir natürlich auch noch geholt.«

Diesmal nahm der Jubel fast kein Ende. Pan öffnete den Mund, wohl um eine neue Prahlerei loszulassen, doch ihm schien nichts einzufallen und er schloss ihn wieder. Was sollte er nun noch erzählen?

»Na? Noch jemand, der es mit mir aufnehmen will? Keiner?«

»Doch. Ich.«

Alle Augen richteten sich augenblicklich auf Anouk.

»Du?«, fragten der Kapitän und Pan wie aus einem Mund.

»Warum nicht?«, fragte Anouk. Sie hatte sich während der Prahlereien von Pan und dem Kapitän selbst etwas zurechtgelegt. Die einfachste aller Geschichten. Ihr Abenteuer in diesem Spiel. Sie liebte es, Geschichten zu erzählen. Und sie fühlte, dass diese nun erzählt werden wollte. Alle blickten sie an, und es wurde ganz und gar still. Nur Anouks Stimme war zu hören, als sie anfing, die Worte aneinanderzureihen. Wie Perlen auf einer Kette. Es war ganz einfach. Und wie jedes Mal, wenn sie etwas erzählte, fühlte Anouk ein Gefühl der Freude in sich aufsteigen.

Sie berichtete von dem Herzenswunsch und dem Spiel. Dem Geist im Brunnen, den sie befreit hatte. Dem Weg zu den Wurzelmenschen und der Fahrt durch den Baum hinauf in dessen Spitze. Dem Ritt auf dem Eichhörnchen. Der Suche nach den Eulen (hier blickten einige Piraten misstrauisch in den Himmel). Der Angst um Maya, die sie ständig in sich fühlte. Und dem Gang zu der Wurzel im Herzen des Waldes. Dann endete sie bei den Piraten in der Wüste. Alle schwiegen ehrfurchtsvoll.

»Ein Segelschiff auf dem Sand. Was für ein Seemannsgarn«, sagte der Kapitän schließlich, der weder begriff, dass sie damit sein eigenes Schiff gemeint hatte, noch dass alles die reine Wahrheit gewesen war. »Das …«, seine Mannschaft hielt den Atem an, »war die schamloseste Prahlerei, die ich gehört habe.«

Diesmal brachte der Jubel das Schiff zum Beben. Der Kapitän klopfte Pan so fest auf die Schulter, dass diesem fast die Zigarre aus dem Mund fiel. Und die Piraten fingen an, rhythmisch zu klatschen und Anouks Namen zu rufen.

In Pans Rufe – »Das hat sie alles von mir« – rief der Kapitän: »Ein Geschenk! Was ist ein Geburtstag ohne Geschenke? Holt die Schatztruhe.«

Ein betretenes Schweigen breitete sich unter den Piraten aus. Selbst Toni, der etwas abseits stand und seelenruhig aus einem Eimer trank, hatte den Kopf gehoben und sah zu ihnen hinüber.

»Da ist nichts drin«, sagte einer der Piraten mit zitternder Stimme.

»Was?«, entfuhr es dem Kapitän. Er machte Anstalten aufzuspringen, doch er kam nicht besonders hoch und ließ sich erschöpft wieder auf seinen Stuhl fallen. »Wie kann das sein?«

»Wir haben noch keinen überfallen. Wen auch? Hier gibt es nur Sand.«

»Ach ja, stimmt.« Der Kapitän kratzte sich am Kopf. »Aber was können wir ihr dann schenken?« Er sah hinauf in den Himmel, der sich langsam schwarz färbte. Der Mond war voll und rund und tauchte die Wüste in ein kaltes Licht, sodass es fast schien, das Schiff würde über ein silbernes Meer fahren. »Ich hab's!« Er scheiterte erneut bei dem Versuch aufzuspringen. »Du bist so alt wie ich, als ich ein Pirat wurde. Also …«, er sah sie verschmitzt an, »wirst du einfach auch einer.« Er räusperte sich, und die Piraten um ihn herum wurden so still, dass nur noch der Wind zu hören war. »Hiermit ernenne ich dich zu einem Mitglied der … Wüstenpiraten.« Bei diesen Worten streifte er sich eine Kette über den Hals, an der ein goldener Totenkopf hing. »Lebe stets gefährlich, junge Piratenfrau. Und habe kein Erbarmen …«, er stockte, als er Anouk ansah, »wenig Erbarmen … nun, sei einfach nicht süß und freundlich, wenn du jemandem all sein Gold stiehlst, okay? Hurra, ihr Hunde. Wir haben ein neues Mannschaftsmitglied.«

Anouk musste bei dem Jubel, der nun ausbrach, lächeln. Sie nickte, während er ihr die Kette überstreifte.

»Und nun, wohin sollen wir fahren?« Der Kapitän zwinkerte ihr verschwörerisch zu. »Heute darfst du entscheiden.« Er rollte die Karte aus. »Wir sind hier.« Er sah prüfend zum

Himmel, betrachtete dann die Karte und zog schließlich einen kleinen Dolch aus seiner Manteltasche. Mit Wucht rammte er ihn in die Karte.

Anouk zuckte mit den Schultern. Sie erkannte um die Stelle, an der die Klinge steckte, nichts als Dünen. Nichts, bis auf eine Art Wolke. Sie war ihr vorher gar nicht aufgefallen. »Was ist das da?«, fragte sie und deutete auf die seltsame Markierung.

Der Kapitän folgte ihrem Blick. Und erstarrte. »Die Sturmgötter«, flüsterte der Kapitän. Auf einmal klang er äußerst angespannt. »Sehr gefährlich. Wir sind ganz am Anfang an ihnen vorbeigefahren. Wusste gar nicht, dass wir ihnen wieder so nahe gekommen sind. Haben verfluchtes Glück gehabt, dass sie uns noch nicht bemerkt haben, so laut wie wir waren. Besser, wir verschwinden von hier.«

»Sturmgötter?« Anouk wollte fragen, wovon der Kapitän sprach, doch der legte einen Finger auf die rauen Lippen. »Ganz leise, sonst wachen sie auf. Und das wäre sehr unschön.«

Alle wurden ganz still. Noch stiller als eben. Totenstill. Nur einer war zu hören. Pan. Herzhaft kaute er auf einem Stück des scharf gewürzten Fleisches, während er die Zigarre in einer Hand hielt. »Wunderbar«, meinte er. Offenbar hatte er nichts von der Gefahr mitbekommen, in die das Schiff fuhr. »Nur der Pfeffer ist ein …« Er klang auf einmal ganz komisch. So wie Anouks Vater, wenn er niesen musste. »… ein … ein …«

Anouk wollte ihm mit der Hand die Nase zuhalten, doch es war zu spät. Pan nieste so laut, dass die ganze Wüste von dem Lärm erfüllt sein musste.

Und sofort kam der Wind auf.

Die gewaltigen Segel blähten sich auf und das Schiff wurde so unruhig wie ein bockendes Pferd.

»Was ist los?«, rief Pan. »Ist das Schiff kaputt?«

»Die Sturmgötter sind aufgewacht«, zischte der Kapitän, dann hielt er beide Hände an den Mund und schrie: »Los, ihr Hunde! Bringt das Schiff aus dem Sturm oder wir werden unter…«, er stockte, als ihm offenbar bewusst wurde, worauf sie gerade fuhren, »… in die Luft gehen.« Er sah zu Anouk. »Braucht ihr eine Extraeinladung? Bringt alles unter Deck. Sichert die Ladung. Dieser Ritt wird ungemütlich.«

Das Schiff wurde nicht in die Luft gerissen, auch wenn Anouk mehr als einmal das Gefühl hatte, dass sie gleich wie ein Blatt vom Sturm hochgewirbelt würden. Und sie gingen natürlich auch nicht unter. Sie wurden jedoch vom Sturm erfasst, der sie wie mit unsichtbaren Fingern packte. Das Schiff schaukelte über den Sand, als würden die Wellen es tanzen lassen.

Pan saß unter Deck bei den Sachen, die die Piraten eilig in den Laderaum des Schiffes geschleppt hatten, und hielt sich an einem Tau fest. Er sah mehr als elend aus.

»Seekrank?«, fragte Anouk mitleidsvoll.

Der Schimpanse blickte sie an, doch er schien zu kraftlos, um antworten zu können. Ein Nicken war alles, was er zustande brachte.

Ki saß derweil auf Anouks Schulter, ohne auch nur die geringsten Anzeichen von Übelkeit aufzuweisen. Kunststück. Er war alles Halsbrecherische gewöhnt. Als es den Anschein machte, dass sich das Schiff einmal um die eigene Achse drehte, zischte er sorgenvoll. »Ich wüsste zu gerne, was da vor sich geht«, murmelte er.

Anouk ging es nicht anders, auch wenn ihr ein wenig übel bei all der Schaukelei wurde. »Pan«, sagte sie an den Affen gewandt, »wir sehen einmal nach dem Rechten. Pass du doch bitte hier auf, dass nichts kaputt geht.«

Pan hob den Kopf und brachte ein weiteres ebenso wortloses wie dankbares Nicken zustande. Dann sank er in sich zusammen und stöhnte leise.

Die Mannschaft war oben. Anouk stolperte die Treppe aus dem Laderaum hinauf, stieß sich den Kopf an einem Balken und trat dann auf das Deck. Sie hatte unweigerlich das Gefühl, auf dem Fahrgeschäft einer Kirmes gelandet zu sein. Über sich sah sie den Sternenhimmel, der sich zu drehen schien. Natürlich war es in Wahrheit das Schiff, das über den Sand schoss und dabei umherwirbelte. Anouk hatte Mühe, nicht von den Füßen gerissen zu werden. Für einen Moment überlegte sie, wieder nach unten zu gehen. Doch dann erwachte die Abenteuerlust in ihr, die sie schon auf dem Rücken des Eichhörnchens gespürt hatte. Als der Sturm einen

Moment nachließ, lief sie eilig zum Kapitän, der mit einem anderen Piraten am Ruder stand.

»Solltest nicht hier sein«, rief er an Anouk gewandt. »Dieser Sturm ist ein Biest. Aber ich werde ihn besiegen. Hörst du, Sturm? Ich werde dich besiegen!«

Wie zur Antwort hob der Sturm das Schiff sicherlich einen Meter in die Höhe und ließ es dann höchst unsanft wieder auf dem Boden aufschlagen, ehe er es erneut in die Höhe bugsierte. »Niemand besiegt mich.« Der Sturm schien die Worte gewispert zu haben. Zumindest war keiner zu sehen, von dem sie hätten stammen können.

Anouk starrte verblüfft in die sich drehende Nacht. War das wirklich der Sturm gewesen? Wieso nicht?, fragte sie sich. In dieser Welt war offenbar alles möglich.

»Verdammt, wer war das?«, fragte der Kapitän und blickte misstrauisch zu dem kleinen Ki, der sich an eine von Anouks Haarsträhnen klammerte.

Anouk antwortete ihm nicht. Sie legte stattdessen den Kopf in den Nacken und schrie, so laut sie konnte: »Ich bin die Spielerin. Hörst du mich? Die Spielerin.«

Kurz wurde der Sturm ein wenig schwächer. »Was willst du?« Die Stimme klang heiser und schien von überall her zu kommen.

»Lass das Schiff in Ruhe!«, schrie Anouk, so laut sie konnte. Neben ihr sagte Ki einige Worte in ihr Ohr. Anouk runzelte die Stirn. Konnte das funktionieren? »Und hilf mir, mein Streitross zu finden!« Nun, einen Versuch war es wert.

Die Piraten blickten Anouk ehrfurchtsvoll an. Wie Kinder, die einen Zauberer dabei beobachteten, wie er einen Trick vorführte.

Das Schiff schwankte einen Moment unruhig in der Luft. Und dann senkte es sich zu Boden.

»Kein Streitross«, heulte der Wind. »Kenne keines. Aber Hilfe kenne ich. Mein Vater weiß viel. Vielleicht auch Rat.«

»Dein Vater?« Anouk fühlte alle Blicke auf sich ruhen. Vielleicht war es besser, einfach weiterzufahren. Auf eigene Faust nach dem Streitross zu suchen. Wer wusste schon, ob man einem Sturm trauen durfte. Himmel, wies sich Anouk einen Moment später zurecht. Wie viele Stürme kennst du? Du bist ohne Plan in der Wüste. Nimm jede Hilfe an, die du kriegen kannst! Sie blickte fragend zum Piratenkapitän.

Der stand mit offenem Mund am Steuerrad und hielt sich offensichtlich mehr daran fest, als dass er ernsthaft versuchte, den Kurs zu korrigieren. Langsam nickte er. »Vater. Hm, hört sich gut an«, sagte er vorsichtig. Dann aber straffte er sich. »Verflucht noch mal, das wird eine echte Piratengeschichte. Wir fahren zum Vater der Stürme und …« Er stockte, als sich alle Blicke erwartungsvoll auf ihn richteten. »… tun eben das, was wir tun.«

Das schien auszureichen. Die Piraten jubelten und schwangen drohend ihre Fäuste in die Nacht.

Anouk aber formte mit beiden Händen einen Trichter an ihrem Mund und rief: »Wir sind einverstanden. Bring uns zu deinem Vater.«

»Dann haltet euch fest«, wisperte der Sturm mit heiserer Stimme.

Im nächsten Augenblick wurde das Schiff auf dem Sand gedreht. Dann erschlafften die Segel, und Anouk glaubte schon, der Sturm hätte es sich anders überlegt. Schließlich aber blähten sie sich auf. Ein kräftiger Wind kam auf.

Und das Schiff raste knirschend über den Sand, als sei es eine Kanonenkugel, die abgeschossen worden war.

Anouk wurde von den Beinen gerissen. Ki fiel von ihrer Schulter, und aus dem Laderaum des Schiffs erklang Pans gequältes Stöhnen. Die Piraten riefen wüst durcheinander. Mühsam rappelte sich Anouk wieder auf. Sie fand einen Halt an der Reling und erkannte Ki auf dem Rücken liegend neben der Treppe.

Der Wipfling drückte sich ebenfalls wieder auf die Füße und kletterte dann an Anouks Arm, den sie ihm hinstreckte, auf ihre Schulter. Dort krallte er sich in ihren Haaren fest.

»Wollen wir einmal sehen, wo die Reise hingeht?«, fragte er.

»Ist das nicht gefährlich?«, fragte Anouk unsicher. Das Schiff war ziemlich schnell. Sicher konnten sie leicht über Bord gehen, wenn sie nicht aufpassten. Sie blickte zurück zur Treppe, die hinunter in den Laderaum führte.

»Ja«, entgegnete Ki wagemutig. »Und daher macht es ja auch Spaß.«

Es wäre sicher klug, nach unten in Sicherheit zu gehen, dachte Anouk. Dann aber spürte sie ein weiteres Mal die Lust am Abenteuer. Es war wie ein Prickeln in ihr. Während um sie herum alle durcheinanderriefen, ging sie an der Reling entlang bis zum Bug des Schiffs. Sie spürte die Kraft des Windes, der das Schiff vor sich hertrieb wie ein Spielzeug. Und die Wüste öffnete sich so weit für Anouk, als hätte sie keine Grenzen. Der Mond warf sein kaltes Licht auf die Dünen, und das Schiff der Piraten raste über das Meer aus Silber. Anouk spürte die Angst um ihre Schwester in sich. Doch sie fühlte auch einen nie gekannten Mut in sich aufsteigen. Sie glaubte am Rand des Horizonts eine Gruppe von Gestalten zu sehen. Eine war nicht mehr als ein Schatten in der Nacht. Ein Scherenschnitt auf dunklem Papier. Doch die anderen glänzten im Schein des Mondes. Ritter?

Anouk ballte eine Hand zur Faust und hielt sie den Gestalten entgegen. »Ich werde gewinnen«, wisperte sie ein Versprechen in den Wind. »Ganz egal, wie sehr du schummelst, dunkler Prinz.«

Als hätte ihr Gegner, den Anouk dort auf der Düne wähnte, sie gehört, drehte die schattenhafte Gestalt den Kopf in ihre Richtung.

Das Schiff aber schoss über den Kamm der nächsten Düne, flog dann einige Meter durch die Luft und kam hart auf dem Sand auf, ohne auch nur ein kleines bisschen langsamer zu werden. Im nächsten Augenblick war die Gruppe außer Sicht. Anouks Mut gebar einen Schrei. Einen Schrei, in dem ihre ganze Zuversicht lag. Sie würde gewinnen. Sie musste! Für Maya.

DER ERKÄLTETE STURMZÜCHTER

Anouk wusste nicht, wie lange der Wind sie durch die Wüste getrieben hatte. Als das Schiff schließlich langsamer wurde, zeigte sich bereits die Sonne am Horizont und goss goldenes Licht über die Dünen.

»Land ... ich meine, Turm in Sicht«, ertönte eine Stimme aus dem Ausguck des Schiffs.

Obwohl Anouk von einer bleiernen Müdigkeit erfasst wurde, zwang sie sich umherzusehen.

»Dort«, hörte sie Kis Stimme im Ohr.

Sie blickte in die Richtung, in die sein kleiner Finger wies.

»Was ist das?«, fragte sie mehr sich selbst als jemand anderen.

Doch der abgeflaute Sturm erhob seine Stimme zu einer heiseren Antwort. »Dies ist das Haus meines Vaters.« Er ließ vom Schiff ab und wurde nur wenige Meter von ihnen entfernt zu einem kleinen Wirbelsturm. Dann, mit einem ohrenbetäubenden Tosen, schoss er in die Höhe und war im nächsten Augenblick fort.

Zurück blieb das Schiff mit einer ratlosen Anouk.

Vor ihr lag eine Düne und darauf stand ein schmaler Turm, der in einer Spitze endete, an der die Luft irgendwie ... unruhig schien. Anouk erkannte dort mehrere Wirbelstürme wie den, den sie eben gesehen hatten. Sie schienen indes viel kleiner und schwächer und tanzten ausgelassen um den Turm herum.

»Verdammt, was ist das denn?«, fragte jemand neben Anouk. Es war Pan. Er war zwar noch etwas blass um die behaarte Nase, doch er sah schon nicht mehr ganz so elend aus.

»Hilfe«, erwiderte Anouk bestimmt, obwohl sie sich alles andere als sicher war. In wenigen Worten erzählte sie ihm von dem Sturm, der sie hergebracht hatte. »Warst du schon mal hier oder hast du von diesem Turm schon einmal etwas gehört?«, wisperte sie Pan zu.

Der Schimpanse schüttelte den Kopf. »Stürme. Also so was! Ich hatte Glück, dass dieser Teil des Spiels immer schnell vorbei war. Erst zum Geist in der Flasche, dann zum Streitross, das auf wundersame Weise in einer Oase erscheint und darauf wartet, entdeckt zu werden. Eine kleine Prüfung bestehen, zu der ich leider nichts sagen darf, ohne dass du wohl disqualifiziert würdest. Und dem dunklen Prinzen zum Abschied zuwinken. Ich habe es nie nötig gehabt, mich hier umzusehen.« Sein Tonfall machte deutlich, dass er diese Gelegenheit auch nicht begrüßte.

»Dann werden wir einfach mal hingehen, oder?«, meinte Anouk, die sich fragte, was wohl diese kleine Prüfung war.

»Wir könnten den Turm auch angreifen«, erbot sich der Kapitän. Er war neben Anouk getreten und spuckte über die Reling, während er dem Turm einen abschätzenden Blick zuwarf. »Könnte gefährlich werden da drin.«

»Ich denke«, erwiderte Ki auf Anouks Schulter, »dass wir auch ohne zu kämpfen zum Ziel gelangen. Bleibt ihr nur hier. Anouk hat ja ihre Leibwächter bei sich.«

»Ach?«, fragten der Pirat und Pan wie aus einem Mund.

»Natürlich«, meinte Ki und machte sich ein wenig größer. »Den Affen und mich.«

Pan war zu verblüfft, um den Wipfling zurechtzuweisen. Der Pirat aber fing an zu lachen und hob die Hand, als wollte er sie Ki auf die Schulter schlagen. Dann aber wurde ihm offenbar bewusst, dass er nicht bis zu Anouks Schulter hinaufreichte, und hieb sie kurzerhand auf die von Pan. »Du und Fin? Na, wenn du meinst.« Er lachte noch, als er fortging und befahl, eine Strickleiter herabzulassen.

»Wir sollten wenigstens ein Schwert mitnehmen«, sagte Pan, der außerordentlich unglücklich über seine Beförderung zum Leibwächter wirkte.

»Du kannst dir gerne eines geben lassen«, erwiderte Anouk. »Aber ich will keines. Ich mag Waffen nicht.«

»Wenn du so gegen Waffen bist, wird es schwer sein, den dunklen Prinzen zu besiegen«, brummte der Schimpanse düster.

Darauf sagte Anouk nichts, denn im Grunde hatte Pan recht. Aber einen Schritt nach dem nächsten, sagte sie sich und ging zu der Strickleiter. Diese Runde gewinne ich trotzdem.

Der Turm stand offen. Die Tür hinein fanden sie auf der dem Schiff zugewandten Seite. Jenseits der Schwelle war es dunkel und … zugig. Anouk legte den Kopf in den Nacken und sah hinauf. Um die Spitze des Turms jagten die Stürme, doch sonst war es ganz still.

»Hallo«, rief sie in den Turm hinein.

Keine Antwort.

»Gut, es ist niemand da. Lass uns wieder gehen.« Pan, der ein lächerlich großes Schwert der Piraten in den dunklen Fingern hielt, wollte sich schon umwenden, doch Anouk hielt ihn fest.

»Was hast du?«, fragte sie. »Wir müssen da hineingehen.«

»Er hat Angst«, stellte Ki fest. Der Prinz der Wipflinge hatte ein Glitzern in den Augen, als könnte er es im Gegensatz zu Pan kaum erwarten, den Turm zu besteigen.

»Angst?« Es gelang dem Schimpansen, das Wort halbwegs empört auszusprechen. Doch er konnte nicht verbergen, dass Ki richtig lag. »Ich bin zufällig der beste Spielbegleiter, den du finden kannst«, rief er und fuchtelte mit dem Schwert herum. »Silberner Orden für besondere Tapferkeit. Der Einzige, der den dunklen Prinzen zehnmal nacheinander besiegt hat. Also dessen Spieler. Ach, ist doch auch egal. Mut und Pan. Nicht zufällig besitzen beide Worte nur drei Buchstaben. Ich weiß nur nicht, weshalb wir die Spielerin in einen dunklen Turm bringen sollten.«

»Weil wir nun einmal erfahren müssen, wo dieses Streitross im Moment ist«, sagte Anouk sanft. »Die Stürme fliegen durch die Wüste und ich könnte mir vorstellen, dass sie alles sehen, was in ihr ist. Wer wenn nicht sie könnten uns sagen, wo es zu finden ist. Oder dieser Vater. Und ich brauche doch meine Wache, wenn ich da reingehe.«

Pan seufzte. »Dafür will ich einen goldenen Orden«, brummte er. »Und zwar für Lebensmüdigkeit.«

»Also gehen wir?« Anouk wollte gerade einen Schritt in den Turm hineinmachen, als von oben plötzlich ein Heulen ertönte.

»Wer ist da?« Eine körperlose Stimme, deren Worte wie ein scharfer Wind klangen.

»Eindringlinge.« Diese Stimme klang wie ein tiefes Gewittergrollen.

»Bringt sie mir.« Diese Stimme klang ganz leicht. Fast wie ein Frühlingswind. Und doch war sie fest und bestimmt.

Ehe Anouk etwas sagen konnte, schoss etwas Durchsichtiges auf sie und ihre Freunde zu. Eine Gestalt konnte sie nicht erkennen, doch sie fühlte im nächsten Augenblick Finger, die sie packten. Dann wurde sie von unsichtbaren Händen emporgerissen. Neben ihr verlor Ki den Halt und fiel von ihrer Schulter, indes schien er erfasst zu werden und stieg mit ihr rasend schnell am Turm entlang zu dessen Spitze. Sie erkannte noch Pan, der mit seiner Klinge in die Luft schnitt, ehe auch er von den Füßen gerissen wurde. Anouk hörte sich vor Überraschung und Angst schreien, während sie herumgewirbelt wurde. Unten vom Piratenschiff erklangen laute Rufe.

Wie auf einer Achterbahn, fast wie in der Röhre der Wurzelmenschen, fühlte sich Anouk. Dann aber endete ihr rasanter Aufstieg auch schon und sie schwebte viele Meter über dem Boden ganz still und ruhig in der Luft. Vor sich erkannte sie die Spitze des Turms, doch niemand war dort.

»Hilfe!« Pan wirbelte durch die Luft wie ein Blatt im Wind. Sein Schwert war ihm längst aus den Fingern gerutscht und lag vermutlich auf dem Boden.

»Hört auf!«, rief Anouk aufgebracht. Sie fühlte die Angst davor, in die Tiefe zu stürzen. Doch die Wut über diese Wesen war stärker. »Er hat euch nichts getan.«

»Er hat uns mit seinem Schwert angegriffen.« Die Donnerstimme.

»Er ist mein Wächter.« Anouk war selbst überrascht, wie fest ihre Stimme klang.

»Und du bist wer?« Das scharfe Zischen.

»Sie ist die Spielerin.« Ki hatte sich die ganze Zeit über auf Anouks Schulter festgekrallt. Nun aber hatte er seine Schleuder und einen Stein hervorgezogen und zielte dorthin, wo die Stimme erklungen war.

»Die Spielerin?« Der Donner klang belustigt. »Was sollte sie hier wollen? Noch nie war ein Spieler hier.«

»Sie ist bestimmt ein Wüstengeist.« Eine neue Stimme. Sie klang nass und kalt wie ein Gewittersturm. »Dreht sie auf den Kopf und schüttelt sie richtig durch, damit ihr der Spiegel aus der Tasche fällt.«

»Und auch den Winzling und den Affen«, riefen Donner und Zischen übermütig.

»Es heißt *Schimpanse*«, korrigierte Pan schwach, aber empört. »Ich fordere euch auf, uns loszulassen!«

Die Stürme beachteten ihn nicht. Unter ihnen krachte es wie von einem weiteren Donner. Doch dann begriff Anouk, dass sie den Schuss einer Kanone gehört hatte. Die Kugel flog zwar am Turm vorbei, doch die Stürme, die Anouk und ihre Freunde festhielten, gerieten daraufhin in Wut.

»Bringt sie über die Grenzen des Spiels hinaus«, sagte Frühlingswind. Anouk schien es, als wäre dies der gefährlichste der Stürme. »So weit fort, dass sie nie mehr …«

»Halt!«, rief jemand. Anouk blickte zur Turmspitze. Dort waren ein kleiner Balkon und ein Einstieg, der in das Gebäude hineinführte. Im nächsten Moment erschien dort ein Kopf. Der Kopf gehörte zu einem alten Mann. Weiße Haare sprossen wild auf ihm wie ungemähtes Gras auf einer Wiese. Die Haut war fast so weiß wie das Haar und unter seinen Augen hatten sich dunkle Ringe gebildet, als habe er sich für eine Karnevalsfeier geschminkt. Und zwar als Zombie. »Lasst sie los.« Jedes Wort schien ihm Mühe zu bereiten. Seine Stimme klang so brüchig wie altes Papier. Er schleppte sich keuchend aus dem Turm hinaus und setzte eine strenge Miene auf, während er sich umblickte. Da die Stürme nicht augenblicklich gehorchten, wiederholte er seine Aufforderung und zog dabei eine Art durchsichtiges Seil aus einer Tasche seines strahlend weißen Gewands hervor. Seine Kleidung ähnelte der von Pan. Womöglich war er ein echter Beduine, vermutete Anouk.

Sie wusste nicht, weshalb die Stürme nun gehorchten. Vielleicht hatten sie Angst vor dem Seil. Sie ließen Anouk und ihre Freunde los und setzten sie so vorsichtig auf dem Turm ab, als wären ihre Körper aus Glas.

»Danke«, sagte Anouk an den Alten gewandt.

»Kein Problem«, meinte Pan. Der Schimpanse war noch etwas wacklig auf den Beinen, doch er trat gegen die Luft, als vermutete er dort einen der Stürme. »Ich kann sehr erschreckend sein, wenn ich in Wut gerate.«

Der Alte warf Anouk einen fragenden Blick zu, dann trat er an die Brüstung des Balkons. »Was fällt euch ein?«, fragte er.

»Wir wollten spielen«, kam eine körperlose, gewisperte und reichlich kleinlaute Antwort. Sie stammte von Donner.

Der Alte, dessen Atem so rasselnd klang, als säße ihm eine rostige Kette in der Kehle, blickte ärgerlich umher. »Dies sind unsere ersten Gäste, seit es das Spiel gibt.« Seine Stimme klang mit jedem Wort strenger. »Und wir spielen nicht mit ihnen, sondern begrüßen sie. Ich schäme mich für euch.«

In Anouks Gedanken erschien das Bild einiger übermütiger Hunde, die mit gesenktem Kopf vor ihrem Herrchen standen.

Der Alte zog nun einen roten Ball aus einer anderen Tasche seines Gewands und wog ihn in der Hand. »Eine Stunde«, sagte er. Dann warf er den Ball in die Luft. Dieser fiel jedoch nicht wieder herab, sondern bewegte sich durch die Luft, als könnte er fliegen. Ein übermütiges Heulen erklang (Donner), in das sich eine weitere Stimme mischte (Gewitter). Der Ball tanzte durch die Luft, als würde er von unsichtbaren Händen wieder und wieder geworfen (was vermutlich auch der Fall war). Dann geriet er außer Sichtweite.

»Danke«, sagte Anouk noch einmal.

Der Alte nickte ihr knapp zu.

Dann fiel er in Ohnmacht.

»Wir sollten vielleicht einfach verschwinden«, meinte Pan, während er Anouk half, den Alten in den Turm zu bringen. »Ich meine, hier sind doch immer noch die ganzen Stürme. Wenn er nicht mehr bei Sinnen ist, kommen sie bestimmt zurück.« Der Schimpanse sah sich misstrauisch um. »Und wer weiß, ob meine Kraft dann ausreicht, mit ihnen allen fertigzuwerden.«

Anouk und Ki auf ihrer Schulter erwiderten nichts darauf. Hinter der Öffnung im Turm, durch die der Alte erschienen war, ging es einige Stufen hinab. An das Ende der kleinen Treppe schloss sich ein schmaler Flur an, der sich an der Wand des Turms entlangschmiegte wie eine zusammengerollte Katze. Er führte auf ein Zimmer zu und wand sich dann spiralförmig in die Tiefe. Die andere Seite hingegen wies zur Mitte des Turms und wurde durch ein eisernes Geländer begrenzt.

Sie schafften den Alten auf ein einfaches Bett in dem Raum. Er sah wahrlich elend aus. Als stünde er am Ende seines Lebens.

»So, und nun haben wir alles getan, was wir konnten«, sagte Pan und wies auf den Flur. »Bestimmt kommt er wieder auf die Füße, wenn wir ihn in Ruhe lassen.«

Als Anouk und Ki ihn nur verständnislos ansahen, ließ er die Schultern hängen und nickte widerstrebend. »Gut, wir bleiben. Vielleicht haben die Piraten etwas, das hilft. Irgendeine Medizin. Aber denkt daran, dass wir im Spiel sind. Die Zeit läuft uns davon. Und wir sollten sie wieder einholen.«

Nun war es Anouk, die widerstrebend nickte. Pan hatte recht. Sie musste spielen. Und gewinnen. Doch der Alte machte den Eindruck, als würde er jeden Moment … Sie konnte das Wort nicht einmal denken. Er sah vermutlich noch elender aus als sie selbst, wenn ihr Herz … versteinerte. Sie schlug sich die Hand vor die Stirn. Sie mussten nicht zu den Piraten. Anouk selbst hatte doch bereits eine Medizin. Die schleimigen Pflanzen. Was hatte Ginnaya noch gesagt? *Sie helfen eigentlich gegen alles.* Warum nicht auch gegen das, was der Alte hatte? Hastig zog sie den Beutel, den der Dschinn ihr gegeben hatte, von ihrem Gürtel. Wie viel sollte sie für ihn nehmen? Wie viel brauchte sie noch für sich selbst? Sie nahm eine Handvoll, fast die Hälfte, und wog die Pflanzen nachdenklich in der Hand.

»Ich glaube nicht, dass er sie kauen wird«, bemerkte Pan und zog eines der geschlossenen Augenlider des Alten in die

Höhe. Der Mann reagierte nicht einmal. Nur sein rasselnder Atem war zu hören. »Sieht ziemlich weggetreten aus.«

»Aber vielleicht können wir ihm einen Tee einflößen?« Ki sprang von ihrer Schulter und lief zu einem Ofen, der neben einem Schrank, einem Tisch und dem Bett der einzige Einrichtungsgegenstand in dem kargen Raum war. Darauf stand eine Kanne, und auf dem Tisch fanden sie neben einem angelaufenen Becher auch einen Krug Wasser. Hastig füllte Anouk die Kanne und steckte die Pflanzen hinein, während Pan den Ofen mit ein paar Kohlestücken und etwas Reisig entzündete. Der Tee, den sie kochten, duftete … grässlich. Und als sie den Kopf des Alten anhoben und ihm den Becher mit dem Tee an die Lippen drückten, sodass ein wenig der übel riechenden Flüssigkeit in seinen halb geöffneten Mund lief, zeigte sein Gesichtsausdruck, dass der Tee auch genauso schmeckte. Ungenießbar. Doch kaum hatte der Alte halb bewusstlos zwei, drei Schlucke genommen, öffnete er die Augen wie nach einem langen Schlaf und sah sich staunend um. Tief zog er die Luft ein, ohne dass das Rasseln noch zu hören war.

»Ich bin gesund?« Er fuhr sich über seinen Leib, als würde er ihn zum ersten Mal ertasten.

»Es sieht so aus, oder?«, fragte Pan, der dem Alten einen prüfenden Blick zuwarf.

»Aber wie?« Der Mann erhob sich und setzte sich vorsichtig an die Kante des Bettes. »So gut habe ich mich ewig nicht gefühlt.«

»Sie war es.« Pan nickte zu Anouk. Er wedelte mit einer Hand vor seinem Gesicht, um den furchtbaren Gestank des Tees zu vertreiben.

»Dschinnen-Kräuter«, erklärte sie, lächelte und hielt dem Mann die Hand hin. »Ich heiße Anouk.«

»Sie ist die Spielerin«, ergänzte Ki.

Die Augen des Alten weiteten sich, dann erhob er sich schwankend. »Mein Name ist Chamsin.« Er sah sie der Reihe nach an. »Ich bin ein Sturmzüchter.«

Chamsin wirkte auf Anouk reichlich überdreht. Sehr freundlich, aber auch ein wenig verrückt. Vermutlich kein Wunder, wenn man bedachte, dass er alleine in einem Turm in der Wüste lebte. Auf die Frage, ob er denn nicht einsam sei, lächelte er nachsichtig. »Junge Dame«, meinte er und hob bedeutungsvoll die Augenbrauen, »ich bin nie alleine. Kommt, ich stelle euch meine Kinder vor.« Er ging mit nun erstaunlich festem Schritt aus dem Zimmer hinaus und dann auf den Balkon des Turms. »Seht ihr«, rief er und drehte sich mit ausgestreckten Armen im Kreis.

»Langsam, langsam«, mahnte Ki. »Gerade noch wart Ihr kaum bei Bewusstsein.«

»Eine böse Lungenentzündung«, erklärte Chamsin. »Kommt vor. War allerdings noch nie so schlimm. Das war bestimmt mein Jüngster. Ein besonders schneidender Wind.

Aber das alles sind sie wert. Seht ihr, wie gut sie geraten sind?«

Pan wandte sich zu Anouk und Ki und bewegte seinen Zeigefinger kreisförmig über einen Punkt an seiner Stirn. *Völlig irre*, sagte er lautlos zu ihnen.

»Ihr habt vermutlich nicht den Blick für sie«, gab Chamsin zu. »Man erkennt Stürme nur, wenn man gelernt hat, sie zu sehen. Sie sind unsichtbar, versteht sich.«

»Natürlich«, erwiderte Pan gönnerhaft. »Und Ihr züchtet sie.«

»Oh ja, sie kommen ja nicht von alleine zustande. Sie sind wie Pferde oder Kamele. Es braucht viel Erfahrung und Geduld, sie zu züchten. Aber wenn man das Talent dazu besitzt, kann man Stürme heranziehen, die ganze Städte hinwegfegen. Allerdings bergen sie auch ein erhebliches Risiko.« Chamsin pochte sich gegen die Brust. »Man erkältet sich nun mal so leicht in ihrer Nähe.«

»Er züchtet Stürme, die Städte zerstören können, und nennt eine Erkältung ein erhebliches Risiko?«, raunte Pan kopfschüttelnd Anouk zu. »Dann sind wir ja froh, dass wir in der Nähe waren«, sagte Pan laut und wollte Anouk schon in Richtung des Durchgangs ziehen, offensichtlich bestrebt, diesen Turm endlich zu verlassen.

Doch sie blieb, wo sie war. »Eine Ihrer Züchtungen hat uns hergebracht. Ein ziemlich starker Wirbelsturm mit einer sehr heiseren Stimme.«

»Der alte Bert«, entfuhr es dem Sturmzüchter erfreut.

»Habe ihn schon eine Ewigkeit nicht mehr gesehen. Man verliert seine Kinder so schnell aus den Augen, wenn sie das Haus verlassen.«

Anouk ignorierte Pans Blick, der deutlich zeigte, dass der Schimpanse den Alten für komplett durchgedreht hielt. »Er sagte, Ihr wüsstet vielleicht Rat. Wir … ich suche ein Streitross, das hier irgendwo in der Wüste sein soll. Eines, das eines Helden würdig ist.« Sie kam sich reichlich dumm bei den letzten Worten vor. Als wäre sie eine Heldin.

Aber Chamsin erweckte nicht den Eindruck, dass er sie nicht ernst nahm. Im Gegenteil. Nachdenklich blickte er in den Himmel. Dann aber schüttelte er den Kopf. »Weiß nicht, wo es sein könnte. Komme aber auch nicht viel rum.« Er lachte heiser. Obwohl der Tee die schlimmsten Folgen der Lungenentzündung offenbar sofort geheilt hatte, erinnerte das Kratzen in der Stimme ein wenig an sie.

»Ich hatte gehofft, Ihre Kinder hätten es irgendwo gesehen«, wisperte Anouk enttäuscht, da hob Chamsin die Hand. »Die Idee ist nicht schlecht.« Er deutete in die Luft um sie herum. »Meine Kinder sehen tatsächlich vieles. Eigentlich alles.« Er lächelte Anouk an. »Als Dank für deine Hilfe will ich dir helfen, dein Streitross zu finden.« Er legte die Hände an den Mund. »Los, ihr Stürme. Die Spielerin sucht ein Streitross. Eines, das eines Helden würdig ist. Sucht. Sucht die ganze Wüste ab. Erzählt euren Brüdern und Schwestern, die ihr trefft, von der Aufgabe. Und kommt nicht wieder, ehe ihr es gefunden habt.«

Kaum hatte er ausgesprochen, erhob sich um sie herum ein so lautes Heulen, dass sich Anouk die Hände auf die Ohren pressen mussten. Aus den Augenwinkeln sah sie, dass ihre Freunde es ihr gleichtaten. Der Krach dauerte jedoch nur einige Augenblicke an. Dann war es wieder ganz und gar still. Und Chamsin lächelte zufrieden. »So«, sagte er, »und nun warten wir.«

Da Chamsin noch nie ein Piratenschiff aus der Nähe gesehen hatte, lud Anouk ihn kurzerhand ein, die Zeit, die sie warten mussten, dort zu verbringen. Der Kapitän hatte wie erhofft nichts dagegen. Sie saßen wieder an dem Tisch, irgendwann wurden Lampen entzündet und noch ehe die Nacht anbrach, kamen die ersten Stürme zurück. Ihre Antworten auf die Frage Chamsins, ob sie das Streitross gefunden hätten, waren indes niederschmetternd. Keines der durchsichtigen Geschöpfe hatte irgendetwas entdeckt, das einem Streitross auch nur nahe kam. Nach dem zehnten zurückgekehrten Sturm (Donner) sank Anouks Mut so tief, dass nicht einmal die waghalsigsten Prahlereien des Kapitäns ihr mehr ein Lächeln auf die Lippen zaubern konnten.

Zum Schluss wirkte sogar Ki ratlos. »War das der letzte Sturm?«, fragte er Chamsin, nachdem sie wieder eine schlechte Nachricht (diesmal von Gewitter) überbracht bekommen hatten.

Der Alte nickte betreten. »Aber es gibt noch einen Dschinn. Seine Flasche …«, er brach ab, als Pan den Kopf schüttelte und abwinkte.

»Den kannst du vergessen. Ich fürchte, wir müssen es auf die altmodische …«

»Ein Streitross, das eines Helden würdig ist«, erklang eine körperlose Stimme, die überall gleichzeitig zu sein schien. »Ein Pferd mit so schneeweißen Flügeln, dass selbst die schönsten Wolken grau gegen sie scheinen. Ich musste bis ans Ende der Wüste fliegen, um es zu finden.«

»Bert«, rief Chamsin. »Wie konnte ich dich nur vergessen?«

»Ihr seid offenbar nicht die Einzigen, die das Ross suchen«, zischte Bert (hörbar verschnupft über Chamsins Schusseligkeit). »Auch Ritter sind auf dem Weg zu ihm. Und Trolle. Habe ihnen ordentlich die Ohren durchgepustet. Doch sie werden sich schnell erholen. Und rasch am Ziel sein.«

»Der dunkle Prinz«, wisperte Pan düster. »Wir müssen vor ihm das Streitross finden. Kannst du uns dorthin bringen? So, wie du uns hierhergebracht hast?«

Einen Moment lang waren nur die anderen Stürme zu hören, die sich vermutlich lauthals ein Wettrennen über einige nahe Dünen lieferten. »Keine Zeit. Die Ritter sind schon ganz in der Nähe des Rosses. Wir müssten spätestens beim Morgengrauen dort sein, wenn wir vor ihnen ankommen wollen. Unmöglich für mich.«

Und wieder sank Anouks Mut. Berts Bericht hatte ihr kurzfristig Hoffnung gegeben. Und nun schien ihre Lage fast noch grausamer als vorher. Sie hatte das Ziel vor Augen. Aber nicht genug Zeit, es zu erreichen.

»Unmöglich für dich? Aber doch nicht für euch alle, oder?« Ki hatte ein gefährliches Glitzern in den Augen.

»Du willst doch nicht die Stürme gemeinsam das Schiff …? So etwas hat noch keiner gewagt«, rief Chamsin erschrocken. »Es könnte gefährlich werden. Sehr gefährlich sogar.«

»Es ist deine Entscheidung, Anouk«, sagte Ki. »Außer natürlich, die Piraten trauen sich nicht.«

»Was? Wir sollen kneifen?«, rief der Kapitän und fuchtelte mit dem Messer, mit dem er gerade ein Stück Brot abgeschnitten hatte, in der Luft herum. »Warte nur, ich mache dich gleich einen Kopf kürzer, bis man gar nichts mehr von dir sieht.«

»Also?«, fragte Ki, ohne auf die Drohung zu reagieren. »Was meinst du?«

Anouk hatte Angst, wenn sie ehrlich zu sich war. Angst, dass die Stürme das Schiff zerreißen konnten. Angst um das eigene Leben. Angst um das Leben aller an Bord. Aber vor allem hatte sie Angst um Maya. Und diese Angst gab ihr Mut. Sie straffte sich. Wenn sie ein Streitross wollte, das eines Helden würdig war, musste sie eine Heldin werden, fand sie. »Ein Freund hat mal gesagt: *Wer nicht daran glaubt, den Sprung zu schaffen, stürzt in die Tiefe.* Und ehrlich gesagt, ich stürze nicht gerne.«

Ki lächelte, während Pan entsetzt aufstöhnte. »Dann los«, sagte der Prinz der Wipflinge. »Wir werden springen.«

In rasender Geschwindigkeit hatten die Piraten alles, was an Deck stand und lag, nach unten in den Laderaum gebracht und dort, so gut es ging, gesichert. Pan war anzusehen, was er von der Aussicht hielt, erneut von einem Sturm, genauer gesagt sogar von mehreren Stürmen, angeschoben zu werden. Der Ausdruck auf dem Gesicht des Schimpansen hätte einem Fieberkranken zur Ehre gereicht. Anouk überlegte kurz, ihm vorsorglich einige der Heilkräuter aus ihrem Beutel zu geben, doch allzu viele hatte sie nicht mehr und sie wagte nicht, ihren Vorrat ohne große Not weiter zu dezimieren. Sie strich sich über ihr Herz. Wer konnte schon sagen, wie oft sie selbst noch die Kräuter brauchte?

Während Pan zusammen mit dem Kamel jammernd unten blieb, begleiteten Anouk und Ki den Kapitän wieder hinauf. Chamsin erwartete sie bereits am Bug. Sechs lange Taue waren an der Reling festgemacht und so straff nach vorne gerichtet, als würden sie von unsichtbaren Händen gehalten. »Meine schnellsten Kinder«, begrüßte sie der Alte mit hörbarem Stolz in der Stimme.

Die Taue bewegten sich, als würden an ihren Enden unruhige Pferde darauf warten, endlich loslaufen zu können.

»Sie werden euch an jedes Ende der Wüste bringen. In *Windes*eile.« Er kicherte über seinen Scherz. Dann schnippte er mit seinen Fingern und wurde in die Luft gehoben. Vermutlich trug ihn eines seiner Kinder. »Es war sehr schön, dich und deine Freunde kennenzulernen, Anouk, die Spielerin. Und für mich auch sehr heilsam. Wenn ich dir einen Rat mit auf deinen stürmischen Weg geben darf … Gleich, welche Waffe du schwingst und welches Ross du reitest, es ist einzig dein Herz, das du gegen den dunklen Prinzen in die Waagschale werfen kannst. Halte an ihm und an deiner Güte fest.« Wie auf ein stummes Signal hin trug ihn der Wind fort von dem Schiff, bis Chamsin einige Meter entfernt war. Dann wandte er sich an die schwebenden Seilenden. »Eilt euch, meine Kinder. Eilt euch wie noch nie. Die Spielerin muss gewinnen.«

Und im nächsten Moment wurde Anouk die Luft aus der Lunge gepresst, als das Schiff losschoss. Dem Horizont entgegen.

HELDENHAFTE TATEN

Die Zeit schien keine Bedeutung mehr zu haben. Ob Sekunden, Minuten oder Stunden vergingen, vermochte Anouk nicht zu sagen. Sie rasten durch die Nacht, die Sterne wurden zu langen Linien am Himmel und sie selbst saß mit dem Rücken gegen einen Mast gedrückt, dem Bug so nahe es ging, und starrte auf die Welt, die vor ihnen lag. Mit einer Hand schützte Anouk ihre Augen vor dem Wind, der ihr in die Augen biss. Auf ihrer Schulter stand Ki, der sich lässig an ihren Haaren festhielt.

»Wir werden nicht stürzen«, sagte der Wipfling immer wieder.

Anouk nickte stumm. Nachdem sie so sehr daran gezweifelt hatte, den schummelnden Prinzen und seine Ritter in dieser Spielwelt besiegen zu können, erfüllte sie mit jedem Augenblick mehr die Überzeugung, dass sie es doch schaffen konnte. Das Herz in Anouks Brust schlug fest und regelmäßig. In diesem Moment waren weder Härte noch Kälte in ihm zu spüren.

»Sieh!«, rief Ki mit einem Mal.

Anouk wandte den Kopf und blickte in die Richtung, in die er deutete. Die Sonne erhob sich träge über eine Dünenkette und goss Rost über den Sand. Verdammt, dachte Anouk. Bert hatte doch gesagt, dass sie vor dem Morgengrauen an ihrem Ziel ankommen mussten. Hilfe suchend sah sie zu dem Kapitän, der am Ruder stand. Zwar konnte er nicht die Richtung des Schiffs bestimmen, das sich alleine nach dem Willen der sechs Stürme richtete. Doch er wollte vermutlich nicht tatenlos zusehen, wie sein Schiff durch die Wüste jagte. Als er Anouks Blick bemerkte, nahm er ein Sprachrohr zur Hand und schrie:»Das nennt ihr Tempo, ihr lauen Lüftchen? Meine Oma war schneller als ihr. Habe ihr Talent geerbt. Und zwar als ich den Wettlauf mit der Zeit …« Seine nächsten Worte gingen in einem ärgerlichen Zischen unter (in dem Anouk die Worte *Was für eine Unverschämtheit, fetter Pirat* zu hören glaubte). Dann beschleunigte das Schiff noch einmal und schien nun kaum noch den Wüstensand zu berühren. Anouk glaubte von irgendwoher Pans Jammern zu hören. Sie flogen über den Sand. Und dann blieb das Schiff so abrupt stehen, dass sie und Ki nach vorne fielen. Hart prallte Anouk gegen die Reling.

»War das schnell genug?«, hörte sie eine körperlose Stimme (Gewitter) und dann ein Lachen. Mühsam rappelte sich Anouk auf und sah sich um. Vor ihr lag eine Düne. Die Wüste sah genauso aus wie an dem Ort, an dem der Turm des Sturmzüchters stand. Hier aber war eine kleine Hütte auf den Sand gebaut. Neben ihr steckte ein Pfahl im Boden, der sicher zwanzig Meter in die Luft ragte.

Und an seiner Spitze war ein geflügeltes Pferd angebunden, das in der Luft schwebte.

Anouk konnte den Blick kaum von ihm losreißen. Solch ein Geschöpf hatte sie selbst in dieser verrückten Spielwelt noch nicht gesehen. Oder vielmehr: nicht nicht gesehen. Denn das Pferd war beinahe durchsichtig. Als wäre es mit den Stürmen verwandt, die das Schiff der Piraten hergebracht hatten. Die Umrisse des Streitrosses waren zwar zu erahnen, doch sie schienen wie mit einem hellen Stift auf weißes Papier gemalt zu sein. Gerade noch so eben zu erkennen. Die Flügel aber waren schneeweiß.

»Verflucht, ein schönes Vieh. Ob es wertvoll ist?« Die Stimme des Kapitäns klang rau vor Ehrfurcht.

»Wieso sieht es so seltsam aus?«, fragte Ki, der auf Anouks Schulter geklettert war.

Ein Räuspern hinter ihr ließ Anouk herumfahren. Pan (noch reichlich blass um die behaarte Nase), war zusammen mit dem Kamel heraufgekommen und setzte zu einer Antwort an. »Das Streitross spiegelt wie vieles in diesem Spiel den Charakter seines Besitzers wider.«

Himmel, dachte Anouk. Er klang wie ein Lehrer.

»Ist er oder sie freundlich, hilfsbereit, aufopfernd, ein wenig mutig, kurz gesagt: Hat er oder sie das Herz am rechten Fleck wie ein Schimpanse, so wird es zu einem unerträglich schönen Tier. Beinahe plüschig und kitschig, wenn ich es bemerken darf. Ist sein Besitzer indes kalt und hart und dessen Herz nur von der Liebe zu sich selbst erfüllt, ja, ist er rücksichtslos und brutal, wie nur ein Mensch es sein kann, so wird das Streitross ein wildes Geschöpf mit rot glühenden Augen, Hörnern und Stacheln an den Fesseln.« Pan klang, als wäre er sehr zufrieden mit seinem kleinen Vortrag.

»Aber es ist durchsichtig«, bemerkte Ki.

»Ja, natürlich ist es durchsichtig«, entgegnete der Schimpanse leicht gereizt. »Es gehört ja auch niemandem. Es muss erst in den Besitz von jemandem übergehen.«

»Und wie?« Anouk versuchte sich vorzustellen, wie das Streitross wohl aussehen würde, wenn es ihr gehören würde. Es war keine Überraschung für sie, dass dabei das Bild des Pferdes in ihrem Kopf Gestalt annahm, das sie sich schon so lange wünschte.

»Indem du zeigst, dass du eine Heldin bist.« Diese Stimme war Anouk fremd. Sie gehörte zu einer Gestalt, die aus der Hütte trat. Diese war, wenn das überhaupt möglich sein konnte, noch ein wenig seltsamer als das geflügelte Streitross. Auch wenn Anouk nicht sicher sein konnte, glaubte sie in dem Geschöpf eine Frau zu erkennen. Sie war etwa einen Kopf größer als Anouk selbst, trug einen Kittel voller Farbflecke und auf dem Kopf sprossen lange Haare in so vielen Farben, als hätte ein Regenbogen sie gefärbt. Ihre Augen waren wie die einer Katze geformt.

»Das ist Madame Pegasos«, raunte der Schimpanse Anouk zu.

»Pan«, begrüßte die seltsame Frau ihn knapp. »Ungewöhnlicher Ort für unser Treffen. Normalerweise kommt der Spieler nie hierher.«

Anouks Begleiter erwiderte den Gruß mit einem lässigen Nicken. »Es ist auch ein ungewöhnliches Spiel«, meinte er.

»In der Tat«, bemerkte Madame Pegasos vielsagend und strich über ein Seil, das sie in Fingern hielt. Es war so durchsichtig, dass Anouk es kaum erkannte, geschweige denn sagen konnte, wo es endete. »Und du bist die Spielerin«, sagte Madame Pegasos. Auch die Haut der Frau war voll Farbe.

»Ich heiße Anouk«, stellte sie sich vor.

»Du kommst auf eine ungewöhnliche Weise zu mir«, bemerkte Madame Pegasos und schritt (ohne die geringsten Fußspuren zu hinterlassen, wie Anouk verblüfft bemerkte) auf das Schiff zu.

»Wir sollten zu ihr gehen«, meinte Ki.

»Ja«, pflichtete Pan ihm bei. »Und zwar schnell, ehe der dunkle Prinz wieder eine seiner Schummeleien auspackt.« Er blickte sich um, als würde er ihn hinter der nächsten Düne vermuten.

Der Kapitän ließ eine Strickleiter holen, an der sie hinabklettern konnten. Doch kaum hatten sie einen Fuß auf den Wüstenboden gesetzt, hörte Anouk ein wehleidiges Blöken. Über die Reling lugte der Kopf von Toni. Das Kamel blickte sie (sofern sich Anouk nicht täuschte) traurig an. Unruhig warf es den Kopf hin und her.

»Was hat es?«, fragte Pan, der sein Beduinengewand raffte, damit er nicht stolperte. »Ist es krank oder so etwas?«

»Es hat Angst, dass seine Herrin es zurücklässt«, entgegnete Ki.

»Ich?«, fragte Anouk verwundert.

»Was erstaunt dich daran?«, wisperte der Wipfling in ihr Ohr. »Du hast das Tier gerettet. Ihm einen Namen gegeben. Es hat keine Herde. Keine Familie. Außer dir.«

Der Schimpanse hatte es geschafft, einige Schritte auf Madame Pegasos zuzumachen, ohne hinzufallen, und sah Anouk und Ki drängend an. »Es hat nun die da auf dem Schiff. Es ist eben … ein ganz typisches Piratenkamel. Man hört doch ständig von Piraten, die mit ihren Kamelen auf Raubzüge gehen.« Er lachte rau, doch niemand fiel darin ein.

»Toni soll uns folgen«, bat sie den Kapitän, und auf einen Wink von ihm hin legten die Piraten Toni Seile um und ließen ihn über die Seilwinde hinunter.

»Können wir nun endlich?«, fragte Pan, als das Kamel zufrieden auf sie zugetrabt kam. »Es ist ja nicht so, als hätten wir wahnsinnig viel Zeit.« Er machte ein paar weitere Schritte auf Madame Pegasos zu. »Immerhin ist uns der dunkle Prinz auf den Fersen und …«

»Verdammt«, entfuhr es dem Kapitän so unvermittelt, dass Pan vor Schreck stolperte und in den Sand fiel.

»Können wir bitte alle einmal wieder runterkommen?«, lamentierte er, während er sich aufrappelte. »Ich mag keine Überraschungen dieser Art.«

»Und ich mag keine Überraschungen *dieser* Art.« Der Kapitän zog seinen Säbel und deutete auf die Hütte.

Im ersten Moment wusste sie nicht, was den Piraten so wütend machte, doch schließlich entdeckte Anouk die Fußspuren, die von einer Düne hinter der Hütte her auf die Tür zuführten. Viele Fußspuren. Ihr Herz verkrampfte sich.

Der Kapitän richtete seinen Säbel auf Madame Pegasos. »Was bei allen Untiefen ist hier los?«

»Die Spielerin ist angekommen«, sagte die Frau, ohne auch nur im Mindesten verängstigt zu klingen. Sie beachtete die Klinge, die auf sie gerichtet war, nicht einmal. »Als Zweite.«

In diesem Moment trat der dunkle Prinz, eskortiert von seinen Rittern, aus der Hütte. Anouk hoffte einen Moment lang, ihre Augen würden ihr einen Streich spielen. Oder ihr das falsche Bild eines Wüstengeistes zeigen. Doch der dunkle Prinz war echt und er wandte allein ihr seinen Blick zu. Trotz des Helms, den er trug, glaubte sie zu erkennen, wie höhnisch er sie anblickte. Anouk musste alle Kraft aufwenden, um ihre Angst zurückzuhalten.

»Er hat gemogelt«, entfuhr es Pan und er schlug dem Kapitän neben sich gegen die Seite, als sei dieser Schuld daran, dass sie zu spät gekommen waren. »Los, lass uns die Ritter angreifen!«

»Ja«, grollte der Kapitän. »Mit dem werden wir fertig. Wir …«

Madame Pegasos hob die Hand und als hätte sie dem Piraten mit der Bewegung die Worte von der Zunge geschnitten, verstummte dieser abrupt. »Keine Kämpfe. Ich dulde keine Gewalt an diesem Ort. Helden wissen, dass sie nur im äußersten Notfall kämpfen dürfen.«

»Aber er ist kein Held«, rief Ki und drohte dem dunklen Prinzen mit der Faust.

»Er hat von heldenhaften Taten berichtet«, erwiderte Madame Pegasos vielsagend.

»Also habe ich diese Runde verloren?« Anouk traute sich kaum, die Worte auszusprechen. Im Nacken fühlte sie eine pelzige Zunge. Toni. Das Kamel schleckte ihr aufmunternd über die Haut.

»Ich habe noch nicht entschieden.« Die Frau sah sie prüfend an mit ihren katzenhaften Augen. »Ihr seid beinahe zeitgleich erschienen. Also wirst auch du die Gelegenheit erhalten, mir zu beweisen, dass du eine Heldin bist. Übertrumpfst du deinen Gegner, erhältst du das Streitross.«

Anouk amtete tief durch. Wie nur sollte sie beweisen, dass sie eine Heldin war? War sie überhaupt eine Heldin? Sie hatte doch weder ein Ungeheuer besiegt noch irgendetwas anderes Heldenhaftes getan.

»Erzähle. Denn was du tust, sagt, wer du bist.« Madame Pegasos deutete auf den Sand und setzte sich. Für einen Moment wusste Anouk nicht recht, was sie tun sollte.

»Du musst berichten, was du alles gemacht hast, seit du das Spiel begonnen hast«, erklärte Pan. »Das ist die kleine Prüfung, die ich mal erwähnt habe. Was du ihr sagst, entscheidet darüber, ob sie dich für einen Helden hält.«

»So ist es«, sagte die Züchterin und deutete auf den Sand neben sich.

»Also, fang an«, forderte Pan Anouk gut gelaunt auf und

setzte sich als Erster von ihnen, dann ließ sich der Kapitän nieder.

Anouk blickte noch einmal zu dem dunklen Prinzen hinüber. Drohend stand er da, ohne sich zu regen. Als wäre er sicher, dass er diese Runde schon gewonnen hatte. Sie fürchtete ihn. Doch er hielt sich an die Regel der Züchterin, hier nicht zu kämpfen. Und das beruhigte Anouk ein wenig. Langsam setzte auch sie sich. Vielleicht, so dachte sie, könnte sie Madame Pegasos einfach eine Geschichte erzählen. Die Ereignisse ein wenig zu ihren Gunsten ausschmücken. Immerhin hatte sie auch dem Dschinn eine Geschichte erzählt. Darin war sie gut. Sehr gut sogar. Doch dann blickte sie in die seltsamen Augen der Frau und aus einem Grund, den sie selbst nicht ganz verstand, war sie sicher, dass diese Augen Lügen sehen konnten. Ihr blieb nur die Wahrheit. Anouk atmete tief durch.

Und begann dann zu erzählen.

Anfangs war ihre Stimme zart und leise. Wie der Anfang eines Flusses, der an seiner Quelle fast zögerlich aus der steinernen Haut eines Berges tritt. Anouk suchte in den Augen von Madame Pegasos nach einem Hinweis, was diese von den Worten hielt, die sie hörte. Doch Anouk vermochte nicht in den Katzenaugen zu lesen. Im Gegenteil. Unter dem Blick der Züchterin fühlte sie sich, als würde sie geprüft. Sie starrte stattdessen auf den Sand vor sich, während die Worte über ihre Lippen flossen. Stärker. Entschlossener. Der Fluss der Worte wurde mächtiger. Plötzlich aber stockte er. Anouk waren die Worte mit einem Mal im Hals stecken geblieben. Zu ihrem Erstaunen erschienen wie von Geisterhand gemalt Linien im Sand vor ihr. Figuren, Orte, Ereignisse. Alles, was Anouk erzählte, wurde zu flüchtigen Bildern im Sand, die vergingen, kaum dass sie entstanden.

Jede Wahrheit malt ein unzerstörbares Bild. Anouk glaubte, die Worte in ihrem Kopf zu hören, ohne dass sie den Umweg über ihre Ohren nahmen. Sie stammten von Madame Pegasos, die Anouk weiter so rätselhaft wie eine Sphinx musterte. *Und diese Bilder dort sehen nur wir beide. Sprich weiter.*

Anouk nahm die Aufforderung als gutes Zeichen. Und war erleichtert, dass sie nicht so töricht gewesen war, der Frau Lügen aufzutischen. Mit jedem Wort vergaß Anouk ihre Anspannung. Sie vergaß sogar, dass der dunkle Prinz sie beobachtete wie eine Katze die Maus. Zwar kam ihr keines der Erlebnisse heldenhaft vor. Doch sie alle waren wahr. Als sie schließlich endete und es einen Moment so still wurde, dass nur noch der Wind zu hören war, konnte sie nicht sagen, ob sie diese Runde gewinnen würde. Aber sie hatte das Gefühl, alles richtig gemacht zu haben.

»Meine Taten waren heldenhaft«, unterbrach der dunkle Ritter das Schweigen.

Wie schon zuvor glaubte Anouk, dass ihr die Stimme bekannt vorkam. Und erneut wusste sie nicht zu sagen, woher sie sie kannte.

»Ihre«, der dunkle Prinz deutete auf Anouk, »sind die eines schwachen Kindes.«

»Sie ist sehr wohl eine Heldin!«, rief Ki aufgebracht. »Sie ...« Er brach ab, als Madame Pegasos eine Hand hob. Dann kniete sie sich vor Anouk in den Sand und strich mit der Hand darüber. Zu Anouks Erstaunen wurde aus den Körnern eine Glasscheibe, die sie hochhob und in die Luft hielt. Einen Moment später erschien eines der Bilder darauf, die Anouks Worte in den Sand gemalt hatten. Sie selbst bei den Wurzelmenschen. Dann wurde es dunkel, als wäre die Nacht in dem Glas aufgezogen. Und Anouk sah die Eulen die Augen öffnen. Wieder wandelte es sich. Anouk sah sich auf Toni zustolpern und das Kamel retten.

»Alles, was ich sehe, ist wahrhaftig. Selbst die unschönen Wahrheiten verbirgst du nicht. Und das braucht eine besondere Form des Muts. Deine Worte sind es. Du bist es in der Tat. Heldenhaft.«

Das eine Wort der Frau verlieh Anouk neue Hoffnung.

Dann erschien abermals ein neues Bild auf dem Glas. Der dunkle Ritter, der mit seinem Gefolge gegen einen Riesen kämpfte. Der Gigant hatte eine Schneise der Verwüstung in den Wald gerissen. Es wandelte sich zu Anouk, die den dunklen Prinzen mit dem Schwert angriff, nachdem er sie anscheinend davon abgehalten hatte, den Baum im Herzen des Waldes zu verletzen. Und dann war das Piratenschiff am Horizont der Wüste zu sehen, das seine Kanonen auf den dunklen Prinzen abschoss, während dieser Wasser aus den Kanistern seiner Trolle an einige durstige Beduinen verteilte.

»Schwere Vorwürfe.«

Anouk starrte von dem Glas zu ihren Freunden und dann zu Madame Pegasos. Das waren doch alles …

»Lügen!«, schrien Ki und Pan, als hätten sie Anouks Gedanken gelesen.

In diesem Moment zerbrach das Glas in der Hand der Frau. Sie pustete sich die Splitter von den Fingern. »Zweifelsohne«, sagte sie. »Es ist das erste Mal, dass du es vor dem Spieler zum Streitross schaffst. Und direkt lügst du. Nun, diese Niederlage hast du verdient.« Sie zog mit der anderen Hand an dem Seil, das sie die ganze Zeit über festgehalten hatte. Das geflügelte Streitross schwebte zu ihnen hinab.

Und Anouks Herz übersprang vor Freude einen Schlag. Als das Geschöpf gelandet war, trabte es wie auf einen stummen Befehl hin auf Anouk zu.

Wie schön es war. Mit jedem Schritt färbte sich die gläserne Haut. Wurde so weiß wie die des Pferdes, das Anouk schon immer hatte reiten wollen. Es war ein Moment, der so mit Glück erfüllt war, als wollte dieses Spiel Anouk alle ertragene Angst und alle erduldeten Gefahren mit ihm vergelten.

Und dann erklang der Schrei.

Er riss Anouk so abrupt aus ihrem Glück, dass es beinahe wehtat. Im ersten Augenblick begriff sie nicht, wer den Schrei ausgestoßen hatte. Doch dann erkannte sie die Verletzung der Frau. Eine Wunde, aus der Blut drang. Einer der Ritter des dunklen Prinzen hielt ein Schwert in der Hand, dessen Spitze rot gefärbt war. Madame Pegasos glitt das Seil aus der Hand, und das Streitross blieb stehen. Anouk aber rannte auf die Frau zu, die kraftlos auf die Knie fiel. Konnten die Figuren in diesem Spiel sterben? Warum nicht?, gab sie sich selbst die Antwort, als sie sich neben die Verletzte kniete. Diese Welt war für sie die Wirklichkeit. Also konnte doch auch ihr Tod darin Wirklichkeit werden.

»Du kannst nichts für mich tun.« Jedes Wort kostete Madame Pegasos erkennbar Kraft.

»Sie hat recht.« Pans raue Stimme erklang links neben Anouk. »Wir müssen uns das Streitross nehmen und weitergehen.«

»Du hast es verdient.« Die Frau brachte ein brüchiges Lächeln zustande. »Der dunkle Prinz ist wahrlich finster und rücksichtslos in deinem Spiel.«

»Wir müssen ihr helfen.« Dies war Ki gewesen. Seine Worte hörte Anouk von rechts. Wunderbar, dachte sie. Konnten sie nicht einer Meinung sein?

»Wenn sie stirbt, kann sie nie wieder zurückkehren«, sagte der Wipfling ernst. »Der Tod ist auch im Spiel endgültig.«

Pan schnaubte. »Die Spielerin ist keine Ärztin, oder? Und außerdem haben wir ein Problem.« Er deutete mit seiner Hand auf das geflügelte Pferd.

Zu Anouks Entsetzen hielt der dunkle Prinz nun das Seil, mit dem es an den Pfahl gebunden gewesen war, in den eisenummantelten Fingern. »Er stiehlt es«, entfuhr es ihr. Zu der Wut über den Angriff auf Madame Pegasos kam nun auch noch die über das erneute Schummeln ihres Gegners. Eine ohnmächtige Wut. Sie fühlte sich so machtlos. Alles, was sie sich wünschte, war … Sie schlug sich mit der Hand gegen die Stirn.

»Was ist los mit dir?«, fragte Ki.

Aber Anouk antwortete nicht. Sie riss den verblüfften Pan zu sich heran und zog ihm mit zitternden Fingern den Glasball des Dschinns aus der Tasche. Das Licht darin tanzte aufgeregt umher. Der Wunsch. Was hatte Ginnaya noch gesagt, als er Anouk den Wunsch geschenkt hatte? *Gebrauch ihn gut. Was du dir wünschst, sagt viel über dich aus.* Was würde der Wunsch, den sie nun ganz deutlich in sich spürte, über sie aussagen? Es war gleich. Solange er nur in Erfüllung ging. Und solange sie nicht schummelte. Warum eigentlich durfte sie nicht die Regeln brechen, ohne Angst haben zu müssen, das Spiel zu verlieren? Ihr Gegner hielt sich doch auch nicht an diese Regeln.

»Sehr gute Idee«, rief Pan kämpferisch. »Wir verwünschen den Prinzen einfach. Was wird er? Eine pechschwarze Kröte? Eine finstere Fliege? Egal, ich mache ihm das Leben zur Hölle. So, du dunkler Blecheimer, gleich wird dich die Macht eines Dschinns treffen.«

Der dunkle Prinz wandte tatsächlich seinen Kopf in ihre Richtung. Er hatte gerade auf das Streitross steigen wollen. Nun aber hielt er inne und trat einen Schritt auf Anouk zu. Den Blick schien er auf den Glasball zu richten, als versuchte er abzuschätzen, wie gefährlich dieses Ding in Anouks Hand ihm wohl werden konnte.

»Tu das Richtige«, sagte Ki eindringlich.

Anouk blickte von dem Wunsch in ihrer Hand zu dem Gesicht der Frau, das so weiß geworden war, als färbten ihr die wenigen Wolken am Himmel die Haut. Und dann sah Anouk zu dem dunklen Prinzen und fühlte wieder die Wut in sich. »Ja, das werde ich«, wisperte sie entschlossen.

»Jetzt pass auf«, rief Pan und hob die Fäuste, als wollte er den dunklen Prinzen zu einem Boxkampf herausfordern. »Du wirst dir wünschen, nie in diesem Spiel erschienen zu sein.«

Anouk stand auf und reckte die Hand mit dem Glasball in die Luft. Sie fühlte den Wunsch darin aufgeregt vibrieren. »Ich wünsche mir …«

Auf einmal war es ganz still. Die Wüste schien den Atem anzuhalten.

»… dass Madame Pegasos gerettet wird.«

»Was?« Pan starrte Anouk an, als hätte sie den Verstand verloren. Im nächsten Moment stolperte er zurück, als sich das Streitross wiehernd aufbäumte. Der dunkle Prinz zog hart an den Zügeln und schwang sich mit einem triumphierenden Schrei auf das geflügelte Pferd. Es breitete seine Flügel aus und holte Pan, der sich fluchend aufgerappelt hatte, damit wieder von den Beinen. Kaum hatte der dunkle Prinz auf dem Pferderücken Platz genommen, zersprang der Glasball in Anouks Hand. Das Licht darin tanzte durch die Luft, und ein gewaltiger Sturm kam auf. Wolken schossen über den Himmel und ballten sich zusammen, so dicht, dass es beinahe Nacht wurde.

»Halt durch«, wisperte sie Madame Pegasos zu, doch die seltsame Frau hatte das Bewusstsein verloren. Anouk hörte über Pans Jammern hinweg den Sturm immer lauter werden. Ki schrie ihr etwas ins Ohr, doch sie verstand nicht, was er sagte. Sie hob den Blick und suchte den fast schwarzen Himmel nach einer Spur des Dschinns ab, dessen Wunsch sie sich nun erfüllen ließ. Doch sie konnte ihn nirgends entdecken. Stattdessen sah sie, wie sich die Haut des Streitrosses dunkel färbte. Es schien, als würde die Nacht ihm eine Haut schenken. Die Augen wurden silbern wie zwei kalte Sterne, über seinen Fesseln wuchsen Stacheln aus der Haut und die Federn der Flügel färbten sich grau wie die Dämmerung. Ein Streitross, das dem dunklen Prinzen zur Ehre gereichte. Ein letztes Mal wandte Anouks Widersacher ihr den Kopf zu, dann schlug das Pferd mit seinen Flügeln und erhob sich dem Sturm zum Trotz in die Luft. Sie hörte den Kapitän einen Befehl ausstoßen und einen Moment später eine Kanonenkugel in Richtung des dunklen Prinzen fliegen. Doch sie traf nicht, und Anouk wandte sich wieder ab.

Der Lichtschein, der in dem Glasball eingefasst gewesen war, wurde hell und heller. So gleißend, dass sie fast nicht hinsehen konnte. Und Anouk erinnerte sich an das, was Ginnaya gesagt hatte. Dieser Wunsch war der richtige. Er würde sich erfüllen. Trotz der Niederlage empfand sie Glück. Das Licht sank auf die Wunde der Frau und legte sich wie ein Verband über sie. Einen Moment später sickerte er ihr unter die Haut. Während der Sturm so abrupt endete, wie er gekommen war, und die Sonne wieder hinter den Wolken hervortrat, verblasste die Verletzung bereits wie eine Erinnerung. Und das Leben färbte ihr wieder das Gesicht.

»Danke.« Die Stimme war noch immer schwach und brüchig.

Anouk nickte und sah dann in den Himmel. Der dunkle Prinz flog nicht allzu hoch. Er hielt auf eine Düne zu, auf die auch sein Gefolge zuging. Dann verschwanden sie alle.

»Verloren!« Pan sprach aus, was sie fühlte.

»Nein«, wisperte Anouk trotzig und entschlossen. »Ich habe das Richtige getan.«

»Und wofür?«, brummte der Schimpanse. »Es geht hier ums Gewinnen, nicht um gute Taten. Mayo wird nicht glücklich sein, wenn sie für immer Teil des Spiels sein muss, oder?«

Der Gedanke an ihre Schwester zerschnitt Anouk fast das versteinernde Herz. Aber wie hätte sie zulassen können, dass Madame Pegasos starb? Der dunkle Prinz hatte vermutlich damit gerechnet, dass Anouk zu weich war, die Frau einfach sterben zu lassen. Zwei Runden. Und sie hatte nichts. Kein Schwert. Kein Streitross.

Neben ihr stemmte sich die Frau auf die Füße. »Danke! Ich würde dir gerne ein zweites Streitross geben«, sagte sie keuchend und fuhr sich mit der Hand über die verheilte Wunde. »Doch es gibt immer nur eines in jedem Spiel. Der Verlierer dieser Runde muss ein anderes Geschöpf wählen. Ein sehr viel schwächeres.« Sie sah Anouk bedauernd an. Dann aber mischte sich ein wissender Ausdruck in ihren Blick. »Aber ich glaube, deines wird auf seine Art besonders sein.« Auf einen Wink ihrer Hand hin trabte Toni an ihre Seite. Das Kamel beugte den Kopf, dann machte es einen Schritt auf Anouk zu und ließ sich anmutig auf dem Sand nieder.

»Dein Streitross, Spielerin«, sagte Madame Pegasos.

»Na, wunderbar«, meinte Pan. »Ein Stock und ein Kamel. So schlecht ist dieses Spiel ja noch nie gelaufen. Den Pokal kann ich vergessen.«

»Unterschätzt niemals die Kamele«, wiederholte die Frau den Satz, den schon das hölzerne Tier am Beginn dieser Runde von sich gegeben hatte. Anouk berührte Tonis warme Haut. Und wie aufs Stichwort kam ein Windstoß auf, der neben dem Kamel den Sand fortwehte, sodass das Spielbrett sichtbar wurde.

Anouk betrachtete es mit gemischten Gefühlen. Zwei Chancen darauf, dem dunklen Prinzen am Ende überlegen zu sein, hatte sie bereits verstreichen lassen. Jedoch …

»Ich habe noch zwei Welten vor mir«, sagte Anouk laut, als müsste sie sich selbst davon überzeugen, dass sie noch nicht verloren hatte. »Und die werden wir gewinnen.«

»Ja, ja«, erwiderte Pan, hörbar bemüht, versöhnlich zu klingen. »Dann besiegst du den dunklen Prinzen. Und rettest deine Schwester und dich.«

Für einen Augenblick erschien Anouk die Aufgabe, der sie sich gestellt hatte, zu schwer. Zu gewaltig. Unlösbar. Die Angst um Maya ließ sie frösteln. Die Waffe und das Streitross waren im Besitz ihres Gegners. Womit würde Anouk gegen ihn antreten können? Halt dich nicht mit dieser Frage auf, sagte sie sich. Du musst gewinnen. Sie nahm zögernd den Würfel von Pan entgegen. Er sah aus, als hätte man einen normalen Würfel zusammengedrückt, bis er nur noch drei Seiten zeigt. Das Meer. Die Berge. Und die Arena.

»Ehe du nun gehst«, erhob der Kapitän seine Stimme, »möchte ich dir noch sagen, dass es eine Freude war, dich in meiner Mannschaft zu haben. Sei immer brutal! Rücksichtslos! Todbringend!«

Anouk schaffte es, ihn anzulächeln. »Ich werde mir Mühe geben«, erwiderte sie diplomatisch. »Auf Wiedersehen.«

»Es war mir eine Ehre!«, rief der Kapitän und wandte sich rasch ab. In seinen Augen hatten sich bereits einige Tränen gesammelt.

Dann nickte Anouk ihren Freunden zu. Und würfelte.

»Na, das passt ja«, kommentierte Pan launig, als der Würfel mit dem Symbol des Meeres nach oben liegen blieb.

DER DRITTE ZUG

Das Wasser kam rasch. Der Sand sog sich regelrecht voll und ehe sich es Anouk versah, wurde die ganze Wüste überspült. Der Pfahl, an dem das Streitross festgebunden gewesen war, fiel wie ein gefällter Baum in die Fluten. Ein dichter Nebel erhob sich, als wollte er die Welt um Anouk herum verdecken. Und weder von Madame Pegasos noch von Toni war etwas zu sehen. Nur ein Stück Sand, das kaum einige Meter im Durchmesser maß, blieb von der Wüste. Voller Angst, dass die anderen ertrunken sein könnten, lief Anouk auf das Ende der kleinen Insel zu, die entstanden war, und versuchte unter den Wassermassen die Piraten oder das Kamel zu entdecken.

»Keine Sorge«, hörte sie Pans raue Stimme hinter sich. »Es ist eine neue Spielwelt. Und alle, die hier nicht hergehören, machen Platz für diejenigen, die nun am Zug sind. Obwohl die Piraten eigentlich hätten hierbleiben sollen. Wenn man mich fragt. Aber wer tut das schon? Also, legen wir los?«

Erleichtert, dass niemand ertrunken war, wandte sich Anouk um. »Gut, dann …« Sie stockte einen Moment, als sie Pan sah. »Was um alles in der Welt ist das?« Sie konnte die Frage, die ihr beim neuen Kostüm des Schimpansen auf die Zunge gesprungen war, nicht zurückhalten.

Der Blick, den Pan ihr zuwarf, machte deutlich, dass er gerne darauf verzichtet hätte, sie zu hören. »Man nennt es einen Matrosenanzug«, brummte er sichtlich unglücklich. Die dunkelblaue Hose und das Hemd in derselben Farbe waren ihm ein wenig zu lang. Auf seinem Kopf saß eine weiße Mütze, die wie ein Teller geformt war. »Leute auf Schiffen tragen so etwas. Ich hatte doch schon gesagt, dass der Humor des Regelmachers völlig unlustig ist. Aber beschwere ich mich? Nein. Ich nehme alles klaglos hin. Können wir jetzt beginnen?«

Nur mit Mühe konnte sich Anouk ein Lachen verkneifen. Das Spielbrett lag noch immer im Sand. Ein kleiner Stock und ein winziges Kamel standen darauf. Diesmal wurde sie von der Figur der Schlange begrüßt. Auf dem schmalen Körper saß ein Kopf, der mit seinem großen Maul und den spitzen Zähnen gut zu einem Drachen gepasst hätte.

»Es ist eine Seeschlange«, bemerkte Pan belehrend.

»Sei gegrüßt, Spielerin.« Die Schlange beugte den Kopf, aus dessen Stirn zwei lange Hörner wuchsen. Das Zischen, das dem lippenlosen Mund entfuhr, klang beinahe so unheilvoll wie die kalte Stimme des dunklen Prinzen. »In der dritten Runde des Spiels kämpft der Spieler gegen den Zwist. Nur wenn er seinen Weg durch die zerstrittenen Königreiche findet und sich als schlau erweist, wird er zum Schild gelangen, den keine Waffe zerschneiden kann.«

»Was soll das wohl bedeuten?«, fragte Anouk.

Pan zuckte mit den Schultern. »Woher soll ich das wissen? War noch nie hier. Ist mir erspart geblieben. Zumindest bis jetzt.« Er warf Anouk einen Blick zu, der klarmachte, dass er es für ihre Schuld hielt, nun durch diese Spielwelt gehen zu müssen.

Anouk ignorierte ihn und knetete ihre Unterlippe, wie sie es oft tat, wenn sie nachdachte. »Nun, was meinst du?«, fragte sie an Ki gewandt. In diesem Moment erkannte sie, dass da niemand auf ihrer Schulter saß. Hastig wandte Anouk den Kopf zur anderen Seite, doch auch dort saß kein Wipfling. »Ki?«, rief sie, so laut sie konnte. Sie war sicher, dass er bei ihr hätte sein müssen. Er hatte schließlich auch seine eigene Spielwelt verlassen, indem er sich an sie festgekrallt hatte. Und am Ende der Wüstenrunde hatte er auf ihrer Schulter gesessen. Vielleicht, schoss ihr ein erklärender Gedanke durch den Kopf, war er heruntergefallen, als der Sturm in der Wüste aufgekommen war. Womöglich lag er irgendwo im Sand. »Ki!« Nun schrie sie. Doch niemand antwortete ihr. Und auf der winzigen Insel gab es auch keine Spur von ihrem Freund. Mit einem Mal sorgte sie sich nicht nur um Maya oder ihr eigenes Herz. Nun galt ihr Mitgefühl auch dem Prinzen der Wipflinge, der womöglich …

»Ich fürchte«, sagte Pan und legte ihr eine behaarte Hand auf die Schulter, »er ist in der Wüste geblieben.« Seine Stimme verriet echtes Bedauern. »Aber keine Angst. Er wird beim nächsten Spiel wieder im Wald erwachen. Wenn er gerade nicht gestorben ist, natürlich.«

Die Tränen, die Anouks Augen im nächsten Moment füllen wollten, konnte sie nur mit Mühe zurückhalten. Sie weigerte sich, daran zu denken, dass Ki womöglich sein Leben verloren hatte. Aber selbst wenn er noch lebte, würde sie ihn nie wiedersehen.

»Abschiede gehören zur Freundschaft«, sagte Pan. »Man sollte sich wohl immer bewusst machen, dass jede Verbindung einmal endet. Und daher umso mehr um sie kämpfen, solange sie besteht.«

Anouk blickte ihn überrascht an. War das dort ihr meist übel gelaunter Begleiter?

Der Schimpanse lächelte verschämt, als hätte er etwas von sich preisgegeben, das er lieber für sich behalten hätte. »So«, meinte er nur einen Augenblick später wieder so, als hätte es den Moment gerade nie gegeben. »Nun spielen wir.« Er entblößte seine gelben Zähne. »Und gewinnen.« Dann tippte er die Seeschlange an. »Also, wie geht es jetzt weiter?«

De Schlange zischte ihn an. »Das solltest du wissen, Affe«, erwiderte sie.

»Es heißt *Schimpanse*«, verbesserte Pan sie griesgrämig. »Sollen wir den Sand durchsieben, bis wir diesen Schild finden?«

»Nein«, erwiderte Anouk und fing sich damit einen verwunderten Blick von Pan ein. »Ich muss den Weg durch die zerstrittenen Königreiche finden. Und die werden wohl kaum hier auf dieser Insel zu finden sein.«

»Sehr schlau«, sagte die Schlange lispelnd. »Tausend Königreiche. Tausend Streitfälle. Tausend Brücken. Und der Weg, den sie zusammen bilden, führt zu der Tausendundeinen Insel, auf der du den Schild findest.« Bei diesen Worten kam ein leichter Wind auf, der den Nebel fortwehte.

»Dreh dich um«, forderte die Seeschlange aus Holz sie auf.

Anouk gehorchte.

Und ihr stockte der Atem.

Sie erkannte um die kleine Insel, auf der sie selbst stand, zahllose weitere. Es waren zu viele, um sie zu zählen. Sie waren etwa so groß wie das Eiland, auf dem sie sich mit Pan befand. Sie standen so dicht, dass sie vielleicht zur nächsten hätten schwimmen können, doch das war nicht nötig, denn eine Holzbrücke verband ein Ufer ihrer Insel mit der nächsten. Und von dort wiederum führte eine weitere Brücke zu einer anderen Insel. Und auch dort entdeckte Anouk eine Brücke, sodass sich eine lange hölzerne Straße über das Meer spannte. Indes fehlten bei all diesen weiteren Brücken einige Bretter, und ein Spalt klaffte zwischen ihnen. Es hatte den Anschein, als würden die Brücken dort wie von Geisterhand gehalten in der Luft schweben. Dies aber war nicht das verwunderlichste (obwohl Anouk den Anblick schon ziemlich einmalig fand). Noch seltsamer waren die Paläste, die sich auf jeder der Inseln erhoben. Gerade so breit, dass man bequem um sie herumgehen konnte, und jeder mit vier schlanken Türmen versehen, die sich so hoch reckten, dass man von ihren Spitzen wohl einen sehr guten Ausblick haben musste.

»Lass mich raten«, meinte Anouk, als sie ihre Sprache wiedergefunden hatte, »dies dort sind die zerstrittenen Königreiche.«

»Äußerst gewitzt«, erwiderte die Seeschlange zischend.

»Und in jedem Palast lebt ein König, der mit seinen Nachbarn im Streit liegt?«

»Stimmt schon wieder«, sagte die Schlange.

»Wer denkt sich denn so einen Quatsch aus?«, entfuhr es Pan. »Wir haben keine Zeit, jeden einzelnen Streit zu schlichten. Das kann ja ewig dauern.«

»Dieselben Bedingungen gelten auch für den Gegner der Spielerin«, zischte die Schlange.

Als wollte er ihre Worte zur Unwahrheit machen, fuhr in diesem Moment der dunkle Prinz auf einem kleinen Schiff an ihnen vorbei. Es war gerade so groß, dass es einen Weg zwischen den Inseln entlang und unter den Brücken hindurchfinden konnte. Bei ihm waren seine Ritter. Die Sonne fing sich auf ihren blank polierten Rüstungen. Nur die Eisenhaut des dunklen Prinzen blieb so schwarz, als traute sich das Licht nicht, auf sie zu scheinen. Er wandte den Kopf in Anouks Richtung und nickte ihr kurz zu, dann verschwand sein Schiff hinter einer der Inseln.

»Tu gefälligst etwas!«, herrschte Pan die Holzfigur an.

»Beschwerden bitte an den Regelmacher richten«, erwiderte die Schlange und sagte dann gar nichts mehr.

»Das würde ich ja gerne«, brauste Pan auf. Doch er verstummte, als Anouk ihm nun ihre Hand auf die Schulter legte. Sie zwang sich dazu, das Gefühl der Niedergeschlagenheit gar nicht erst aufkommen zu lassen. Sie hatte im Grunde damit rechnen müssen, dass der dunkle Prinz sie wieder betrügen würde. Dennoch hatte sie die beiden vorherigen Runden alleine nicht deshalb verloren. Sondern, weil sie Mitgefühl gezeigt hatte. Also konnte sie vielleicht diesmal vor ihrem Gegner ans Ziel gelangen. Und dann würde sich zeigen, ob sie diese Runde nicht doch gewinnen konnte. Mit dem Schild würde sie das Schwert des Prinzen abwehren können. Ja, den Schild würde sie viel lieber haben als das Schwert.

Sie fühlte eine nie gekannte Entschlossenheit in sich aufsteigen, während sie die Brücke betrat. Dann ging sie zum ersten der zerstrittenen Königreiche.

»Und jetzt?«, fragte Pan, als sie vor dem seltsamen Palast standen.

Die Antwort darauf konnte Anouk nicht geben. Die Sonne beschien eine weiß getünchte Burgmauer, in die eine bronzefarbene Zugbrücke eingelassen war. Hinter der Mauer reckten sich die vier schmalen Türme in die Höhe. In der Mitte dieser Türme wiederum lag das Hauptgebäude. Von Soldaten oder Bewohnern des Palastes war nichts zu sehen.

»Vielleicht solltest du klopfen«, meinte Pan sarkastisch.

Sie warf ihm einen kurzen Blick zu, dann trat sie tatsächlich auf das Tor zu und klopfte mit dem Knöchel ihres Zeigefingers gegen das Metall. Das Geräusch war über das Rauschen des Meeres kaum zu hören. Anouk beachtete Pans ungeduldiges Räuspern nicht und hieb einfach mit der Faust gegen das Portal. Dann trat sie einen Schritt zur Seite und legte den Kopf in den Nacken. Einen Moment lang geschah nichts. Was, wenn niemand aufmachte? Was, wenn sie nicht weiterkam? Sie würde nicht über die Brücke gehen können, die von hier aus weiterführte. Der Spalt in der Mitte war zu breit, um über ihn hinwegzuspringen.

»Wir könnten versuchen zu schwimmen«, meinte Pan und strich sich missmutig einige Sandkörner aus dem Fell.

»Das würde ich sein lassen«, dröhnte eine Stimme über die Insel. »Schwimmen führt zur sofortigen Disqualifikation.«

Pan stolperte vor Schreck einen Schritt zurück und fiel in den Sand. Anouk erschrak ebenfalls, doch sie zwang sich zur Ruhe (wenngleich ihr das schwerfiel). Die Stimme kam von der Burg her. Und sie klang, als gehörte sie einem Riesen.

»Bitte verzeihen Sie«, rief sie und versuchte, ihre eigene Stimme fest klingen zu lassen. »Ich würde gerne den Weg zu der tausendundeinen Insel finden.«

Zu ihrer Verwunderung erschien der Kopf eines kleinen Mannes auf dem Wehrgang am oberen Ende der Burgmauer. Er trug einen weißen Vollbart und auf seinem Kopf saß eine lächerlich hohe Krone. »Oh, guten Tag erst einmal. Schön, dass sich heutzutage niemand mehr die Zeit für Höflichkeiten nimmt. Du würdest dich sicher bestens mit meinen Nachbarn verstehen. Die sind ungefähr genauso rüpelhaft.« Es war dieselbe Stimme, und obwohl sie nun nicht mehr ganz so dröhnend klang, passte sie überhaupt nicht zu der kleinen Gestalt.

Na wunderbar, dachte Anouk bei sich. Schon auf der ersten Insel gibt es Probleme. Wie viele würden wohl noch auf sie warten, bis sie den Schild fand?

»Ich habe dich auch schon auf deine schlechten Manieren hingewiesen«, sagte Pan hinter ihr, der offenbar auf den Moment anspielte, als er so unverhofft in ihr Leben getreten war. Sie atmete tief durch.

»Bitte verzeihen Sie«, sagte sie noch einmal, »ich heiße Anouk und spiele dieses Spiel. Dies dort ist mein Begleiter Pan. Und wir müssen den Schild finden, damit ich meine Schwester retten kann.« Dies war zwar eine ziemlich verkürzte Darstellung der Lage, aber mehr Zeit für Erklärungen wollte Anouk nicht verschwenden.

»Na, siehst du. Es geht doch. Habe sowieso alles schon gewusst. Bin ja nicht umsonst König dieses Königreichs.« Zu dem Kopf kam nun ein Arm, der eine Bewegung beschrieb, als wollte er die ganze Insel einfassen. Und schließlich erkannte Anouk fast den ganzen König. Sie vermutete, dass er auf einen Stuhl oder einen Hocker gestiegen war. »Ich bin übrigens König Eins«, rief er wichtigtuerisch und so laut, dass man es vermutlich auf den nächsten Inseln hören konnte. Ziemlich sicher sogar, denn einen Moment später drangen Stimmen über das Wasser.

»König, wenn ich das schon höre!«, rief jemand.

»Höchstens ein kleiner Graf«, höhnte ein anderer.

König Eins wurde rot vor Zorn.

»Sie verstehen sich wohl nicht besonders gut mit Ihren

Nachbarn«, bemerkte Anouk. Sie hatte an die Worte der Seeschlange denken müssen. *Nur wenn er seinen Weg durch die zerstrittenen Königreiche findet und sich als schlau erweist, wird er den Schild finden, den keine Waffe zerschneiden kann.* Zerstritten waren diese Königreiche ganz ohne Frage. Und ihr dämmerte, was ihre Aufgabe sein würde. Sie würde klug sein müssen, um all den Streit zu schlichten.

»Es sind hinterhältige Schufte«, eiferte sich König Eins. »Vor allem König Zwei.« Er sprach den Namen aus, als würde er ihm auf der Zunge den Geschmack eines faulen Apfels hinterlassen.

»Ihr mögt ihn nicht?«, fragte Pan.

»Wie sollte ich?« Das Gesicht von König Eins verfinsterte sich. »Dieser Betrüger.« Er sah sich misstrauisch um, als würde er den verhassten König hinter der nächsten Ecke erwarten. »Er will mich bestehlen«, fügte er hinzu, als er Anouks und Pans fragenden Gesichtsausdruck bemerkte. »Es geht um Austern, natürlich.«

»Natürlich«, sagte Anouk bestätigend und sah dann Pan in der Hoffnung an, er könne ihr erklären, was König Eins damit meinte.

»Austern?«, fragte der Schimpanse. »So eine Art Muscheln? Mit Perlen?«

»Ganz genau«, meinte der König und ballte eine Hand zur Faust. »Sie leben genau zwischen unseren Inseln im Meer. Und wir beide ziehen sie mit unseren Netzen aus dem Wasser. Doch während ich mich in der hohen Kunst des Perlenauffädelns übe und an einer Kette arbeite, die zu meinen königlichen Insignien …«

»Das sind die Dinge, die ihn als König ausweisen«, flüsterte Pan Anouk zu.

»… gehören sollen, verspeist dieser Halunke sie. Er nimmt mir so viele weg, dass ich einfach nicht fertig mit meiner Kette werde. Im Gegenzug schneide ich Löcher in sein Netz, damit er immer weniger fängt als ich.«

»Bei allen Regeln, das ist ja der reinste Kindergarten«, ächzte Pan. »Womit habe ich das eigentlich alles verdient? Ich bin ein Profi. Und arbeite mit Amateuren zusammen.«

»Wie bitte?«, fragte der König, der offenbar nur mit einem Ohr hingehört hatte.

»Wie wäre es, wenn ich Ihren Streit schlichte?«, erbot sich Anouk. Sie hatte zwar keine Ahnung, wie sie das anstellen sollte, doch darum konnte sie sich später kümmern.

Der König sah sie herausfordernd an. »Wie willst du das fertigbringen? Wir beginnen mit jedem Spiel einen neuen Streit. Und dieser ist besonders knifflig und unlösbar. Glaub mir, so unverschämt war König Zwei noch nie.«

»Aber wenn ich es schaffe, was wäre dann?«, beharrte Anouk, ohne die Frage zu beantworten.

Der König zuckte mit den Schultern. »Nun, dann würde sich der Spalt zwischen den Brückenteilen schließen und du könntest hinüber zu diesem Schuft. Damit wärst du einen Schritt weiter auf deinem Weg zum Schild.«

»Gut«, strahlte Anouk, »die Abmachung gilt.«

»Hör mal, durchlauchtigste Spielerin«, wisperte Pan ihr zu, »ich möchte ja nicht der Spielverderber sein, aber wie willst du das fertigbringen? Wenn dieser König Zwei auch nur halb so seltsam ist wie Nummer Eins, dann hast du es mit völlig Irren zu tun.«

Nun, Anouk hatte keine Ahnung. Aber sie wusste, dass sie es schaffen musste. Irgendwie. Vielleicht konnte sie einen der beiden überreden, auf die Austern zu verzichten. »Wie wäre es«, begann sie, während sich in ihrem Kopf die Gedanken überschlugen, »wenn Sie statt einer Kette einfach etwas anderes basteln würden?«

»Und woraus?«, flüsterte Pan. »Aus Sand, oder was?«

Anouk wollte etwas erwidern, doch da schüttelte König Eins bereits den Kopf.

»Ausgeschlossen. Ich will die Perlen.«

»Das wird nichts«, meinte Pan. »Lass uns mal mit diesem anderen König reden. Vielleicht ist er ein kleines bisschen weniger irre.«

Anouk hatte wenig Hoffnung, doch sie ging mit Pan zur Brücke, die hinüber zur nächsten Insel führte. An dem Spalt, der mitten in ihr klaffte, blieben die beiden stehen. Anouk überlegte einen Moment lang, es doch zu versuchen und hinüberzuspringen. Die Entfernung zu der anderen Seite aber maß sicher vier oder fünf Meter. Und solch einen weiten Sprung traute sie sich nicht zu.

Noch während sie am Rand der Brücke stand (der in der Tat in der Luft schwebte), kamen vier Männer aus dem Palast der Nachbarinsel, betraten die Brücke und steuerten auf sie zu. Sie trugen eine Sänfte. Wie ein gemütliches Bett sah sie aus und auf ihr lag ein weiterer Mann. Er sah König Eins recht ähnlich, nur dass seine Krone noch ein wenig höher war und er auch noch einen roten, mit Pelz besetzten Umhang trug.

»Wer seid ihr?«, fuhr er sie von der anderen Seite des Spalts an, kaum dass seine Träger auf einen Wink seiner beringten Hand hin stehen blieben.

»Ich heiße Anouk. Und dies ist mein Begleiter Pan. Wenn Ihr erlaubt, möchten wir über die Brücke, um zur tausendundeinen Insel zu gelangen. Seid Ihr König Zwei?«

Der Mann vor ihnen hatte sich aufgesetzt und sah sie streng an. »Man sieht, sein Ruf eilt ihm voraus. In der Tat. Ihr sprecht zu König Zwei. Doch kommt ihr aus dem Reich seines Erzfeindes, des schurkischen König Eins. Und daher kann, will und wird er euren Wunsch nicht erfüllen.«

»Wer?«, fragte Pan offensichtlich verwirrt.

»Na, König Zwei.«

»Ach, Ihr selbst?«, vergewisserte sich Pan.

»Natürlich«, antwortete der König hochmütig.

»Also der ist definitiv noch irrer als der andere«, wisperte der Schimpanse Anouk zu.

»Was tuschelt ihr da?«, verlangte König Zwei zu erfahren. »Plant ihr einen Angriff auf sein Königreich?«

»Nein, nein«, beeilte sich Anouk zu sagen. »Ich habe mich nur gefragt, was ihn wohl so verärgert hat.«

»Wen?«, fragte der König kühl.

»Na, Euch«, antwortete Anouk.

»Ach, du meinst *ihn*«, sagte König Zwei. »Nun, König Eins stiehlt seinen Austern die Perlen. Damit aber ruiniert er mir, äh, König Zwei ihr Fleisch, aus dem er eine so vorzügliche Suppe kocht, dass sie weit über die Grenzen seines Königreiches bekannt ist.«

Weit über die Grenzen? Anouk schätzte die Zahl der Schritte ab, die man wohl brauchte, um die Insel einmal zu umrunden. Es waren nicht allzu viele. Sie beschloss, nichts darauf zu erwidern.

»Wer stiehlt hier?« König Eins hatte seinen Palast verlassen. Er wurde nun ebenfalls von vier Männern auf einer Sänfte auf die Brücke getragen. Dabei stand er und sah äußerst ärgerlich aus.

»Ah, der Halunke kommt«, rief König Zwei, hob drohend seine Fäuste und machte kreisende Bewegungen mit ihnen, als wollte er für einen Schlag ausholen.

»Der Betrüger«, ereiferte sich König Eins. Seine Sänfte hatte den Spalt erreicht, und nun drohte er dem anderen Monarchen ebenfalls mit der geballten Faust.

»Vielleicht«, sagte Anouk, während sich die Könige wütend fixierten, »könnten wir den Streit ganz einfach lösen.«

»Nie!«, rief Eins.

»Ausgeschlossen«, pflichtete Zwei ihm bei.

»Ah, Ihr seid meiner Meinung«, sagte Eins triumphierend.

»Verflixt.« Zwei sah aus, als habe er in eine Zitrone gebissen.

»Mögt Ihr Geschichten?« Anouks Frage schien die beiden Könige so zu verwirren, dass sie für einen Moment vergaßen, einander wütend anzusehen. Wortlos nickten sie.

»Gut, denn ich habe eine kleine Geschichte, die gut zu Eurem Streit passt.« Die Idee zu dieser kleinen Erzählung war Anouk ganz plötzlich gekommen. Vielleicht hatte sie auch an ihre Mutter denken müssen, die ihre Geburtstagszimtschnecken und den Kuchen gebacken hatte. Nun, es war gleich. Mit dieser kleinen Geschichte vermochte sie vielleicht den Streit zu schlichten. Und ehe einer der zerstrittenen Monarchen etwas sagen konnte, räusperte sich Anouk und erzählte:

Die Geschichte der streitenden Brüder und der Zitrone

Vor einiger Zeit, edle Könige, lebten zwei Brüder, die einander nicht gönnten, was der andere besaß. Hatte der eine Bruder Geburtstag und erhielt ein großes Geschenk, schmollte der andere. Und hatte dieser dann Geburtstag, wollte der erste Bruder nicht mitfeiern, wenn er nicht auch etwas bekam. So war es mit allem und jedem. Keiner konnte mit nur einem der beiden befreundet sein, ohne einen Streit zu entzünden. Sogar die Zeit, die man mit einem der beiden Brüder verbrachte, wurde vom anderen festgehalten, damit er bei späterer Gelegenheit nicht benachteiligt würde.

Nur in einem unterschieden sie sich. Der etwas ältere Bruder wurde ein begnadeter Koch, von dessen wunderbar schmeckenden Gerichte die Menschen im ganzen Land spra-

chen. Der etwas Jüngere hingegen stieg zum besten Konditor des Landes auf, und seine Kuchen und Torten, seine Plätzchen und vor allem seine Zimtschnecken waren wahre Kunstwerke. Als nun ihre Mutter Geburtstag feierte, wünschte sie sich von ihren Söhnen, dass die beiden sie einmal bekochen und bebacken sollten. Sie wünschte sich vom einen ihr Lieblingsgericht. Fisch mit Zitronenreis. Und vom anderen wollte sie einen Geburtstagskuchen gebacken bekommen. Als die beiden kamen, überreichte jeder seiner Mutter ein so großes Geschenk, dass sie die beiden Pakete kaum tragen konnte. Dann führte die Mutter ihre Söhne in die Küche. Alles stand dort bereit. Und die Mutter hatte genau darauf geachtet, dass keiner etwas brauchte, das auch der andere benötigte. Nur eines gab es nur einmal. Etwas, das beide verwenden mussten. Eine Zitrone.

»Ich brauche sie«, rief der Koch. »Der Saft ist die wichtigste Zutat für meinen Zitronenreis. Sonst schmeckt er fad und langweilig.«

»Nein, nein«, rief da der Konditor. »Ich brauche die Zitrone, denn ohne ihre Schale schmeckt der Kuchen fad und langweilig.«

Und ehe sich es die Mutter versah, waren ihre Söhne in einen handfesten Streit geraten. Doch genau das war ihr Plan gewesen. Sie war es leid, dass die beiden Brüder immer zankten. Und nun wollte sie ihnen zeigen, dass sie sich auch vertragen konnten.

»Wie wäre es denn«, fragte sie, »wenn wir die Zitronenschale abreiben, damit der Kuchen nicht fad und langweilig *schmeckt. Und dann schneiden wir sie auf und pressen sie aus, damit der Reis nicht fad und langweilig schmeckt.«*

Die beiden Brüder hielten in ihrem Streit inne und dachten verblüfft einen Moment lang nach. Einen Augenblick darauf kamen sie sich unsagbar dumm vor. Ihnen wurde endlich bewusst, dass sie sich viel zu oft um Dinge gestritten hatten, die sie sich auch hätten teilen können. Und so kam es, dass sie erst die Zitrone abrieben und dann auspressten. Bald erfüllte die Küche ein wunderbarer Duft. Und das Essen schmeckte ausgezeichnet. Die Mutter packte auch ihre Geschenke aus und freute sich über sie. Doch das schönste von allen war eine kleine, unbedeutende Zitrone gewesen.

»Nicht schlecht«, meinte Pan anerkennend, als Anouks Geschichte geendet hatte. »Gib zu, die hast du irgendwo geklaut.«

Anouk beschloss, nicht auf diese Bemerkung einzugehen. »Versteht ihr?«, fragte sie stattdessen die beiden Könige. »Sie wollten beide dasselbe. Ohne zu wissen, dass es gar nicht dasselbe war.«

König Zwei sah sie fragend an. »Wollten sie doch nicht die Zitrone?«

Etwas genervt rollte Anouk mit den Augen. Das würde doch schwerer werden als gedacht. »Doch, aber …«

»… jeder nur einen Teil«, schloss König Eins den Satz. »Jetzt verstehe ich.«

»Er auch«, beeilte sich König Zwei zu sagen. »Es gab keinen Grund für den Streit. Sie konnten sich die Zitrone teilen.« Er schlug sich mit der Hand so hart gegen die Stirn, dass seine Krone verrutschte. »Wie wäre es, werter König Eins, wenn Ihr die Perlen aus den Austern nehmt und …«

»… ich Euch dann das Fleisch vorbeibringe, solange es noch ganz frisch ist?«

»Ihr seid zum Essen eingeladen«, sagte Zwei großzügig.

»Und ich schenke Euch eine Perlenkette, damit Ihr sie Eurer Frau Gemahlin als Teil Eurer Insignien und als wahres Schmuckstück um den Hals legen könnt.«

»Wessen Frau?«, fragte Zwei leicht verwirrt.

»Seiner«, warf Anouk rasch ein.

»Ach, *sie*«, sagte Zwei und nickte zufrieden.

In diesem Moment schoben sich die beiden Brückenteile wie von Geisterhand bewegt aufeinander zu und stießen mit einem lauten Krachen gegeneinander.

»Bitte«, sagte König Zwei und bedeutete ihnen, hinüber auf seine Insel zu kommen.

»Adieu«, rief ihnen König Eins hinterher. »Viel Glück.«

»Danke«, sagte Anouk.

König Zwei machte eine Geste in Richtung seiner Träger und die Sänfte setzte sich neben ihnen in Bewegung. »Nun, euer Weg führt euch über mein wunderschönes Königreich hinaus und da hinten weiter«, sagte er stolz und zeigte auf eine weitere Brücke, die natürlich ebenfalls in der Mitte geteilt war und deren Enden in der Luft hingen. Sie war nur wenige Schritte entfernt.

»Lasst mich raten, Eure streitlustige Hoheit«, sagte Pan. »Mit dem Nachbarkönig auf dieser Insel dort versteht Ihr euch auch nicht.«

»Wer?«, fragte Zwei fahrig.

»Na, *er*«, half Anouk.

König Zwei nickte. »Ja, er, der wundervolle König Zwei, und der schurkische König Drei liegen, wie man sagt, über Kreuz.« Er stockte kurz, als wären ihm die folgenden Worte unangenehm. »Der Streit zwischen ihm und Drei geht auf eine Kokosnuss zurück. Versteht ihr etwas davon?«

Pan seufzte und hielt sich die Hand vor den Mund, als wolle er verhindern, dass König Zwei seine Worte hörte. »Wenn dieser Drei genauso irre ist wie Eins und Zwei, dann wird das ein verdammt langer Weg ans Ziel.«

»Ja«, meinte Anouk gepresst. Sie hatte gerade daran denken müssen, dass sie auch für die Wurzelmenschen und die Wipflinge einen Streit geschlichtet hatte. Und nun war Ki, der kleine Baumbewohner, für sie zu einem Freund geworden. Sie hätte den Prinzen der Wipflinge gerne an ihrer Seite gewusst. Ihn und seinen Mut. Denn es sah nicht besonders gut für Maya und sie aus.

Und?, fragte sie sich selbst. Willst du nun aufgeben? Nein, gab sie sich in Gedanken die Antwort. »Ich werde gewinnen«, sagte sie entschlossen zu Pan. »Und wenn ich jeden Streit zwischen allen Königen schlichten muss.«

»Das, fürchte ich«, raunte der Schimpanse ihr zu, »könnte auch genau der Fall sein.«

ZWEI PRINZEN

Nicht allzu weit von der Brücke entfernt, über die Anouk und Pan gegangen waren, steckte Ki den Kopf hinter einem Proviantsack hervor. Er hatte sich schon eine ganze Weile versteckt gehalten und auf den rechten Augenblick gewartet. Die tiefen, verzerrten Stimmen der Ritter waren verklungen, und Ki sah sich vorsichtig um. Ihn umgab etwas Hölzernes. Noch nie hatte er etwas Vergleichbares gesehen. Die Ritter saßen hintereinander auf Sitzbänken und hielten lange Stäbe in den Händen, die über eine niedrige Wand hinausragten.

»Rudert gefälligst schneller«, herrschte sie ein weiterer Ritter an. Einer in nachtschwarzer Rüstung. Der dunkle Prinz. Wie seltsam seine Stimme klang. Ebenso kalt wie die der anderen Ritter. Und doch ... anders. Ki konnte nicht sagen, was ihn an ihr so irritierte. Außer, dass sie ihm irgendwie bekannt vorkam.

Was war das für ein seltsames Wort? *Rudert*. Es klang recht spannend, fand Ki. Die Luft trug einige Wassertropfen in sein Gesicht. Doch was seine Haut benetzte, war kein Regen. Und es schmeckte unerwartet salzig.

Ki sah sich suchend um. Er war im letzten Moment von Anouks Schulter gesprungen. Die Entscheidung dazu hatte er getroffen, ohne groß nachzudenken. Nur ein Gedanke hatte in seinem wütenden Kopf Platz gefunden. Der dunkle Prinz schummelte (was Ki fast verrückt vor Ärger machte). Anouk hingegen wagte so etwas nicht. Kein Wunder, denn sie würde am Ende disqualifiziert. Doch Ki war Teil des Spiels. Und für ihn galten keine derartigen Regeln. Er konnte den dunklen Prinzen heimlich ausspionieren. Und ihm seine Schummelei vielleicht erschweren. Noch eine Runde sollte Anouk nicht verlieren. Also hatte er sich dem geflügelten Pferd an eines der Beine gehangen, als es sich in die Luft geschwungen hatte. Kein Problem für den Prinzen der Wipflinge. Höhe machte ihm keine Angst. Außerdem hatte er schon oft genug gesagt, dass es keinen Ort gab, an den er nicht zu gehen wagte. Und das hatte er jedes Mal auch so gemeint. Allerdings war er noch nie an einem Ort wie diesem gewesen. Dagegen war ihm die heiße und trockene Wüste beinahe vertraut vorgekommen.

Die Ritter drehten ihm ihre eisernen Rücken zu. Die Gelegenheit war also günstig, etwas mehr von diesem Teil des Spiels zu sehen. Mühelos kletterte Ki an der Holzwand empor und zog sich auf ihre Kante. Im nächsten Moment wäre er vor Schreck beinahe wieder abgerutscht. Er blickte auf mehr Wasser, als er je gesehen hatte. Es war fast überall, umspülte zahllose kleine Landstücke mit seltsamen Palästen aus Stein und … war atemberaubend. Sein Leben lang hatte Ki im Wald gelebt. Er war für ihn die Welt gewesen, und diese Welt war ihm riesig erschienen. Doch nun sah er das erste Mal das Meer. Von ihm hatte er schon gehört. Gerüchte über die Welt aus Wasser. Eine Welt, die endlos schien.

Mit offenem Mund blickte er hinaus und wusste nicht, wie er Worte finden konnte für das, was er sah. »Liebste Xylem«, wisperte er, weil sein kleines Herz überlief vor Sehnsucht nach ihr und nie gefühlter Liebe zu dem Meer vor ihm. Er musste einfach zu ihr sprechen, auch wenn sie nicht da war. »Vor mir ist eine neue Welt in der Welt. Eine Welt, deren Schönheit mich hoffen lässt, dass die Zeit vergisst zu verstreichen, damit ich sie noch länger betrachten kann. Vor mir tanzt das Wasser. Es trägt manchmal eine silberne Krone. Und einen Umhang, der mit Smaragden oder Saphiren besetzt ist, so türkis und blau leuchtet es. Und es scheint eine Geschichte zu erzählen. Nicht wie der Wald, dessen Bäume von alten Tagen raunen, wenn der Wind in ihre Blätter fährt. Sondern eine, die ich nicht verstehen kann. Ein Rauschen, das von Orten berichtet, an die das Wasser reicht. Nun, da ich es einmal gesehen habe, will dir davon erzählen. Nein, muss ich dir davon erzählen, sonst könnte ich nie mehr glücklich werden.«

Ein Quietschen ließ Ki herumfahren. Der dunkle Prinz griff nach einem weiteren Stab, der ganz in Kis Nähe war. Im letzten Moment schlüpfte der Wipfling wieder hinter den Sack und verharrte dort atemlos (und geräuschlos, denn Wipflinge sind, wenn es sein muss, leiser als Mäuse oder Füchse).

Der dunkle Prinz bewegte den Stab, und ihr hölzernes Gefährt änderte die Richtung. Damit entfernte es sich von einem der vielen Landstücke, auf dem ein aufgebrachter Mensch mit einer hohen Krone stand.

»Ihr Halunken«, rief der Mann, »das ist Schummelei! Das hat es noch nie gegeben. Ich werde beim Regelmacher dafür sorgen, dass du disqualifiziert wirst, dunkler Betrüger. So wahr ich König Neunhundertachtzehn heiße.«

Anouks Gegenspieler indes würdigte die Worte des Mannes keiner Antwort. Stattdessen lachte er nur heiser und blickte nach vorne. »Dunkler Betrüger? Ich stecke schon lange genug hier drin«, sagte er düster. »Diese Schummeleien habe ich mir wahrlich verdient.«

Die übrigen Ritter nickten zustimmend.

»Aber nun endet es.« Der dunkle Prinz sprach leise, als wollte er nicht, dass jemand seine Worte hörte. »Seit es das Spiel gibt, bin ich der Andere. Der, der nur einen Titel, aber keinen Namen trägt. Der, gegen den der Spieler antreten muss, um seinen Wunsch zu korrigieren. Ich habe doch nie wahrhaft die Chance, etwas zu gewinnen. Nur der Spieler kann das. Oder er verliert. Aber ich muss bleiben. Und spielen, wenn einem neuen Narren unvorsichtig und leichtfertig der falsche Herzenswunsch auf die Zunge springt.«

Wieder nickten die Ritter, und Ki saß nur da und hörte stumm vor Verblüffung zu. Wie viele Spiele hatte er selbst bereits mitgemacht? Er wusste es nicht. Aber er hatte sich nie beschwert. Sobald er erwachte, war er im Wald und bewohnte ihn. Nie hatte er an einem anderen Ort sein wollen. Zumindest bis heute, fügte er in Gedanken hinzu, während hinter ihm das Wasser unentwegt erzählte und tanzte. Der dunkle Prinz begann ihm fast … leidzutun.

»Aber ich will selbst leben. Wünsche haben. Ihr alle steckt so tief in der Geschichte, dass ihr in ihr Wurzeln geschlagen habt. Ich muss anders sein. Fast ein Mensch, damit ich dem Spieler alles abverlange. Damit der Spieler über sich hinauswächst. Und wenn er dank mir gewachsen ist, muss ich wieder schlafen.« Er ballte die eiserne Faust und reckte sie drohend in den Himmel. »Doch diesmal kann der Regelmacher mich nicht schwach machen. Mich nicht herumschieben wie eine seiner dummen kleinen Figuren. *Sie* passt gut auf ihn auf. Und so mache *ich* diesmal die Regeln!« Der dunkle Prinz lachte kalt. »Diesmal bestimme ich das Schicksal der Spielerin.«

Bei diesen Worten schlug Kis Herz so fest, dass er fürchtete, die Ritter könnten es hören. Er wusste nicht, wer *Sie* war. Oder welches Schicksal der dunkle Prinz für Anouk schmiedete. Doch Anouk war in Gefahr. Daran gab es keinen Zweifel. Etwas ging hier vor sich, das schlimmer als die hartnäckigste Blattfäule war. Er musste etwas tun. Sofort.

Nur was genau hatte der dunkle Prinz im Sinn? Das ist gleich, Ki, sagte er sich. Halte ihn nur auf. Ja, das würde er tun. Aber wie? Er war zwar mutig und schnell und geschickt. Aber leider auch viel zu klein. Er sah sich um, in der Hoffnung, irgendein Geistesblitz würde ihn treffen. Und da erkannte er die Schwerter der Ritter. Sie hatten ihre Klingen abgelegt. Vermutlich störten sie beim Sitzen. Und da ihr hölzernes Gefährt wenig Platz bot, hatten sie ihre Waffen zusammengebunden und hinter dem letzten Ritter an die Kante gehangen. Was war ein Ritter ohne sein Schwert? Nur ein Dummkopf in Eisen. Ohne die Klingen könnten die Ritter niemanden mehr bedrohen. Soweit Ki wusste, bekamen die Spieler die unterwegs gesammelten Dinge erst zum Schluss des Spiels zurück, wenn sie gegeneinander antreten mussten. Also würde der dunkle Prinz seine Klinge dann erst wieder in Händen halten. Und auch die anderen wären noch zwei Runden lang völlig waffenlos. Mal sehen, dachte Ki, wie sie sich schlagen würden, wenn die Schwerter ins Wasser fielen. Sein kleines Herz schlug noch immer fest und schnell. So wie in den Momenten, wenn er von einem besonders hohen Baum hinabsprang und es allein an seinem Geschick hing, ob er den nächsten Ast erreichen oder in die Tiefe stürzen würde. Er war von Abenteuerlust erfüllt.

So leise, dass nicht einmal ein Luchs ihn hätte hören können, schlich er zu dem Bündel mit den Waffen. Der Weg mochte für einen Menschen nur zwei Schritte ausmachen. Für den kleinen Ki aber, der nicht auffallen durfte, schien er endlos. Sein Weg führte ihn in die Nähe des dunklen Prinzen. Wenn Anouks Gegenspieler in diesem Moment hinabsah … Ki hielt den Atem an. Zwei Wipflingsschritte noch, und er wäre wieder von einem Proviantsack verdeckt.

Der dunkle Prinz drehte den Kopf, als würde er den Verrat in seiner Nähe spüren. Doch dann rief ihm wieder jemand von einem der Landstücke eine Verwünschung entgegen, und Anouks Gegner wurde für einen winzigen Moment abgelenkt. Ki glitt hinter den Sack und machte sich daran, zu der Kante hinaufzuklettern. Für einen Baumbewohner kaum mehr als ein Spaziergang. Mehrmals musste er innehalten, weil er Geräusche hörte. Das Klappern einer der Ritterrüstungen oder eine der blechernen Stimmen. Doch dann endlich war er bei den Klingen. Sechs Schwerter für sechs Ritter. Sie waren mit einem Stück Seil aneinandergebunden und über einen Pfosten, der aus der hölzernen Kante herausstach, gehangen. Ki spuckte in die Hände (wie er es sonst immer tat, ehe er sprang) und versuchte das Schwerterbündel anzuheben und ins Wasser zu werfen. Doch die Waffen rührten sich kein bisschen von der Stelle. Er versuchte es noch einmal, doch wieder schaffte er es nicht, auch wenn sich die Klingen diesmal wenigstens ein wenig bewegten. So saß Ki entmutigt auf der Kante, konnte jederzeit entdeckt werden und wusste nicht, wie bei allen Bäumen er Anouks Gegner entwaffnen sollte. Er fühlte sich wie eine Maus, die versuchte, einen Berg zu verschieben. Wie um ... Eine Maus. Kis Herz schlug noch schneller (wenn das überhaupt möglich war). Wer auf vier Pfoten ging, verließ sich auf seine Zähne. Das galt auch für diejenigen, die auf Bäume kletterten. Und keine Zähne waren schärfer als die eines Wipflings.

Ki rammte sie in das Seil und fing an zu nagen. Es schmeckte scheußlich. Muffig und bitter. Doch er zwang sich weiterzumachen. Mit jeder Sekunde zerbiss er mehr von dem Seil. Faden für Faden. Ein Hochgefühl kam in ihm auf. Die Schwerter hingen über der Kante. Sie würden ins Wasser fallen und ...

»He, was ist das?« Eine blecherne Stimme ließ Kis Herz fast stehen bleiben. Er war entdeckt worden! Schneller! Oder alles war umsonst. Sich selbst vergessend nagte er weiter. Nur noch wenige Fasern. Schneller, Ki!, sagte er sich.

»Eine Ratte«, rief einer der Ritter.

»Nein, so ein Ding aus dem Wald«, erwiderte ein anderer.

»Es gehört zu der Spielerin. Ich habe es in der Wüste bei ihr gesehen«, meinte ein weiterer.

»Verdammt, es macht sich an den Waffen zu schaffen.« Eine eiserne Hand legte sich um ihn, doch Ki achtete kaum darauf. Ein letztes Mal rammte er seine spitzen Zähne in das Seil. Das musste reichen, um es zu zerbeißen. Es musste. Es ... reichte nicht.

Die Niederlage schmeckte er bitter auf der Zunge. Er hatte alles gegeben. Und nichts gewonnen. Er wurde an seinem Umhang in die Höhe gehoben und merkte, wie Tränen der Enttäuschung in seine Augen schossen.

In diesem Moment bockte das hölzerne Gefährt wie ein störrisches Eichhörnchen. Der Umhang riss, und Ki rutschte aus den eisernen Fingern. Er wäre fast von der Kante gefallen, doch er hielt sich irgendwie an ihr fest. Und dann schlug er ein letztes Mal seine Zähne in das Seil. Er durchtrennte es endgültig. Und die Waffen plumpsten ins Wasser.

Über das wütende Schreien der Ritter erhob sich die seltsam vertraute Stimme des dunklen Prinzen. »Alle Achtung. Mut hast du«, sagte er zu Ki. »Mit wem habe ich das Vergnügen?«

»Ich bin der Prinz der Wipflinge«, erwiderte dieser keuchend. »Und du wirst verlieren.«

»So, so, meinst du?« Der dunkle Prinz beugte sich zu der Kante, auf der Ki mit Mühe das Gleichgewicht hielt. »Zwei Prinzen. Nun, ich fürchte, dieses Boot hier ist zu klein für uns beide. Verzeih, Prinz.«

Und mit einem kalten Lachen schnippte er Ki mit einem seiner eisernen Finger von der Kante.

Schreiend fiel der Prinz der Wipflinge ins Wasser. *Geliebte Xylem*, war das Letzte, an das er dachte. Dann schloss sich das Wasser um ihn und alles wurde dunkel und nass und kalt.

PIRATENFRAU

Anouk senkte entnervt den Kopf. Sie hatte wie viele Streitfälle beigelegt? Zwanzig? Nein, einundzwanzig. Manche waren nicht allzu kompliziert gewesen. Andere aber hatten sich als durchaus knifflig herausgestellt. Zumindest hatte sie bei einem (sie glaubte, dass es König Elf gewesen war) herausgefunden, dass sie von den tausend Inseln und den darauf streitenden Königen nur die Hälfte durchwandern musste. Die anderen fünfhundert hätte der dunkle Prinz besuchen sollen. Doch er schummelte. Und Anouk hatte noch so viel zu tun. Sie wagte gar nicht daran zu denken, dass noch über vierhundert zankende Monarchen auf sie warteten.

Sie sah wieder auf und hörte sich weiter das Klagen von König Zweiundzwanzig an, der sich (wenig verwunderlich) über den Nachbarkönig beschwerte. Mit wichtigtuerischer Miene zählte er alle Vergehen auf, die sich König Dreiundzwanzig hatte zu Schulden kommen lassen. Anouk streckte sich. Weder fühlte sie in diesem Spiel Hunger noch Durst oder Müdigkeit. Die Zeit schien auf eine ziemlich eigentümliche Weise zu vergehen (was auch zu Pans einleitenden Worten in das Spiel passte. Vermutlich hing der Vogel vor ihrem Fenster noch immer in der Luft). Und doch verlor sie langsam die Geduld. Außerdem fürchtete sie, dass der dunkle

Prinz schon bald am Ziel sein konnte. Und ihr war heiß. Und die Kette der Piraten, die sie um den Hals trug, war schwer und scheuerte auf ihrer Haut. Wozu brauchte sie das Ding überhaupt noch? Sie zog sie hervor und streifte sie sich über den Kopf. Im nächsten Augenblick veränderte sich der Gesichtsausdruck des Königs vor ihr.

»Entschuldigung«, meinte sie, da sie vermutete, Zweiundzwanzig würde argwöhnen, sie hörte ihm nicht richtig zu.

Doch sein Gesicht zeigte keinen Anflug von Ärger. Sondern einzig und allein Ehrfurcht (und wohl auch ein wenig echte Furcht). »Ihr. Seid. Eine. Piratenfrau.«

»Wie?« Anouk blickte auf die Kette in ihrer Hand. Der goldene Totenkopf an ihr grinste sie an. »Ach so, ja, aber ich bin ja …«

»Verzeiht, edle Spielerin, das habe ich nicht gewusst.« Zweiundzwanzig beugte zu Anouks Verblüffung seinen Kopf, sodass ihm seine Krone vom Kopf rutschte, und deutete gar einen Hofknicks an. »Ihr habt die Abkürzung genommen.«

Fragend sah Anouk zu Pan, der stumm mit den Schultern zuckte.

»Die Abkürzung?«, fragte sie, während der König ihr vorsichtig die Kette aus den Händen nahm und sie hochhielt.

Kaum brach sich die Sonne auf dem gruseligen Schmuckstück, erfüllte ein lautes Klacken die Insel. Die Brückenteile zwischen den Inseln Zweiundzwanzig und Dreiundzwanzig schoben sich wie von Geisterhand bewegt zusammen. Ganz ähnliche Geräusche kamen auch von den weiter entfernten Inseln. Hunderte Echos. Oder ...

»Was passiert hier?«, fragte Pan misstrauisch.

»Die Spielerin hat die Abkürzung gewählt. Du solltest davon wissen, Affe.«

»Es heißt *Schimpanse*«, verbesserte Pan etwas brummig. »Ich war noch nie hier. Was für eine Abkürzung?«

Zweiundzwanzig sah sich vorsichtig um, als fürchtete er, dass jemand unerwartet auftauchte. »Die Spielerin hat die Piraten besiegt. Ich weiß nicht, wie sie es geschafft hat, doch dies ist die Abkürzung in dieser Welt. Wahnsinnig schwer zu schaffen. Eigentlich unmöglich.«

»Unmöglich? Nicht, wenn die Spielerin von jemandem begleitet wird, der Verstand hat. Von mir.« Pan versuchte sich groß zu machen.

Anouk erwiderte nichts auf Pans Eigenlob. »Wie dem auch sei, ich darf hinüber auf die nächste Insel gehen? Einfach so?«

Zweiundzwanzig strahlte sie an. »Auf die nächste Insel. Und die übernächste. Und die überübernächste. Und ...«

»Etwa auf alle?«, fiel ihm Pan ins Wort.

Zweiundzwanzig hob angesichts der unhöflichen Unterbrechung eine Augenbraue und sah ihn pikiert an. »So ist es, Affe.«

»Es heißt *Schimpanse*«, grummelte Pan.

»Zumindest auf die fünfhundert und die letzte Insel«, erklärte der König. »Das Ziel dieser Runde.«

»Das ist sehr nett«, sagte Anouk. »Vielen Dank.«

Der König hob abwehrend eine Hand. »Wir haben zu danken. Die Piraten sind immer ein Ärgernis für uns. Überfallen die Inseln und rauben alles Gold oder auch die Perlen des armen König Eins. Durch dich aber wurden die Piraten besiegt. Ich schätze, sie trauen sich die ganze Runde über nicht mehr her. Bitte, setzt euren Weg fort.« Er trat einen Schritt neben die Brücke und deutete auf den nächsten König (Dreiundzwanzig), der ihnen bereits freundlich zuwinkte.

»Und die ganzen Streitigkeiten?«, fragte Anouk verblüfft, während sie über die Brücke ging.

»Nun«, meinte Zweiundzwanzig. »Es mag sein, dass wir uns zanken. Aber kein Nachbar ist schlimmer als die Piraten. Herzlichen Glückwunsch. Dank der Abkürzung dürftet ihr vor dem dunklen Prinzen am Ziel ankommen.«

Dessen war sich Anouk nicht wirklich sicher. Doch sie nickte nur und ging los.

»Das hast du gut gemacht«, lobte Pan sie, als er ihr folgte. »Man merkt, dass du dir einiges bei mir abgeschaut hast.«

Auch darauf erwiderte Anouk nichts. Sie dachte nur an Maya. Schneller, trieb sie sich an. Damit hatte der dunkle Prinz sicher nicht gerechnet.

Auf dem Weg über die Inseln wurden Pan und Anouk vom Applaus der Könige und ihrer Königinnen und Untertanen begleitet. Die Menschen hatten sich aufgereiht und riefen *Hurra*, sobald sie die beiden erblickten. Anouk war die Angelegenheit mehr als unangenehm, doch Pan strahlte von einem Ohr zum anderen und winkte den Leuten gönnerhaft zu. Er tat fast, als hätte er die Piraten besiegt und nicht Anouk. Doch sie ärgerte sich nicht darüber. Sie war viel zu erleichtert, dass sie nun doch noch eine Chance haben würde, diese Runde zu gewinnen. Ein seltsamer Zufall, dass ausgerechnet hier eine Abkürzung existierte, dachte sie. Als hätte jemand dafür gesorgt, dass den Schummeleien des dunklen Prinzen etwas entgegengesetzt wurde.

Sie überquerte gerade die nächste Brücke unter dem Jubel der Könige Fünfzig und Einundfünfzig, die sich mit Freudentränen in den Augen umarmten, da verlor Anouk mit einem Mal alle Kraft. Es war, als wäre sie eine Marionette, der jemand die Fäden zerschnitt. Sie fiel auf die Knie und spürte nichts mehr als den Schmerz in ihrem Herzen. In ihren Ohren rauschte es. Nur vage verstand sie einige der Worte, die gerufen wurden. Eines war ihr Name. Das musste Pan sein. Sie spürte, wie jemand an ihr zerrte. Der Beutel an ihrem Gürtel wurde gelöst. Jemand drückte ihre Lippen auf und steckte ihr etwas Glitschiges in den Mund. Die Dschinnen-Pflanze. Sie kaute trotz des modrigen Geschmacks. Und der Schmerz verflog so rasch, wie er gekommen war.

»Komm«, hörte sie Pan drängen. Seine Stimme klang nun wieder viel klarer. »Wir müssen uns beeilen, ehe der dunkle Prinz zuerst am Ziel ist.«

Anouk nickte. In ihrem Kopf drehte sich alles, nur ein Gedanke ließ sie alles andere beiseiteschieben. Maya. Sie versuchte sich auf die Beine zu drücken, ihre Kraft aber war nicht zurückgekehrt.

Pan wollte sie hochziehen, doch als er begriff, dass Anouk zu schwach war, um zu stehen, geschweige denn zu laufen, ließ er sie wieder los, woraufhin sie erneut zu Boden fiel. Hastige Worte wurden gewechselt, und einen Augenblick später kamen vier Träger auf sie zu. Anouk wurde von kräftigen Armen hochgehoben und auf eine Sänfte gesetzt. Ehe sie sich's versah, wurde diese angehoben. Geschickt sprang Pan zu ihr hinauf und rief den vier Trägern zu loszulaufen. Schaukelnd setzten sie sich in Bewegung.

Anouk war zu verblüfft, um sich für die Hilfe bei den Königen zu bedanken (tatsächlich wusste sie ja nicht einmal, auf wessen Sänfte sie da gerade transportiert wurde). Sie beschränkte sich daher darauf, allen schwach zuzuwinken, während Pan die Träger energisch antrieb.

Einer der königlichen Diener aber, der zuvor neben König Einundfünfzig gestanden hatte, lief eilig an ihnen vorbei. Sie trafen ihn wenige Augenblick später an der nächsten Brücke wieder. Dort wartete bereits König Zweiundfünfzig mit seiner Sänfte und seinen vier Trägern. Anouk und Pan mussten umsteigen und kaum saßen sie, liefen die Männer los, während der Diener erneut vorauseilte.

»Tragen sie uns etwa den ganzen Weg?«, fragte Anouk, während sie sich am Rand der Sänfte festhielt.

»Bis zur letzten Insel«, erwiderte Pan. »Es war meine Idee. Diese Könige können ruhig ihre Dankbarkeit zeigen. Immerhin hast du die Piraten besiegt. An jeder Brücke wird nun eine Sänfte stehen. Und so gelangen wir bestimmt auch viel schneller ans Ziel.«

»Danke«, sagte Anouk, »du bist ein toller Freund.«

Einen Moment lang sah Pan ehrlich gerührt aus. Dann aber legte sich wieder der übliche Ausdruck auf sein Gesicht. Eine Mischung aus Brummigkeit und Überheblichkeit. »Keine Ursache«, meinte er, doch als er sich abwandte, glaubte Anouk, eine Träne der Rührung in seinen Augen zu erkennen. »Es geht schließlich um meinen Ruf. Wenn ich verlieren sollte, machen sich die anderen Begleiter über mich lustig. Und glaub mir, besonders vor der dusseligen Schildkröte will ich mich nicht blamieren.«

Ihre seltsame Fahrt ging eine ganze Weile und Anouk hörte irgendwann auf, die Inseln und Sänften zu zählen. Dann aber rief ihr einer der König hinterher: »Mit besten Grüßen von König Vierhundertachtundneunzig!« Und Anouk wurde vor Aufregung ganz starr. Nur noch drei Inseln. Gleich würden sie am Ziel ankommen. Und da diese Spielrunde noch nicht geendet hatte, musste das bedeuten, dass der dunkle Prinz den Schild ebenfalls noch nicht in Händen hielt.

»Wir schaffen es«, sagte Pan heiser. »Wir müssen. Du weißt warum.«

»Ja«, erwiderte Anouk und dachte an Mayas Glucksen, das alle (und ehrlicherweise auch sie selbst) stets so verzückte.

»Richtig. Die Schildkröte ist nicht zu ertragen, wenn sie schadenfroh ist. Und ich muss vermutlich auch noch ihren überlegenen Ausdruck im schmallippigen Gesicht ertragen, wenn sie den Pokal des Regelmachers gewinnt.«

Anouk sagte nichts und kniff die Augen zusammen, kaum dass sie die Sänfte gewechselt hatten. Nicht allzu weit entfernt erkannte sie die übernächste Insel. Die Letzte, zu der sie mussten. Kein Palast stand auf ihr. Da war nur ein kleiner Palmenhain. Die fächerförmigen Blätter der Palmen wiegten sich im Wind, als tanzten sie zu einer unhörbaren Musik. Vom dunklen Prinzen indes war nichts zu sehen. Dies änderte sich auch dann nicht, als die Sänfte von König Fünfhundert den Rand der Brücke auf die letzte Insel erreichte. Der Diener, der die ganze Zeit über mitgelaufen war, verbeugte sich tief.

»Vielen Dank«, sagte Anouk, während sie von der Sänfte stieg. Sie fühlte sich wieder kräftig genug, auf den eigenen Beinen zu stehen. »Ich wüsste nicht, was ich ohne das alles hier getan hätte.«

»Keine Ursache«, sagte Pan heiser, ohne die verblüfften Blicke des Dieners und der Träger zu bemerken. »Und nun holen wir uns diesen Schild.«

Die letzte Insel lag unerwartet einsam da. Anouk konnte kaum glauben, dass sie es tatsächlich als Erste …

Die Stimmen zerschnitten die Stille so unvermittelt, dass Anouk zusammenzuckte. Blecherne Stimmen.

»Verdammt!«, rief Pan. »Weißt du, was ich glaube? Das ist …«

»… der dunkle Prinz«, beendete Anouk den Satz. Und kaum hatte sie dessen Namen ausgesprochen, lief sie auch schon los. Ihre Beine waren zwar noch ein wenig zittrig, aber sie zwang sie vorwärts. Ein Schritt nach dem anderen. Sie strauchelte. Doch ehe sie fiel, spürte sie eine Hand, die sie stützte. Pan.

Am Strand war vom Schild nichts zu sehen. Er musste also in ihrer Mitte bei den Palmen sein. Oder auf der anderen Seite der Insel, von der aus die Ritter zu hören waren.

Anouk wagte nicht daran zu denken, was wäre, wenn sich der Schild tatsächlich auf der falschen Seite der Insel befand.

Sie stolperte unter das Fächerdach aus Palmwedeln. Eng standen die Stämme beieinander und bildeten ein kleines Labyrinth. Anouk zwang sich zur Ruhe. Wenn sie ohne nachzudenken herumirrte, würde sie am Ende noch verlieren. Der dunkle Prinz und sein Gefolge kamen näher. Ihre Stimmen wurden lauter.

»Hier entlang«, glaubte sie zu hören. Ein Chor aus gewisperten Stimmen. Waren das die Palmen gewesen? Wie zur Antwort bogen sie sich alle für einen Moment zur selben Seite. »Wir halten die anderen noch ein wenig auf.«

Anouk ballte die Hand zur Faust. Sie würde als Erste am Ziel ankommen. Geschickt schlüpfte sie zwischen zwei Palmen hindurch, während hinter ihr Pan über einen Stein im Boden stolperte.

»Ja, ja«, brummte er, während er sich den Sand aus dem Fell klopfte. »Lass mich ruhig zurück. Das Spiel ist wichtiger.«

»Nun komm schon, wehleidiger Schimpanse«, rief Anouk und zog ihn so schwungvoll auf die Füße, dass er fast wieder gestolpert wäre. Weiter und weiter ging es zwischen den Bäumen entlang, und Anouk lauschte den geflüsterten Worten der Palmen ebenso wie den lauten Stimmen der Ritter.

»Ein Skandal«, hörte sie Pan hinter sich murren. »Diese Insel ist innen viel größer als außen. So viele Palmen passen doch nie hier hinein. Ich finde, wir sollten mal langsam bei diesem Schild ankommen.«

»Wir sind in einem Spiel«, erwiderte Anouk. »Sollte da nicht alles möglich sein?«

Der Schimpanse trat energisch an ihr vorbei und schlug nach einer Palme, als sei sie persönlich für seinen Ärger verantwortlich. »In den guten nicht«, sagte er entschieden und trat dann an der bedauernswerten Palme vorbei. »Aha«, hörte Anouk ihn einen Moment später rufen. »Wenn ich die Dinge in die Hände nehme, funktionieren sie.«

Einen Augenblick später passierte auch Anouk die Palme und fand sich zusammen mit Pan auf einer kleinen, sandigen Lichtung wieder. Kreisrund aufgereiht standen die Palmen am Rand. Und in der Mitte lag eine große Metallscheibe im Sand.

»Der Schild, den keine Waffe zerschneiden kann«, wisperten die Palmen.

»Ach, das hätte ich nie gedacht«, meinte Pan trocken. Er nahm Anouks Hand und zog sie auf den Schild zu. »So, jetzt nimm dieses Ding und behalte es. Damit kann dich der dunkle Prinz mit seinem tollen Schwert nicht besiegen. Und dieses Flügelpferd braucht eh keiner. Aber hiermit kannst du dich verteidigen und … für den Rest finden wir auch noch eine Lösung.« Pan setzte eine selbstzufriedene Miene auf.

Anouk bückte sich und hob den Schild vom Boden. Wie leicht er war. Als würde er so wenig wie Luft wiegen. Er glänzte golden und mit silbernen Buchstaben stand dort *Anouks Schild* eingraviert. Verwundert blickte sie die beiden Worte an. Hatte schon immer festgestanden, dass sie gewinnen würde? Sie wollte ihn gerade in die Höhe recken und damit ihren Sieg klarstellen, als eine Handvoll Gestalten von der gegenüberliegenden Seite des Palmenhains auf die Lichtung traten.

»Ah, die dunkle Flasche und seine hirnlosen Freunde«, bemerkte Pan überheblich. »Nun, diesmal kommt ihr zu spät, Freunde.« Der Schimpanse schaute sich um. »Und hier ist niemand, den ihr bedrohen könnt«, fügte er mit gespieltem Erstaunen hinzu. »Ihr habt ja nicht mal Schwerter dabei. Sind sie euch abhandengekommen?«

Die Ritter schienen Pans Worte gleichmütig hinzunehmen. Sie reihten sich hinter dem dunklen Prinzen auf, der langsam auf Anouk zuging. Eine Hand zur Faust geballt war er auch unbewaffnet Furcht einflößend. Aus dem Augenwinkel bemerkte Anouk, dass Pan schnell einen Schritt zurücktrat. Himmel, dachte sie. Wie konnte man nur so ein Aufschneider sein?

»Es ist verboten, die Spielerin anzugreifen!«, rief Pan nun hörbar kläglich. »Das traust selbst du dich nicht.«

Anouk musste all ihren Mut zusammennehmen, um stehen zu bleiben. Und es gelang ihr besser, als sie geglaubt hatte. Fast schien es ihr, sie wäre längst eine andere als die, die das Spiel um Maya begonnen hatte. »Ich gebe den Schild nicht her«, sagte sie mit so fester Stimme, dass sie einen Moment nicht sicher war, ob die Worte tatsächlich aus ihrem Mund gekommen waren.

Der dunkle Prinz blieb nur eine Armlänge entfernt von ihr stehen und reckte ihr die Faust entgegen. »Abhandengekommen«, griff er Pans Wort auf, als müsste er es kosten. Wieso klang seine Stimme nur so vertraut? »So wie *euch* etwas abhandengekommen ist?«

Anouk verstand nicht, was er meinte. Sie wollte dem Ganzen gerade ein Ende machen und den Schild in die Luft strecken, da öffnete der dunkle Prinz seine eiserne Faust. Ein Stück Stoff lag darin. Ein moosgrünes Stück Stoff, das Anouk erschreckend bekannt vorkam.

»Willst du der Spielerin ein Taschentuch anbieten?«, hörte sie Pan spotten. »Nimm es lieber selbst für deine Verlierertränen.«

Der dunkle Prinz antwortete nicht, und Anouk griff nach dem Stoff. Ihr Herz durchfuhr ein Schmerz, der nichts mit dem Versteinern zu tun hatte. »Ki«, flüsterte sie den Namen des Wipflings.

»Ki? Der ist doch fort«, meinte Pan. Dann aber weiteten sich seine Augen, als auch er den Umhang erkannte.

»Der Schild für euren Freund.« Der dunkle Prinz verströmte tiefste Finsternis an diesem hellen Ort.

Und Anouk begriff, dass sie wieder verloren hatte. Ki war, auf welchem Weg auch immer, in die Gewalt des dunklen Prinzen geraten. War es hier geschehen? Zu Beginn dieser Runde? Oder schon in der Wüste? Es war gleich. Sie warf ihrem Gegner den Schild vor die eisenbeschlagenen Füße.

Und als er ihn aufhob, färbte er sich schwarz wie die Nacht und aus den Worten *Anouks Schild* wurde *Schild des Dunklen*.

Anouks Gegner schnippte ihr den Mantel des Wipflings zu. Dann wandte er sich um.

»Halt!«, rief Anouk. »Wo ist Ki? Ich will meinen Freund.«

Zur Antwort begann der dunkle Prinz zu lachen. Kalt und hart klang es. »Er ist nicht hier. Wenn du ihn finden willst, spring ins Meer. Lass dich über das Spiel hinaustreiben. Du findest ihn an einem Ort jenseits aller Runden. An einem Ort, von dem es keine Wiederkehr gibt.«

Und mit diesen Worten reckte er den Schild in die Höhe und wurde durchscheinend.

Anouk konnte die Tränen nicht zurückhalten, während sich der dunkle Prinz und seine Männer in Luft auflösten.

Wieder hatte der dunkle Prinz sie betrogen. Wieder hatte er gewonnen.

Durch den Tränenschleier sah sie dort, wo der Schild gelegen hatte, eine Muschel im Sand. Sie war wunderschön.

Pan hob sie auf. »Ich schätze, das hier ist der Preis für den Ver... für den Zweiten«, murmelte er. »Du hast ein zu weiches Herz, Spielerin. Auch wenn es versteinert.« Er seufzte. »Aber noch ist nicht alles verloren«, fügte er mit hörbar gespielter Tapferkeit hinzu. »Noch eine Runde.«

Anouk schloss die Finger um die Muschel. Nur noch eine Runde. Und sie hatte nichts. Einen Holzstock, ein Kameljunges und eine Muschel. Wie sollte sie gegen den dunklen Prinzen bestehen? Wie?

Ein Wind erhob sich und wirbelte den Sand inmitten der Palmen auf. Anouk war nicht überrascht, das Spielbrett zu sehen, das darunter zum Vorschein kam. Wald, Wüste, Meer. Nur noch zwei Orte waren übrig. Die Berge und die Arena. Der Würfel, den Pan ihr reichte, war nun platt gedrückt wie eine Münze. Anouk sah auf die Figur des Babys im Schnittpunkt der vier Felder, während sie die Münze in der Hand wog.

»Mayo verlässt sich auf uns«, meinte Pan und klopfte Anouk aufmunternd auf die Schulter.

Maya, verbesserte sie ihn in Gedanken. Sie fühlte sich geschlagen. Nicht nur ihre Schwester und ihr eigenes Herz bereiteten ihr Kummer. Die Worte des dunklen Prinzen über Ki klangen wie ein finsteres Echo in ihrem Kopf nach. *Du fin-*

dest ihn an einem Ort jenseits aller Runden. An einem Ort, von dem es keine Wiederkehr gibt. Wo nur war der kleine Wipfling hingeraten? Sie hätte am liebsten das Spiel aufgegeben und versucht, ihren Freund zu finden. Sollte der dunkle Prinz doch gewinnen. Aber dann würde Maya im Spiel bleiben. Und das musste Anouk verhindern. Um jeden Preis. Aller Trauer zum Trotz. Sie schob die Gedanken an Ki fort und warf den Würfel. »Was erwartet uns in den Bergen?«, fragte sie, ohne hinzusehen, mit welcher Seite er liegen blieb.

»Ein Heimspiel«, erwiderte Pan. »Glaub mir, das wird das reinste Affentheater.«

DER VIERTE ZUG

Aus dem Boden drückten sich Felsen. Es schien, als wären sie die Köpfe und Leiber von Wesen, die sich unter dem Boden verborgen hatten und nun zum Vorschein kamen. Einige reichten Anouk nur bis zur Hüfte, doch andere hörten gar nicht auf zu wachsen und wurden höher und höher, bis sie fast den Himmel berührten. Zumindest sah es so aus, als die Berge die Palmen und schließlich auch das Meer verdrängten und aus der Insel eine steinerne Welt machten.

»So«, rief Pan zufrieden und rieb sich die behaarten Hände. »Diesmal sind wir im Vorteil. Wir ... was schaust du mich so an?«

Es fiel Anouk trotz der Enttäuschung über die erneute Niederlage schwer, ganz und gar ernst zu bleiben. Solch eine Lederhose, die hohen grauen Kniestrümpfe und den großen Hut kannte Anouk nur aus dem Fernsehen. Und zwar dann, wenn über das Münchener Oktoberfest berichtet wurde.

»Das ist eine historische Bergsteigertracht«, brummte Pan gequält. Dann ließ er die Schultern hängen. »Ich weiß, es sieht lächerlich aus. Aber ich kann ja nicht ohne irgendetwas am Leib hier herumlaufen. Also konzentrieren wir uns nun auf Mayos Rettung, in Ordnung?«

Anouk nickte. Der Anblick ihres verkleideten Freundes

nahm ihr etwas von dem Kummer. Und die Aussicht darauf, dass dies hier für Pan ein Heimspiel war, gab ihr neuen Mut. Warum eigentlich fühlte er sich hier zu Hause? Und von welchem Affentheater hatte er gesprochen?

»Ich selbst stamme natürlich nicht von hier«, meinte Pan und strich über einen der Felsen. »Zu viel Steine, zu wenig Bäume. Aber ich habe Cousinen und Cousins, die in diesen Bergen leben. Mich kann hier gar nichts überraschen. Kenne alles und jeden. Aber bevor wir uns auf den Weg zu ihnen machen, wollen wir erst mal hören, was unsere Aufgabe ist.«

Pan sah sich suchend um. Er zuckte zusammen, als Anouk ihm eine Hand auf die Schulter legte. »Himmel«, brummte er heiser. »Erschreck mich doch nicht so.«

»Entschuldige«, sagte Anouk, drehte Pans Kopf sanft zur Seite und deutete auf das Spielfeld, das auf ein paar Steinen lag. »Ich glaube, das Spiel ist dort drüben, was meinst du?«

»Natürlich ist es da. Wollte gerade genau dorthin sehen.«

Er stapfte los, während Anouk sich den Pullover, den sie sich in der Wüste um die Hüfte geschlungen hatte, wieder anzog. Ein rauer Wind zog um die zerklüfteten Berge.

Auf dem Spielfeld, auf der wieder eine kleine Ausgabe des Astes, des Kamels und diesmal auch die Nachbildung einer Muschel lagen, stand ein kleiner hölzerner Riese.

»Das ist ein Steintroll«, erklärte Pan ihr unnötigerweise. »Eines der Wesen, die der dunkle Prinz verbotenerweise in die Wüste geschmuggelt hat, um seinen Wasservorrat zu tragen. War nicht dumm von ihm. Diese Trolle haben keinen

Durst. Und er musste sich nicht mit der Suche nach Wasser aufhalten, während er den Weg zum Streitross gefunden hat.«

Der Troll sah aus, als wäre er mit plumpen Fingern aus einem Stück Ton geformt worden. Ein runder, kahler Kopf auf einem massigen Körper, starke Arme und kurze Beine. Tief verbeugte sich das Wesen, dann fing es an zu reden. »In der vierten Runde des Spiels kämpft der Spieler gegen die Furcht. Nur wenn er seinen Weg zur Spitze des höchsten Berges findet und sich dabei als mutig erweist, wird er die Rüstung finden, die nahezu unbesiegbar macht.« Der Troll verzog den Mund zu einem Lächeln. »Wenn ich das noch sagen darf, werte Spielerin, alle Spielfiguren drücken dir die Daumen.«

»Ja, ja«, murmelte Pan. »Das wird ihr den entscheidenden Vorteil bringen. Übrigens hat zumindest die Schlange überhaupt keine Daumen.«

»Sie wird alles Glück brauchen«, erwiderte der Troll. »Vor allem mit einem Affen als Begleiter.«

»Es heißt *Schimpanse*, wenn ich bitten darf.« Pan machte eine Geste, die dem Troll bedeutete, dass sie fertig waren. Und einen Augenblick später wurde die Figur wieder völlig starr.

»Die Rüstung, die nahezu unbesiegbar macht. Ich würde sagen, du hast noch eine Chance, Mayo zu retten. Mit der Rüstung ist es gleich, welche Waffe oder welches Streitross die dunkle Flasche hat. Gib ihm mit deinem Stock ordentlich eins auf die Rübe und die Banane ist geschält.« Auf Anouks fragenden Gesichtsausdruck hin fügte er hinzu: »Das heißt, du gewinnst.«

Anouk war sich nicht sicher, ob sie den Aufstieg so ohne Weiteres meistern würde. Die steinerne Haut der Berge war rau und schroff. Und Wege oder gar Stufen waren nicht zu erkennen. Wie sollte sie da nur einen Meter weit klettern können?

»Keine Angst, keine Angst«, beruhigte Pan sie, der ihr die Furcht vor den gefährlichen Spitzen und Kanten, die allenthalben aus den Bergen herausstachen, offenbar vom Gesicht abgelesen hatte. »Ich war wie gesagt schon öfter hier. Und diesmal ist es endlich einmal wie immer und nicht anders. Wir klettern da hinauf, holen uns die Rüstung und sind unbesiegbar. Ein Kinderspiel. Vor allem«, er gluckste amüsiert, »da der dunkle Prinz seine Rüstung nicht ablegen darf. Und er schafft es nie weiter als bis zur Hälfte des Weges. Habe ihm sogar einmal von oben auf den Kopf gespuckt.« Pan blickte verträumt die Berge hinauf.

Ein Kinderspiel? Anouk hatte gelernt, dass Pan dieses Wort viel zu leichtfertig gebrauchte. »Auf Bäume komme ich gut hoch«, sagte sie nachdenklich. »Aber ich habe noch nie einen Berg bestiegen. Und schon gar nicht so.« Sie deutete auf ihre Sachen, die alles andere als geeignet erschienen, um einen Berg hinaufzuklettern.

Aber Pan winkte ab. »Ich habe doch gesagt, dass ich hier Familie habe. Sie werden helfen. Wie üblich, wenn ich mit einem Spieler vorbeikomme.«

»Hier leben Schimpansen?«, fragte Anouk erstaunt. Soweit sie wusste, lebten diese Tiere doch in Wäldern und nicht auf Bergen.

»Nein«, erwiderte Pan besserwisserisch, »es sind Affen. So eine Art Berberaffen. Eher entfernte Cousins.«

Anouk tätschelte Pan den Kopf. In seinem verzweifelten Versuch, besonders zu sein, war er irgendwie niedlich.

»Lass das!«, zischte er und sah sich um. »Was sollen denn die anderen denken? Als wäre ich ein Haustier. Also bitte. Ich hoffe, das hat keiner gesehen.«

Anouk legte ihm eine Hand unter das Kinn und drehte seinen Kopf zur Seite. Sie hatte einen Schatten an einer der Felswände bemerkt. »Ich glaube«, sagte sie leise, »das hat doch jemand gesehen.«

»Oh verflixt«, brummte Pan. »Da sind sie.«

Der Schatten entpuppte sich als ein Affe. Sein Fell war silbergrau, sodass er auf dem Berghang kaum auszumachen war. Geschickt hangelte er sich an den Felsvorsprüngen entlang nach unten in ihre Richtung. Staunend sah Anouk ihm zu, wie er elegant und scheinbar mühelos am Fels entlangkletterte, als spazierte er über einen angelegten Weg. Schließlich gelangte er einige Meter über ihnen an eine Stelle, die so steil war, dass wohl nicht einmal er dort einen Weg würde finden können. Kurzerhand stieß er sich ab und sprang elegant in die Tiefe. Leichtfüßig kam er vor ihnen auf und reckte dann seinen schlanken Leib. Das Fell spross ihm dicht darüber und besonders in seinem Gesicht wild wie ein Vollbart.

Der Affe war ein wenig größer als Pan und schnupperte in Anouks Richtung.

»Mal wieder jemand, der einen Wunsch rückgängig machen will?« Seine Stimme klang tief und rau.

»Was sonst, Makaka?«, fragte Pan und drückte seinen Rücken durch, augenscheinlich um größer zu wirken. »Es ist wie immer.«

Aus dem Augenwinkel erkannte Anouk weitere Affen, die mit erstaunlicher Schnelligkeit an den Bergrücken hinabkletterten. Rasch waren Pan, Makaka und Anouk umringt von gut einem Dutzend weiterer Tiere. Auch sie schnupperten, als hätten sie eine Fährte aufgenommen.

»Nicht wie immer«, erwiderte Makaka. »Da ist etwas in der Luft, das mir nicht gefällt.« Er blickte Anouk prüfend aus Augen an, die braun wie Kakaobohnen waren.

»Vielleicht riechst du den Verrat«, sagte sie und schluckte. Mit dem Wort stieg die Wut über den Betrug des dunklen Prinzen in ihr empor. Und …

»Ja, und da ist Angst in dir«, sagte Makaka und nahm Anouks Hand in seine.

Sie ließ es schwer atmend zu. Anouk hatte das Gefühl, einer Prüfung unterzogen zu werden.

»Angst um einen Freund«, wisperte ein Affenweibchen neben ihr, deren Fell eine Spur Gold im Silber aufwies.

»Und um ein Kind«, sagte ein junger Affe hinter Pan.

»Und Angst vor den Folgen eines hartherzigen Wunsches«, schloss Makaka. Er deutete zur Spitze des Berges.

»Wenn du dort hinaufwillst, musst du die Angst hierlassen. Sie lähmt dich. Nimmt dir die Kraft, die du brauchst, um den Aufstieg zu schaffen.«

»Und wie soll ich das tun?«, fragte Anouk. Sie beschloss, sich nicht darüber zu wundern, dass die Affen ihre Gefühle riechen konnten. In diesem Spiel hatte es bereits weitaus seltsamere Dinge gegeben.

Makaka lächelte hintersinnig. »Was kannst du?«

Anouk verwirrte die Frage. Was sollte sie darauf antworten?

»Was kannst du besonders gut?« Diesmal hatte das Affenweibchen mit dem Gold im Fell gefragt.

Meine Schwester in ein Spiel wünschen, dachte Anouk bei sich. Doch dann überlegte sie, während Makaka neben ihr wisperte: »Jeder Mensch hat eine Stärke. Und sei sie auch noch so tief verborgen. Etwas, das er besser als andere kann.«

»Ich bin dreizehn«, erwiderte Anouk. Was sollte man da schon besonders gut können? In der Schule war sie nicht schlecht, aber das zählte sicher nicht. Auch dass sie ziemlich schnell Nachrichten auf dem Smartphone schreiben konnte, war wohl nichts, was der Affe hören wollte.

»Das Alter spielt keine Rolle. Manche erkennen bereits als Kind, was sie können, manche erst später. Aber jeder Mensch findet etwas in sich, wenn er sich nur traut nachzuschauen. Denk an die Runden, die du bereits gespielt hast. Sie spiegeln dir, wer du bist. Was du kannst.«

Die Spielrunden? Anouk versuchte sich alles, was sie seit ihrem ersten Würfelwurf erlebt hatte, in Erinnerung zu rufen. Und blickte dabei tief in sich hinein. Sie suchte … und fand etwas. Es war beinahe ein wenig lächerlich. Sicher nichts, was einen Wert besaß. Aber das Einzige, was sie richtig gut konnte.

»Geschichten erzählen.« Anouk wisperte die Worte, als fürchtete sie, dass die Affen über sie lachen könnten. Doch keiner lachte. Nur ein paar anerkennende Worte sprangen von Affenmund zu Affenmund.

»Das ist gut«, rief Makaka. »Sehr gut sogar. Denn wir«, er machte eine Geste, die alle Umstehenden miteinschloss, »sind Geschichtenwesen. Affen sind geradezu dazu geboren, die Köpfe zusammenzustecken und sich Dinge zu erzählen. Es liegt in uns. Und es macht uns aus. Geschichten sagen dir, wo du herkommst. Sie können dir von fremden Orten berichten und solchen, deren Entfernung nicht in Metern, sondern in Jahren gerechnet wird. Sie helfen dir zu verstehen, warum die Welt so ist, wie sie ist. Und wie du sie zu einem besseren Ort machen kannst.«

Anouk starrte ihn sprachlos an. Sie hatte sich immer ein wenig dafür geschämt, dass sie so viel Zeit darauf verwendete, sich Geschichten auszudenken. Nutzlose Sätze, die ohnehin niemand jemals würde lesen wollen. Doch nun sah sie ihr Talent in einem ganz anderen Licht.

»Das wollte ich auch gerade sagen«, sagte Pan neben ihr hastig, doch keiner beachtete ihn.

Makaka lächelte Anouk zu und tippte sich gegen die Stirn. »Ohne Geschichten sind Affen kaum schlauer als …« Er deutete heimlich auf Pan. »Nun, dein Talent gibt dir die Kraft für den Aufstieg. Aber du musst auch deinen Mut mitnehmen. Er kommt aus deinem Herzenswunsch. Nicht aus dem, der dich hergebracht hat. Sondern aus dem, der dich nach Haus bringt.« Er schnupperte wieder. »Du warst selbstsüchtig. Das macht dich schwach. Aber du wirst langsam selbstlos. Und das macht dich stark.«

Der Affe sah Anouk tief in die Augen und sie hatte das Gefühl, dass er ihr dabei bis ins versteinernde Herz blicken konnte.

»Wir sollten langsam los«, meinte Pan rau. »Der dunkle Betrüger hat sich vielleicht wieder etwas Verbotenes überlegt. Irgendeine Schummelei. Und die Rüstung, die da oben liegt, brauchen wir. Sonst können wir nicht gewinnen. Und das wäre schrecklich.«

Makaka strahlte Pan an. »Du wirst auch langsam selbstlos, alter Bananenkauer. Es wäre in der Tat schrecklich, wenn die Spielerin scheitern würde.«

»Ja«, erwiderte Pan und blickte hinauf zum Gipfel. »Dann müsste ich mir auf ewig die dummen Kommentare der schneckenlangsamen Testudina anhören.« Er schüttelte sich. »Das darf niemals geschehen.«

Anouks Hinweis, sie könnte ganz gut auf Bäume klettern, hatte Makaka mit einem mitleidigen Lächeln quittiert. »Bäume«, hatte er gesagt, »sind wie Kinder. Berge sind erhaben und erwachsen.« Während Pan anfing, mit erstaunlicher Geschicklichkeit an der steinernen Haut des Berges hinaufzuklettern, wurde Anouk von den Affen kurzerhand gepackt und emporgetragen. Dabei wurde sie auch noch wie ein Gepäckstück hin und her gereicht. Mal saß sie einem Affen mit silbergrauem Fell auf dem Rücken, dann wurde sie gepackt und einem anderen Tier übergeben, das sie ein paar Meter weiter trug. Erneut wurde sie gegriffen und von Armen mit erstaunlicher Kraft durch die Luft geworfen. Sie unterdrückte den Schrei gerade noch, und neue Hände packten sie, setzten sie auf einen weiteren Rücken (diesmal mit beinahe goldenem Fell), und der waghalsige Aufstieg ging in atemberaubendem Tempo weiter.

Nur langsam gewöhnte sich Anouk an die seltsame Art der Beförderung, doch dann fing sie an, es ein wenig zu genießen. Alle Angst hatte sie zurückgelassen. Sie betrachtete fasziniert die atemberaubende Aussicht. Diese Spielwelt bestand in der Tat nur aus Bergen. So weit das Auge reichte, erkannte sie Steingiganten. Sie standen eng wie die Wolkenkratzer einer Großstadt zusammen. Mal war ihre Haut ganz und gar grau und durchsetzt von spitzen Zacken, von denen sich die Affen fernhielten. Mal waren sie schneebedeckt (als sie höher kamen) und verleiteten Anouks Träger dazu, gelegentlich weiße Pulverbälle zu formen und während des Aufstiegs noch eine kleine Schlacht zu beginnen. Vom dunklen Prinzen aber war weit und breit nichts zu sehen. War das ein gutes oder ein schlechtes Zeichen? Ein gutes natürlich, gab sie sich selbst die Antwort. Vielleicht hatte er einfach keine Idee, wie er hier schummeln sollte. Vielleicht war sie einmal wirklich im Vorteil. Vielleicht …

Das Schreien und Kreischen der Affen, das sich plötzlich erhob, unterbrach ihre Gedanken. Im ersten Augenblick glaubte Anouk, dass vielleicht eines der Tiere abgestürzt war, und sah sich sorgenvoll um. Doch dann erschien mit einem Mal Pan neben ihr. Gerade war Anouk wieder geworfen worden und befand sich nun bei Makaka. Das Gesicht des Schimpansen unter seinem Bergsteigerhut war wutverzerrt.

Und in Anouk stieg eine dunkle Vorahnung auf.

»Das«, brachte Pan nur unter größter Mühe hervor (denn offenbar erstickte ihn seine Empörung beinahe), »ist niederträchtig.«

Fast traute sich Anouk nicht, den Kopf zu wenden, doch dann zwang sie sich dazu. Auf dem schneebedeckten Hang eines der kleineren Berge zeichnete sich ein Schatten ab. Wie mit Tusche auf Papier gemalt erschien die Gestalt. Ein Pferd mit Flügeln. Und darauf … »Der dunkle Ritter hat sein Streitross dabei«, entfuhr es ihr.

»Ja«, zeterte Pan. »Und das darf er überhaupt nicht. Wenn ich ihn erwische …« Er hob drohend eine Faust, doch der dunkle Prinz registrierte die Geste überhaupt nicht. Er war allein. Kein Wunder. Waffenlos waren seine Männer keine

Hilfe. Und bei seinem neuerlichen Betrug wären sie ihm sowieso nur im Weg gewesen. Sein Pferd stieg langsam und majestätisch empor. Ganz so, als wollte er allen zeigen, dass er hier der Herr war. Er und sonst keiner. Oder?

»Er kann nicht so schnell fliegen, wie er gerne würde«, rief Anouk. Sie bemerkte, dass das Streitross Probleme hatte, sich von den gefährlicheren Bergrücken fernzuhalten. Von den Spitzen und Kanten, die sich aus der steinernen Haut drückten. Für die weitaus kleineren und wendigeren Affen, die vermutlich jeden Weg hier kannten, war das kaum ein Problem. Aber der dunkle Prinz war Pans Worten nach noch nie so weit oben gewesen. Und er wusste sicher auch nicht genau, wo sich der Schild befand.

Anouk wandte sich zu Makaka um. »Könnt ihr eher dort oben sein?«, fragte sie hastig.

Der Affe nickte widerstrebend, während er auf das Streitross blickte, als könnte er seinen Augen nicht trauen. »Aber dann wird es gefährlich.«

Entschlossen nickte Anouk. »Man sagt, *wer nicht daran glaubt, den Sprung zu schaffen, stürzt in die Tiefe*. Also schneller«, wisperte sie dem Affen zu und hatte einen Augenblick das Gefühl, sie säße wieder im Wald auf dem Rücken eines Eichhörnchens. »Du willst doch nicht, dass wir verlieren.«

Zur Antwort stieß Makaka einen so lauten Schrei aus, dass sich Anouk am liebsten die Hände auf die Ohren gepresst hätte. Dann wurde sie in hohem Bogen durch die Luft geworfen. Höher und weiter als zuvor. Ihr Herz blieb beinahe stehen. Fast wäre sie aus dem Griff des nächsten Affen gerutscht. Doch auch ihn trieb sie zur Eile an. Sie musste gewinnen. Und die Abenteuerlust war längst in ihr erwacht.

Während Anouk nun in geradezu halsbrecherischem Tempo hinaufgetragen und geworfen wurde, trieb auch der dunkle Prinz sein Streitross zur Eile an. Er trat ihm rücksichtslos in die Flanken, während einige Affen ihn und das Pferd mit Schneebällen bewarfen (was natürlich keine Wirkung zeigte).

Für Anouk verschwamm die Welt. Sie verlor rasch die Orientierung. Nicht einmal, wo oben und wo unten war, konnte sie immer mit Gewissheit sagen. Arme griffen nach ihr, warfen sie weiter und über allem ertönte das Kreischen der Affen.

Die Bergrücken waren hier von zahlreichen Spalten durchsetzt. Nur dann und wann erhaschte sie aus dem Augenwinkel einen Blick auf ihren Gegner. Er lag hinter ihr und folgte vermutlich den Affen in der Hoffnung, sie würden ihn ans Ziel bringen. Sein Ross hatte es in der Tat schwer, unbeschadet aufzusteigen. Doch er holte immer mehr auf. Nur noch wenige Meter trennten ihn von Anouk. Aber dann, als sie wieder einmal fortgeworfen wurde, sah Anouk den letzten Gipfel über sich. Einsam und erhaben lag er da. Der höchste Punkt dieser Welt. Die Sonne glitzerte auf dem Schnee, den er wie einen Mantel trug. Und auf einem Holzgestell hing eine glänzende Ritterrüstung. Der Gewinn dieser Runde.

»Schneller«, rief sie, auch wenn sie nicht sicher war, wer sie gerade trug.

Und dann verlor sie die Übersicht vollends. Ihr wurde beinahe übel, als sie noch höher in die Luft gewirbelt wurde. Doch Makaka fing sie sicher auf. Auf dem Gipfel, neben der Rüstung, die nahezu unbesiegbar machte, stand Pan und hatte die Arme ausgebreitet.

Der dunkle Prinz war nun gleichauf mit Anouk. Ein, zwei Flügelschläge seines Pferdes würden ausreichen, um ihn zuerst dorthin zu bringen.

»Wirf«, rief sie Makaka zu. Es war eigentlich zu weit. Doch es war ihre einzige Chance und Anouk hatte keine Angst.

Ohne zu antworten, holte der Affe aus.

Und warf Anouk in die Höhe.

Es war wie Fliegen. Schwerelos glitt Anouk durch die Luft. Sie führte in diesem Rennen. Und sie würde gewinnen.

Noch während sie hinaufglitt, erschien das Streitross neben ihr. Der Blick des dunklen Prinzen richtete sich auf Anouk. Und auf einen Wink von ihm hin schlug das Pferd noch einmal mit den Flügeln. Eine der Schwingen traf Anouk und warf sie aus der Bahn.

Sie hörte Pan schreien.

Der dunkle Prinz lachte.

Und Anouk fiel in eine der Spalten im Berg.

SIE

Anouk musste bei ihrem Sturz das Bewusstsein verloren haben. Als sie die Augen aufschlug, glaubte sie sich einen Augenblick lang in ihrem Bett. Doch der friedliche Moment währte nur wenige Sekunden. Sie begriff, dass sie auf Stein und nicht auf einer weichen Matratze lag. Ihr Kopf und ein Bein schmerzten und kalte Tropfen fielen auf ihre Stirn. Langsam erhob sie sich und versuchte herauszufinden, wo sie war. Die Erinnerung an ihren Sturz kehrte zurück, während Anouks Blick über steinerne Wände im Halbdunkel glitt. Sie war in einer Höhle. Oder besser: in einem Gang. Er war bei Weitem nicht so gemütlich und komfortabel wie der, durch den Xylem (der Freundliche) sie geführt hatte. Der Stein hier war rau und feucht und unheilvoll. Anouk konnte nicht sagen weshalb, aber dieser Ort flößte ihr Angst ein.

Sie legte den Kopf in den Nacken und starrte hinauf. Doch da war nur eine geschlossene Decke. Kein Loch, durch das der Himmel lugte. Wie seltsam, dachte sie. Anouk legte die Hände an den Mund und schrie, so laut sie konnte, nach Pan und Makaka. Doch auch als sie es noch einige Male wiederholte, erhielt sie keine Antwort.

Für einen Augenblick war sie ratlos. Reiß dich zusammen, sagte sie sich. Sie wusste nicht, wo genau sie sich befand. Vermutlich in einem der Berge. Sie musste unverschämtes Glück gehabt haben, dass sie sich bei ihrem Sturz nicht schwer verletzt hatte. Zu ihrer Überraschung fürchtete sie sich nicht um sich selbst. Sie dachte nur an einen Menschen. Maya. Konnte sie nun überhaupt noch gewinnen? Sie hatte auch die letzte Runde verloren. Und der dunkle Prinz alle gewonnen. Spiel weiter, ermahnte sie sich. Aufgeben gilt nicht.

Als hätte sie durch den Gedanken an Maya neuen Mut geschöpft, straffte sich Anouk. Sie sah sich kurz um. Der Weg hinter ihr lag im Dunklen, doch vor ihr floss ein schwacher Lichtschein über den Felsen. Gleich wo sie hier war, sie musste zurück zu Pan und das Spiel beenden. Nein, gewinnen, verbesserte sie sich. Ganz egal wie aussichtslos die Lage war. Entschlossen ging sie los, stolperte über hochstehende Steine und rappelte sich jedes Mal wieder auf, wenn sie auf den Boden schlug. Sie hielt den Blick fest auf den Lichtschein gerichtet. Und schrie leise auf, als sie wieder fiel. Diesmal aber war sie ausgerutscht. Auf etwas sehr Glitschigem. Vorsichtig tastete Anouk über den Boden und strich mit den Fingern über etwas Weiches, das sich wie ein Stoff anfühlte. Im fahlen Licht glitzerte es silbrig, doch Anouk sah nicht genug, um zu sagen, wie lang es war. Geschweige denn, was es überhaupt war.

Von nun an ging sie etwas vorsichtiger durch das Halbdunkel und erreichte schließlich den Ursprung des Lichtscheins. Der Gang, dem sie gefolgt war, öffnete sich urplötzlich zu einer Höhle, in die mühelos Anouks Haus gepasst hätte. Einige dunkle Löcher klafften in den Wänden. Vielleicht weitere Gänge? Die Höhle war leer, jedoch nicht verlassen. Auf dem Boden saß ein kleiner Mann mit einer altmodischen Schirmmütze und einer Weste über dem weißen Hemd. Hinter seinem Ohr klemmte ein Bleistift. Gefährlich sah er nicht aus.

Anouk wagte es und betrat die Höhle. Was hätte sie auch anderes tun sollen? Sie musste vorwärtsgehen. Oder umdrehen und dem Weg ins Dunkel folgen. Aber das wollte sie nicht.

Ihre Schritte gebaren helle Echos und ließen den Mann aufsehen.

»Guten Tag«, sagte er mit einer melodischen Stimme so beiläufig, als würden sich Anouk und er in einem Geschäft begegnen. »Mit wem haben wir das Vergnügen?«

Anouk war zu verblüfft, um etwas zu erwidern. Mit jemandem wie ihm hatte sie nun überhaupt nicht gerechnet. Unter der Mütze erkannte sie einen weißen Haarschopf und aus dem faltigen Gesicht wuchs eine lange Nase. Mit seiner dunklen Anzughose wirkte der Alte viel zu gut gekleidet für eine Höhle. Gerade wollte Anouk den Mund aufmachen, als sie stockte. Wieso hatte der Mann gefragt, mit wem *wir* das Vergnügen haben? Sie blickte sich um und erstarrte, als sie die kleine Gestalt neben dem Mann erkannte. Sie war nur so groß wie Anouks Hand und trug einen silbernen Haarschopf auf dem Kopf.

»Ki«, rief sie voller Freude und lief auf ihren so unverhofft wiedergefundenen Freund zu.

Der Wipfling sah sie an wie einen Geist. Dann aber erhob er sich. Ehe Anouk ihn erreichen konnte, durchfuhr sie ein furchtbarer Schmerz. Mein Herz, dachte sie noch, dann verlor sie erneut das Bewusstsein.

Diesmal glaubte sich Anouk nicht in ihrem Zimmer, als sie die Augen öffnete. Doch wo genau sie hier war, wusste sie noch immer nicht. »Ist das noch das Spiel?«, fragte sie so krächzend, als gehörte ihre Stimme in Wahrheit einem Papagei. In ihrem Mund machte sich ein modriger Geschmack breit und ihr Herz … schmerzte nicht mehr. Reste des Grundes dafür fühlte sie zwischen ihren Zähnen. Ginnayas Kräuter.

»Ja und nein.« Die melodische Stimme, die sie hörte, stammte von dem Mann mit der altmodischen Schirmmütze. Er saß im Schneidersitz neben Anouk und hielt den Beutel mit Ginnayas schleimigen Kräutern in seinen Händen. Er lächelte Anouk freundlich an, dann erhob er sich und machte eine tiefe Verbeugung. »Gestatten, ich bin der Regelmacher.«

»Sie?«, entfuhr es Anouk. Sie fühlte sich nicht einmal mehr schwach und es bereitete ihr kaum Mühe, sich aufzusetzen. »Haben Sie alles in Unordnung gebracht?« Die Frage war sicherlich reichlich unhöflich. Aber Anouk hatte in diesem Spiel zu viel hinter sich gebracht, um die Etikette einzuhalten.

Der Regelmacher schien sich nicht darüber zu ärgern. Er schenkte Anouk stattdessen ein bedauerndes Lächeln. »Die Regeln dieses Spiels wurden nicht von mir geändert.«

»Es war der dunkle Prinz«, entfuhr es Ki aufgebracht. In den kleinen Händen hielt er noch einen Rest des giftgrünen Krauts. Offenbar hatte er es Anouk zwischen die Lippen geschoben. Und da der Beutel leer war, wie sie mit einem Blick bemerkte, war es auch kein Wunder, dass die Wirkung so stark gewesen war. Ki hatte ihr alles, was sie noch hatte, gegeben.

»Aber wie hat er das geschafft?«, fragte sie verblüfft. »Ich denke, nur Sie können die Regeln machen.«

»Er hat mich entführt«, sagte der Regelmacher ungerührt. »Mir das Regelbuch abgenommen und angefangen, selbst darin zu schreiben. Keine Spielfigur außer ihm könnte den Ablauf verändern, wie er es getan hat. Dabei hat er das Spiel durcheinandergebracht. Man muss es zähmen, damit es nicht macht, was es will. Bei aller Macht, die er besitzt, konnte er es nie ganz und gar kontrollieren.«

»Das Spiel verändern? Wie konnte er das denn?«, entfuhr es Anouk. »Er ist doch selbst ein Teil des Spiels.«

»Ja, aber er ist fast ein Mensch«, erwiderte der Regelmacher. »Und außerdem«, er warf Anouk einen langen Blick zu, »liegt es an dir.«

»An mir?« Sie sah ihn fragend an. »Das verstehe ich nicht.«

»Und ich darf es dir jetzt nicht erklären«, gab der Regelmacher zurück. Ehe Anouk nach dem Grund dafür fragen konnte, redete er auch schon weiter. »Er will gewinnen. Um jeden Preis. Das ist in all den Jahrhunderten noch nicht vorgekommen. Und glaub mir, er wäre schon längst am Ziel, wenn es mir in letzter Sekunde nicht gelungen wäre, einige leere Seiten aus dem Regelheft herauszureißen. So habe ich dir einige Vorteile ins Spiel geschrieben. Ich kann sehen, was im Spiel geschieht, wenn ich die Augen schließe.«

Erst jetzt bemerkte Anouk die seltsamen Pupillen. Sie hatten viele verschiedene Farben. Das Grün des Waldes war in ihnen. Das Gelb der Wüste. Das Blau des Meeres. Das Grau der Berge. Aber auch Weiß, Rot, Violett und noch einige andere Farben erkannte sie bei genauerem Hinsehen und fragte sich, zu welchen Spielwelten sie vielleicht gehörten. »Es war nett, dass Sie mir geholfen haben«, meinte Anouk, die sich nun doch auf ihre Höflichkeit besann, obwohl sie keine Ahnung hatte, wovon der Regelmacher sprach.

»Die Fahne der Piraten war von ihm«, warf Ki lächelnd ein.

»Ein kleiner Windstoß zur rechten Zeit«, erklärte der Regelmacher. »Das war nicht viel. Nicht mal eine Regel im Spiel. Nur ein Satz am Rand. Ich habe auch den Eulen und den Wurzelmenschen einen kleinen … Schubs gegeben, um die Dinge ein wenig in die richtige Richtung zu lenken.«

»Und der Rat des Kamels war auch sein Werk«, ergänzte Ki.

»Unterschätzt niemals die Kamele?« Anouk runzelte die Stirn.

»War gut, oder?«, fragte der Regelmacher. »Nun, es hat alles funktioniert.« Er beugte sich zu Anouk vor und zwinkerte verschwörerisch. »Auch die Sache mit Ginnaya. Ich habe ihn in diesem Spiel ein wenig … großzügiger geschrieben. Sonst ist er arg geizig, was seine Wünsche anbelangt. Und die Sache mit den Piraten und deiner Ernennung zum Mitglied der Mannschaft habe ich auch … nun sagen wir einmal eingefädelt. Ich musste zusehen, dass du ein, zwei Abkürzungen nimmst. Wie die in der Inselwelt. Nun, du hast dich gut geschlagen. Besser als gedacht. Hast das Herz am rechten Fleck.« Er seufzte. »Es ist wunderbar und schrecklich, dass du so unverhofft hier erschienen bist. Ich habe dir noch gar nicht erklärt, wo wir hier sind. Wir sind im Spiel. Und sind es doch nicht.«

Anouk drückte sich auf die Beine und sah sich um. Sie konnte nichts Besonderes in dieser Höhle entdecken. »Was ist das für ein Ort? Wie kann er Teil des Spiels und gleichzeitig auch kein Teil davon sein?«

Der Regelmacher zuckte mit den Schultern. »So wie der Wald ein Herz hat, besitzt auch das Spiel eines. Diese Höhle. Es ist gewissermaßen die Requisitenkammer für alle Dinge, die eigentlich nicht gebraucht werden, aber von denen ich mich auch nicht trennen will. Ein Ort hinter der Bühne, wenn du so willst. Wer aus dem Spiel fällt wie Ki, oder hindurch so wie du, kommt hierher. Dummerweise ist er gerade ein Gefängnis. Und hier wacht *Sie*.«

Bei der Erwähnung von *Sie* verdüsterte sich Kis Gesicht augenblicklich.

»Eine Eule?«, fragte Anouk, der die Baumbewohner noch immer ein wenig unheimlich waren.

Der Regelmacher schüttelte den Kopf. »*Sie* war der erste Gegner. Ein Meisterwerk.« Verzückt blickte er zur Höhlendecke, und seine Stimme wurde weich. »Die verschlagene, listige Schlange. *Sie* ist mir als der ideale Gegner erschienen. Die Verkörperung der niederen Triebe. Denk nur an Adam und Eva und die Schlange. *Sie* hat sich als äußerst harte Gegenspielerin erwiesen. Eisenharte Haut, giftige Zähne, kluger Kopf.« Der Regelmacher gluckste, als hätte er einen Witz gemacht, und sah beinahe rührselig aus.

Anouk fand, dass er dabei ziemlich irre wirkte.

»Einige Runden haben die Spieler nur mit Glück überlebt«, fuhr er fort. »Denn *Sie* wurde zu schlau. Hat Lücken im Regelwerk gefunden. Ich war zuletzt gezwungen, *Sie* hierher zu verbannen. Aber ich …« Der Regelmacher lächelte traurig und sprach nicht weiter.

»Sie haben *Sie* nicht töten könnten«, probierte es Anouk. Am Gesichtsausdruck des Regelmachers erkannte sie, dass sie richtig lag. »Aber was machen Sie hier? Und was machst vor allem du hier?« Während sie sprach, war Ki wieder auf Anouks Schulter gesprungen und sie musste den Kopf drehen, um ihn anzusehen. Das Auftauchen des Regelmachers hatte Anouk ganz verwirrt.

»Wir sind beide hier gefangen«, sagte der Wipfling und erzählte in aller Eile von den Ereignissen, die sich zum Ende der Runde in der Wüste und dann auf dem Boot des dunklen

Prinzen abgespielt hatten. »Ich bin durch Pech oder Glück hierher in das Gefängnis des Regelmachers gekommen, ganz wie du willst, und so selbst zum Gefangenen geworden«, schloss Ki.

»Durch Glück«, erwiderte Anouk und strich dem Wipfling über das silberne Haar. »Wir brechen aus«, sagte sie entschlossen. Sie wusste selbst nicht, woher sie ihre Zuversicht nahm. Vielleicht lag es daran, dass sie dieses Spiel für Maya irgendwie gewinnen musste und sich die Möglichkeit zu scheitern nicht einmal vorstellen wollte. »Gibt es einen Weg hinaus?«, fragte sie. »Denn wenn es Wege hineingibt, dann …«

»Natürlich«, unterbrach sie der Regelmacher. »Aber meinst du nicht, wir wären sie bereits gegangen, wenn wir könnten?«

Gut, dachte Anouk, vielleicht sollte sie ein wenig mehr nachdenken. »Ist der Weg hinaus verschlossen?«

»Nein«, antwortete Ki. »Da ist …«

Ein Zischen unterbrach ihn, als hätte jemand eine scharfe Klinge durch die Luft geschwungen. Es schnitt ihm die Worte von den Lippen.

»*Sie.*« Das eine Wort des Regelmachers versetzte Anouk in Angst.

Das Zischen kam aus einem Tunnel, der auf der gegenüberliegenden Seite in die Höhle hineinführte.

»*Sie* kann es fühlen, wenn jemand *Ihr* entkommen will«, erklärte der Regelmacher stolz. »Mein Meisterwerk.«

In diesem Moment hörte Anouk ein weiteres Zischen, diesmal aber aus einem anderen Tunnel. »Gibt es … gibt es hier zwei Schlangen?«, fragte sie und versuchte, ihre Stimme halbwegs ruhig klingen zu lassen.

»Besser«, erwiderte der Regelmacher.

Und in diesem Moment wurde das Zischen aus beiden Tunneln lauter und zwei riesige Schlangenköpfe erschienen in der Höhle, nur durch einen steinernen Vorsprung voneinander getrennt, sodass sie einander nicht sehen konnten. Anouk stolperte erschrocken zurück. Selbst in dem fahlen Licht waren sie deutlich zu erkennen. Der eine Kopf besaß silberne Schuppen, der andere goldene. Aus jedem der großen Mäuler bewegte sich blitzschnell eine gespaltene Zunge, während die großen Augen alles zu mustern schienen.

»Eine Schlange mit zwei Köpfen«, rief der Regelmacher stolz. »*Sie* ist doppelt schlau. Musste nur immer dafür sorgen, dass der eine nichts vom anderen Kopf weiß. Wäre sonst sicher eifersüchtig auf sich selbst geworden, die Arme. Und dann hätte *Sie* sich am Ende noch selbst angefallen.«

Im ersten Moment fürchtete Anouk, die Schlange würde sie angreifen. Doch *Sie* schien sich darauf zu beschränken, nach den Gefangenen zu sehen. Ob *Sie* sich wunderte, dass nun noch jemand in der Höhle war, konnte Anouk nicht sagen. Doch sie war sicher, dass die kalten Schlangenblicke sie streiften. Nun begriff sie auch, worauf sie eben ausgerutscht war. Es musste ein Stück der silbernen Schlangenhaut gewesen sein, das ihre Trägerin irgendwann einmal abgestreift hatte.

»Selbst wenn wir uns aufteilen, würde uns einer der Köpfe erwischen«, meinte Ki düster, der die Begeisterung über *Sie* ebenso wenig teilen konnte wie Anouk.

»Ja, da hat er recht«, stimmte der Regelmacher Ki zu. »*Sie* ist wahnsinnig gefährlich geworden hier in der Höhle. Ziemlich schlecht gelaunt. Vielleicht sollten wir besser nichts tun. Andererseits werden wir dann vermutlich nie hier herauskommen.«

»Wieso?«, fragte Anouk, die auf gar keinen Fall einfach untätig sitzen bleiben wollte.

»Der dunkle Prinz hat *Ihr* versprochen, dass *Sie* wieder Teil des Spiels werden darf, wenn *Sie* mich hier unten gefangen hält. Und auch euch wird *Sie* nicht vorbeilassen.«

»Können Sie nicht irgendetwas schreiben?«, fragte Anouk den Regelmacher einer plötzlichen Eingebung folgend. Immerhin konnte er doch Einfluss auf das Spiel nehmen. Ein wenig zumindest.

Doch der Mann mit der Schirmmütze schüttelte den Kopf. »Mein Einfluss ist ziemlich begrenzt. Und er wirkt nur auf das echte Spiel. Nicht auf diesen Ort. Hier bin ich leider völlig machtlos.« Er zuckte bedauernd mit den Schultern.

»Dann … dann …« Anouk wusste einen Moment lang nicht weiter. Doch dann erinnerte sie sich an ein Bild. Ein Buch, das sie einmal gesehen hatte. Zwei Schlangen waren auf dem kupferfarbenen Einband abgebildet gewesen. Und sie hatten sich einander in den Schwanz gebissen. Nun, *Sie* hatte offenbar keinen Schwanz. Aber das Bild hatte Anouk dennoch auf eine Idee gebracht. »Diese Tunnel«, fragte sie den Regelmacher, »sind sie untereinander verbunden?«

»Alle miteinander«, erwiderte er und sah sie fragend an.

»Können Sie mir eine Karte von ihnen zeichnen? Eine grobe wenigstens?«, bat sie.

Der Regelmacher nickte und griff in eine Tasche seiner Weste. Er holte eine Papierseite hervor und trennte sie feinsäuberlich in zwei Hälften. Dann zog er den Bleistift hinter seinem Ohr hervor. »Ich zeichne deine Karte. Aber dann werde ich dir nur noch einen Vorteil in dieses Spiel schreiben können. Mehr Papier habe ich nicht übrig. Daher«, er zwinkerte Anouk zu, »werde ich mir eben sehr viel Mühe dabei geben müssen.« Er lächelte und fing an, Striche zu ziehen. Als er fertig war, reichte er Anouk die Karte der Tunnel. »Wir sind hier.« Er deutete auf den Rand der Zeichnung. »Ich weiß nicht, was du vorhast«, meinte er gut gelaunt. »Und das will etwas heißen, denn üblicherweise weiß ich alles von dem, was im Spiel vorgeht. Doch deinen Plan kann ich nicht mal erraten.«

»Etwas Mutiges«, antwortete Anouk. »Oder etwas sehr, sehr Dummes.«

»Ich hingegen kann mir schon denken, was du vorhast«, warf Ki düster ein. »Und es gefällt mir nicht, Anouk. Es ist gefährlich.«

»Gut«, sagte sie, ohne auf Kis Warnung einzugehen. »Dann gehe ich los. Ihr bleibt hier.« Sie beugte sich zur Seite, damit Ki von ihrer Schulter springen konnte.

»Was hast du vor?«, fragte der Prinz der Wipflinge misstrauisch.

»Ich gehe alleine«, erwiderte sie. »Unentdeckt.«

Doch Ki hielt sich an einer Haarsträhne fest und schüttelte energisch den Kopf. »Ich bin dein Begleiter. Und Xylem, mein wundervoller Tannenzapfen, hat mir aufgetragen, bei dir zu bleiben. *Sorg dafür, dass sie gewinnt*, hat sie gesagt. Und das werde ich.« Er streckte die Hand aus und deutete auf die Karte des Regelmachers. Sie sah aus wie ein Spielbrett. Ein wenig kompliziert war die Anordnung der Tunnel schon. »Ich leite dich«, sagte er.

Widerwillig reichte Anouk ihm die Karte, die für ihn groß wie ein Faltplan war. Dann atmete sie tief durch und erzählte ihm kurz, was sie vorhatte.

»Hab ich mir gedacht«, meinte Ki.

»Bereit?«, fragte sie. »Dann werden wir jetzt ausbrechen.«

Die beiden Schlangenköpfe lugten noch immer in die Höhle, als Anouk mit Ki zusammen auf einen weiteren Tunnel zuging.

»Wir müssen da rein und dann bis zu einer Kreuzung laufen. Dort müsste *Sie* dann auf uns aufmerksam werden.«

Es würde sicher kein Problem darstellen, *Sie* auf ihre Spur zu bringen. Einer der Schlangenköpfe drehte sich schon in ihre Richtung, ehe Anouk den freien Tunnel erreicht hatte.

»Darf ich euch noch einen Rat mitgeben?«, rief der Regelmacher durch die Höhle.

So viel also zum Vorsatz, unentdeckt zu bleiben.

Anouk legte einen Finger an die Lippen, doch *Sie* drehte nun auch den zweiten Kopf in ihre Richtung.

»Lauft.«

Anouk lief nicht, sie rannte. Schneller, trieb sie sich an. Wenn *Sie* auch nur halb so gefährlich war, wie der Regelmacher behauptete, war das hier vermutlich lebensgefährlich. Wie seltsam, dass Anouk dennoch keine Angst empfand. Vielleicht, weil sie das hier nicht für sich tat.

Sie stolperte beinahe über einen Stein, doch sie fing sich gerade noch. Das Licht in dem Tunnel vermochte den Weg kaum zu erhellen, aber sie hatte Ki. Ohne ihn und seine scharfen Augen wäre sie verloren gewesen.

»Links«, rief er.

Anouk erkannte nur vage den Tunnelverlauf. Doch sie vertraute ihm und bog ab.

Hinter sich hörte sie ein Zischen.

»Gute Nachricht«, rief Ki. »Wir haben *Ihre* Aufmerksamkeit.«

»Juhu«, presste Anouk angestrengt hervor. »Und jetzt?«

Sie hörte einen quälend langen Moment nur das Rascheln der Karte und das (nun lauter werdende) Zischen der Schlange, das sich durch die vielen Echos in dem Tunnel anhörte, als wäre ihnen eine ganze Armee aus Schlangen auf den Fersen.

»Lauf schneller.«

Anouk wandte sich kurz um. Und erstarrte fast. Hinter ihr erkannte sie (schrecklich deutlich) einen Schlangenkopf mit goldenen Schuppen. Die Augen des Reptils leuchteten hell wie Lampen. Ein kaltes Licht, das Anouk an das des Mondes erinnerte. Der Kopf passte gerade so durch die Höhle. Vermutlich wäre *Sie* noch viel schneller gewesen, wenn *Sie* mehr Platz gehabt hätte. Doch auch so war es nur eine Frage der Zeit, bis *Sie* Anouk und Ki eingeholt haben würde.

»Stehen bleiben«, zischte *Sie*. »Beute darf nicht entkommen. Lass dich beißen. Dann verspreche ich dir wundervolle Träume.« Selbst die Stimme der Schlange war schrecklich.

»Ki?«, schrie Anouk. »Den Weg.«

Das Rascheln wurde intensiver. »Links, nein weiter noch geradeaus. Ach Unsinn, hier rechts. Jetzt!«

Anouk stolperte, fiel und stürzte nach rechts, während die Schlange an ihnen vorbeischoss, ohne zu bemerken, dass ihre Beute für den Moment entkommen war. Anouk war im nächsten Moment wieder auf den Beinen (Ki hing noch in ihren Haaren) und rannte los. Auf das nächste Zischen zu. Alles in ihr sträubte sich weiterzulaufen. Doch sie dachte an Maya und überwand sich.

»Geradeaus. Kreuzung links. Weiter.« Kis Anweisungen waren knapp. Sie konnte die Anspannung aus seiner Stimme heraushören. »Da vorne könnte es klappen.«

Sie erreichten eine Kreuzung. Hier waren die Tunnel etwas größer. Drei von ihnen liefen zusammen. Kaum hatte Anouk die Stelle erreicht, war auch schon *Sie* da. Ihre Augen leuchteten hell zwischen den silbernen Schuppen. Der andere Kopf. »Ah«, zischte *Sie*. »Die Ausbrecher.«

Anouk kam schlitternd und mit klopfendem Herzen zum Stehen.

»Ich hoffe, dein Plan funktioniert«, wisperte Ki auf ihrer Schulter.

Oh ja, das hoffte Anouk auch. Die Worte des Regelmachers hatte sie nicht vergessen. *Wäre sonst sicher eifersüchtig auf sich selbst geworden, die Arme. Und dann hätte Sie sich am Ende noch selbst angefallen.*

»Habt ihr wirklich geglaubt, dass ihr mir entkommen könnt?«, fragte die Schlange kalt.

Das war ja wie aufs Stichwort, dachte Anouk. »Wieso?«, fragte sie und hoffte, dass ihre Stimme nicht allzu sehr zitterte. »Der anderen Schlange sind wir doch auch entkommen.«

Die leuchtenden Augen blitzten auf. »Andere Schlange? Wovon redest du? Ich bin die Einzige. Die Wahre. Die Unvergleichliche. Keine andere Schlange gibt es neben mir.«

»Oh große *Sie*«, rief Anouk. Sie versuchte, sich ihre List als eine Geschichte vorzustellen, und hoffte, dass ihr die richtigen Worte einfielen. »Du bist wirklich wunderbar. In der Spielwelt wird nicht übertrieben, wenn man über dich spricht.«

»So? Man spricht über mich?« Das schien der Schlange zu gefallen. Ihre kalte Stimme klang nun ein wenig neugierig.

»Voll Angst und Bewunderung«, fuhr Anouk fort, die langsam zwischen die Worte ihrer Geschichte glitt. »Von deinen großen Taten, als du noch gegen die Spieler angetreten bist. Von deiner Schlauheit. Und deiner Stärke. Aber …« Anouk ließ den Satz in einem fernen Echo ausklingen.

Die Schlange senkte den Kopf und fixierte Anouk und Ki. »Aber was?«

Anouk antwortete nicht sofort, ganz so, als traute sie sich nicht. »Man erzählt sich auch von einer anderen Schlange«, sagte sie schließlich. »Einer, die dir ebenbürtig ist. Und die ebenfalls in der Spielwelt gelebt hat.«

Bei diesen Worten blitzten die Augen der Schlange abermals auf und *Sie* züngelte wütend. »Lügen. Es gibt keine Schlange neben mir.«

»*Sie* soll«, fuhr Anouk mit klopfendem Herzen fort, »ebenfalls hier sein. In diesen Gängen.«

Nun wurde die Schlange so ärgerlich, dass sie sich in dem Tunnel hin und her wand und dabei Felsbrocken aus dem Stein brach. »Wenn das wahr ist …«

»Es ist wahr«, beeilte sich Ki zu sagen. »Wie wäre es, wen wir dich zu *Ihr* führen, damit du *Sie* …« Er stockte, als suchte er nach den richtigen Worten.

»… *Sie* von hier vertreiben kannst«, beendete Anouk den Satz. »Wenn du uns dafür gehen lässt.« Das war nicht die Wahrheit. Anouk hatte insgeheim etwas anderes im Sinn. Und sie hoffte, dass die Schlange sie trotz ihrer Schlauheit nicht durchschaute.

Die Schlange legte den Kopf schief. »Das wird wohl nicht nötig sein«, zischte *Sie* verschlagen. »Ihr habt mir schon alles gesagt, was ich wissen muss. Ich weiß nun, dass es hier noch eine Schlange gibt. Und ihr seid nicht der, den ich versprochen habe zu bewachen. Da kann ich euch guten Gewissens fressen. Die Gefängniswärterin zu spielen macht hungrig.«

Mit etwas in dieser Art hatte Anouk gerechnet. Es war dennoch knapp, als sie zurücksprang, um dem Angriff der Schlange zu entgehen. Ki fiel dabei fast von ihrer Schulter und sie selbst stolperte gegen die schroffe Felswand und riss sich ihren Pullover auf. Ihre Schulter schmerzte furchtbar, doch darauf konnte Anouk keine Rücksicht nehmen. Sie rannte fort, so schnell sie konnte, während hinter ihr Stein brach. *Sie* bahnte sich einen zerstörerischen Weg durch den Tunnel. Anouk war heilfroh, dass sie Ki bei sich hatte. Der Tunnel vor ihnen war so dunkel, als traute sich kein Licht in ihn hinein. Mit knappen Anweisungen dirigierte er sie hindurch, während das Zischen der Schlange lauter wurde.

»Es ist sinnlos davonzulaufen«, hörte sie die Schlange hinter sich zischen. »Ein schnelles Ende ist gar nicht so übel.«

Doch Anouk rannte weiter. Und sie hoffte inständig, dass Ki die Karte des Regelmachers richtig las. Dann aber wurde ihr bewusst, wem sie da gerade entgegenlief, und das wiederum versetzte sie in Angst. Sie hörte bereits noch ein Zischen, das sich in die Echos der Verfolgerin mischte.

»Wie lange noch?«, fragte Anouk atemlos. Sie sah sich während des Rennens kurz um. Wie zwei Scheinwerfer leuchteten die Augen der Schlange. Ein grausiger Anblick. Als sie den Kopf wieder nach vorne wandte, schien es, dass sie in einen Spiegel blickte. Sie sah noch immer Augen. Doch diese gehörten einer anderen Schlange. Oder besser: einem anderen Teil der Schlange.

»Nicht mehr lange«, antwortete Ki überflüssigerweise.

Anouk rannte.

Noch fünf Schritte.

Die Augen leuchteten hell vor Wut auf.

Noch vier.

Noch drei.

Hinter sich hörte sie bittere Verwünschungen, die in den Tunnel ausgestoßen wurde.

Noch zwei.

Was, wenn ihr Plan nicht funktionierte? Anouk wischte alle plötzlich aufkommenden Zweifel beiseite. Er musste klappen.

Noch einer.

»Jetzt«, schrie Ki.

Und Anouk warf sich zu Boden.

»Ah«, erklang hinter Anouk ein Triumphschrei. »Die andere Schlange.«

Von vorne indes hörte Anouk eine ebenso kalte Stimme rufen: »Stirb, Eindringling! Hier ist nur für eine Schlange Platz.«

Über ihr verbissen sich zwei gewaltige Schlangenköpfe ineinander. Kiefer, die Berge zermalmen konnten, schnappten zu und ließen einander nicht mehr los.

Anouk lag ganz flach auf dem Boden und wagte nicht zu atmen.

»Los, weg hier«, wisperte Ki ihr zu.

Zitternd stemmte sich Anouk auf die Beine. Auch wenn der Leib der doppelköpfigen Schlange den Tunnel in beide Richtungen beinahe vollständig ausfüllte, gab es für Anouk und erst recht für Ki genug Platz, um hindurchzuschlüpfen. Während hinter ihnen undeutliche Worte erklangen, drückte sich Anouk an der Schlange vorbei. Irgendwann kamen sie an eine Kreuzung, und Ki dirigierte sie in einen neuen Tunnel. Schließlich endete dieser Gang in einer weiten Höhle. Es war die, in der sie den Regelmacher gefunden hatte.

Er saß dort auf dem Boden und erhob sich mit einem Lächeln, als er Anouk und Ki bemerkte. »Ihr habt *Sie* überwunden?«, fragte er mit einer Mischung aus Freude und Sorge (wobei Anouk nicht sicher war, wem diese Sorge galt: ihnen oder *Ihr*).

Zur Antwort nickte Anouk. »Die eine hat sich in die andere verbissen. So schnell werden sie nicht voneinander loskommen.«

Der Regelmacher nickte ein wenig traurig. »Armes Mädchen. Habe *Sie* einfach zu schlau gemacht.«

Anouk erwiderte besser nichts darauf. Als ein armes Mädchen konnte sie die Schlange mit den zwei Köpfen nicht bezeichnen.

Der Regelmacher straffte sich und verbeugte sich dann vor Anouk. »Vielen Dank. Das hast du hervorragend gemacht. Nun sollten wir uns auf den Weg begeben. Dein Spiel wartet.«

»Können Sie mich zurück in die Berge bringen?«, fragte sie mit klopfendem Herzen. Sie musste zurück in die letzte Spielwelt. Vielleicht konnte sie die Rüstung doch noch …

Das Kopfschütteln des Regelmachers ließ ihr klopfendes Herz fast anhalten. »Wozu? Diese Runde ist verloren. Der dunkle Prinz hat bereits die Rüstung, die fast unbesiegbar macht. Dort gibt es nichts mehr, was dir helfen könnte.«

Umsonst. Verloren. Vor Enttäuschung zitterten Anouks Beine. Wie sollte sie nun noch gewinnen? Sie hatte keine Waffe. Keinen Schild. Keine Rüstung. Kein Streitross. Nichts. Sollte sie dem dunklen Prinzen mit einem Stock, einer Muschel und Toni entgegentreten?

»Du … du wirst dennoch gewinnen.« Ki gab sich erkennbar Mühe, Anouk Mut zuzusprechen. Doch sie vernahm die Worte wie aus weiter Ferne. Alles, was sie hörte, war das Wort des Regelmachers in ihrem Kopf. *Verloren.*

»Komm«, sagte er und nahm Anouk bei der Hand.

»Wohin?«, fragte sie.

»In die Arena«, gab er so selbstverständlich zurück, als könnte es daran nicht den leisesten Zweifel geben.

»Und womit?« Wie fremd Anouks Stimme in ihren eigenen Ohren klang. So leer und bitter. Noch nie hatte sie sich so verloren gefühlt. Was wurde nun aus Maya?

»Stimmt«, rief der Regelmacher und lief auf einen der Tunnel zu. »Das hätte ich ja fast vergessen.«

»Ich glaube, er ist verrückt«, murmelte Ki, doch Anouk sah nicht einmal auf, als der Regelmacher zurückkam. Sie starrte nur auf den Boden und konnte nicht einen klaren Gedanken fassen.

»Hier«, hörte sie den Regelmacher sagen und sah dann doch auf. Er hielt ihr etwas Glänzendes hin und strahlte sie dabei an, als habe er einen Schatz gefunden. »Deine Rüstung«, sagte er in einem Tonfall, als müsste er Anouk etwas völlig Selbstverständliches erklären.

Im ersten Moment glaubte sie, der Regelmacher würde sich über sie lustig machen wollen, doch dann nahm sie es entgegen. Es war ein Stück silberne, abgeworfene Schlangenhaut. Es war wohl groß genug, um Anouk wie einen Mantel einzuhüllen. Doch sie legte sich die Haut nicht um, sondern hielt sie nur in der Hand. Als der Regelmacher auf einen der Tunnel deutete und losging, entfuhr Ki ein wütendes Schnauben.

»Das ist ungerecht. Anouk ist betrogen worden. Dieses Spiel ist nicht fair.«

Der Regelmacher wandte den Kopf und lächelte ihm zu. »Stimmt.« Dann sagte er nichts mehr und ging in den dunklen Tunnel. Anouk ließ sich widerstandslos durch die Schatten führen, die in ihm nisteten. Irgendwann erkannte sie einen hellen Lichtschein, der sich bald als Sonnenlicht herausstellte, das durch ein Loch im Fels schien. Blinzelnd trat sie hinaus und sah sich um. Der Regelmacher hatte sie in eine Art Stadion geführt. Es ähnelte einer römischen Arena. Sitzreihen erstreckten sich überall um sie herum in die Höhe. Zahllose Geschöpfe saßen darauf und blickten sie an. Sie erkannte Tiere aus dem Wald, die Affen aus den Bergen. Auch die Piraten machte sie auf den Zuschauerrängen aus. Die Seeräuber feierten sie lautstark.

»Mein Tannenzapfen«, rief Ki auf einmal. Anouk folgte seinem Blick und erkannte Prinzessin Xylem. Sie saß neben ihrer Mutter und warf Ki Kusshände zu.

»Mein Held«, rief sie.

»Da bist du ja.« Eine raue Stimme ließ Anouk herumfahren. Vor ihr stand Pan. Über den Tadel in seiner Stimme hinweg konnte sie deutlich die Sorge heraushören. »Dachte schon, du hättest dir den Kopf angeschlagen und lägst bewusstlos irgendwo zwischen den Felsen. Wir haben dich gesucht, aber dann hat sich dieser dunkle Betrüger die Rüstung geholt und die Runde war vorbei.« Der Schimpanse sah nun wieder so aus wie bei ihrem ersten Aufeinandertreffen. Er trug einen dunklen Anzug und hatte eine dicke Zigarre im Mund stecken. »Und du bist auch wieder da«, meinte er an Ki gewandt und nickte ihm knapp zu. »Ah, und ihr habt den Regelmacher gefunden.« Pan beugte den Kopf, als stünde er einem König gegenüber. »Hier ist einiges in Unordnung geraten. Habe natürlich versucht, alles wieder in Ordnung zu bringen, allerwertester Herr Regelmacher.«

Zur Antwort lächelte der Mann wortlos und blickte sich um.

»Wäre viel einfacher, wenn er einfach bestimmen würde, dass du gewinnst«, meinte Pan leise an Anouk gewandt. »Aber das geht natürlich nicht, denn sonst würde das ganze Spiel sofort in sich zusammenfallen, weil man nicht an seinen absoluten Grundregeln herumspielen kann.« Er schüttelte den Kopf. »Man kann sich das Leben auch wirklich schwer machen.«

Der Regelmacher klatschte in die Hände und rief mit einer so lauten Stimme, als habe er sie einem Riesen geklaut: »Alle herhören. Die letzte Runde beginnt. Nun entscheidet sich *Anouks Spiel*.«

DAS ENDE

»Du musst dahin«, wies Pan Anouk an und deutete auf eine Ecke der Arena. Zu ihrem Erstaunen erkannte sie dort Toni, das Kamel. Neben ihm auf dem Boden lagen die Muschel und der abgeschlagene Ast aus dem Wald. Der Anblick machte alles nur noch schlimmer. Mit dem Stück Schlangenhaut in ihrer Hand kam sich Anouk vor wie ein Kind, dessen Eltern es an Karneval versäumt hatten, ihm ein Kostüm zu kaufen, und das daher in irgendwelchen zusammengesuchten Sachen herumlaufen sollte.

Der Jubel der Zuschauer klang hohl in ihren Ohren, als sie über den sandigen Boden der Arena auf das Kamel zuschlich. Kaum hatte sie Toni erreicht, wandelte sich der Jubel in ein gellendes Pfeifkonzert. Den Grund dafür machte Anouk auf der anderen Seite des Kampfplatzes aus. Dort trabte das geflügelte Pferd des dunklen Prinzen durch einen bogenförmigen Einlass in die Arena. Auf einem Holzgestell hingen der Schild und das Schwert.

Augenblicklich kam sich Anouk noch jämmerlicher vor. In das Pfeifen mischten sich Buhrufe, als nun durch den Bogen eine Gestalt in schwarzer Rüstung trat. Der dunkle Prinz. Er hatte seine alte Rüstung gegen den Gewinn der letzten Spielrunde getauscht und winkte den Zuschauern zu, als wollte er sich für die Schmähungen bedanken. Er sah zu Anouk, doch dann trat der Regelmacher vor, und der dunkle Prinz wandte ihm seinen Kopf zu. Selbst durch das geschlossene Visier glaubte Anouk die Verblüffung des dunklen Prinzen zu erkennen.

Die Buhrufe und das Pfeifen endeten, als der Regelmacher eine Hand hob. Es wurde totenstill in der Arena.

»Du bist frei, alter Mann«, hörte Anouk die blecherne Stimme, die ihr so seltsam bekannt vorkam.

»Eine mutige Spielerin hat dein Verbrechen beendet«, erwiderte der Regelmacher.

»Mein Verbrechen?« Der dunkle Prinz klang, als kaute er auf einem verdorbenen Stück Fleisch. »Das wahre Verbrechen war es, mich all die Jahre in diesem Spiel gefangen zu halten. Mich. Ich bin doch fast wie die Spieler. So menschlich. Und ist es nicht das Recht eines Menschen, frei zu sein?«

»Es ist deine Existenz«, gab der Regelmacher zurück. »All die Jahre, all die Jahrhunderte hast du es hingenommen.«

Der dunkle Prinz trat einige Schritte auf den Regelmacher zu, der sich genau in die Mitte der Arena gestellt hatte. »Diesmal ist es anders. Sie«, er deutete auf Anouk, »ist anders.«

Der Regelmacher nickte. »Ja, das ist sie. So voller Ideen und Geschichten. Kein Wunder, dass auch du diesmal deinen Kopf erhoben hast. Große Ideen verfolgt hast. Aber du bist auf dem Irrweg. Denke daran, was dich ausmacht. Was du symbolisierst. Du weißt, dass du …«

»Schluss!«, rief der dunkle Prinz und schnitt dem Regelmacher damit die Worte von der Zunge. »Lasst uns beginnen, damit dieses Spiel endlich endet.«

Stumm nickte der Regelmacher und ging auf eine Seite der Arena zu. Dort war eine Treppe in den Stein eingehauen, die zu der ersten Sitzreihe führte. Ein prächtiger Thron stand da, und als der Regelmacher hinaufgestiegen war, erschien wie aus dem Nichts eine Wiege an seiner Seite. Er griff hinein und holte ein schlafendes Baby hervor. Er zeigte es einmal herum, als sollten alle es sehen. Dann legte er es vorsichtig wieder in die Wiege zurück und setzte sich auf den Thron.

»Maya!« Noch nie hatte Anouk den Namen ihrer kleinen Schwester auf diese Weise geschrien. Ihre Stimme brach beinahe vor Sorge und Freude, als säße ihr ein Splitter in der Kehle.

»Gewinnt die Spielerin«, erhob der Regelmacher seine Stimme, »erfüllt sich der neue Herzenswunsch und das Herz der Spielerin bleibt unversehrt. Gewinnt hingegen der dunkle Prinz, so gilt der erste, der hartherzige Wunsch weiterhin. Und das Kind bleibt hier. Die Spielerin kehrt zurück und ihr Herz wird unweigerlich versteinern. Wenn sonst keine Fragen sind …«

»Doch«, unterbrach ihn der dunkle Prinz. »Ich habe eine Frage an die Spielerin. Angesichts der ungewöhnlichen Situation schlage ich eine Anpassung der Regeln vor.«

»Dies ist erlaubt, sofern die Spielerin zustimmt«, erwiderte der Regelmacher.

Anouk runzelte die Stirn. Sie hatte nicht das Gefühl, dass der dunkle Prinz die Regeln wegen der ungewöhnlichen Situation ändern wollte. Was hatte er wirklich vor?

»Sei vorsichtig«, wisperte Ki. »Mir scheint, als habe er nur auf diesen Moment gewartet. Ich rieche Verrat.«

»Da hat Prinz Tannenzapfen verdammt recht.« Pan spuckte auf den Boden. »Hier stinkt es geradezu nach Betrug.«

Anouk glaubte selbst die Verschlagenheit des dunklen Prinzen in der Luft zu schmecken. Doch sie wollte wissen, was genau er vorhatte, und bedeutete ihm mit einem Nicken fortzufahren.

»Selbst wenn du verlierst, Spielerin, soll deine kleine Schwester zurückkehren können und dein hartherziger Herzenswunsch damit getilgt werden.«

»Und was willst du dafür?«, fragte Pan, der offenbar wie Anouk nicht glauben konnte, dass der dunkle Prinz etwas Selbstloses tat.

»Eine gute Frage, kleiner Affe.«

»Es heißt *Schimpanse*«, murmelte Pan.

»Wenn ich gewinne und das kleine Kind dennoch zurückdarf, dann ...« Er machte eine Pause, in der es schien, als hielte die Welt den Atem an.

»Er will selbst leben«, wisperte Ki auf Anouks Schulter. »Er hat es auf dem Wasser gesagt.«

Leben? Wie soll das gehen?, fragte sich Anouk.

»... dann will ich mit dir die Plätze tauschen.«

Für einen Moment blieb es ganz und gar still. Dann aber

grollte Pan laut vor Empörung und die Menge fiel in seinen Ruf ein. Es wurde so laut, dass sich Anouk die Hände auf die Ohren pressen musste. Und während der Lärm ertönte, konnte sie nur an eines denken: Er will deinen Platz einnehmen. Sie sah zu Maya. Und ein bitterer Geschmack breitete sich in ihrem Mund aus.

»Das ist absolut unüblich«, rief der Regelmacher über den Lärm hinweg. »Aber möglich.«

Anouk atmete tief durch. Sie konnte das Spiel nicht gewinnen. Nicht nachdem der dunkle Prinz es so zu seinen Gunsten verändert hatte. Aber er hatte es nicht getan, um sie zu besiegen und so Maya im Spiel zu behalten. Nein, nun wurde ihr klar, dass er alles nur getan hatte, um ihr dieses vergiftete Angebot zu machen. Er an ihrer Stelle in der echten Welt. Um zu leben. Und sie würde dann zu einer Figur im Spiel. Wer würde sie sein? Eine dunkle Prinzessin? Sie schluckte, als sie begriff, dass sie dann niemals ihre Eltern wiedersehen würde. Ihre Freunde. Ihre Verwandten. Niemanden. Das Bild vor ihren Augen verlief in Tränen. Sie wollte nicht hierbleiben. Und doch wusste sie, dass sie es wohl musste, wenn sie Maya retten wollte. Wie weit würde sie gehen, um ihren Wunsch ungeschehen zu machen? Bis ans Ende der Welt, sagte sie sich. Und weiter, wenn es nötig war.

Sie hörte Pan und Ki, den sie sich von der Schulter pflückte und auf dem Boden absetzte, etwas rufen. Doch sie achtete nicht auf sie. Sie ging auf ihren Gegner zu. Mit jedem Schritt wuchs ihre Entschlossenheit. Und seltsamerweise nahm ihr das die Traurigkeit über das eigene Schicksal. Sie tat dies für einen anderen Menschen. Ohne Eigensinn. Ohne Hintergedanken. Sie dachte an Makakas Worte. *Aber du wirst langsam selbstlos. Und das macht dich stark.* Oh, sie fühlte sich stark wie nie in diesem Moment, so verrückt das auch für sie selbst klang. »Ich will dein Wort, dass Maya in jedem Fall zurückkommt.«

Der dunkle Prinz beugte den Kopf. »Ich schwöre es.«

Anouk konnte die Aufrichtigkeit in diesen beiden Worten ebenso heraushören, wie sie zuvor die Verschlagenheit ihres Gegners geschmeckt hatte. »Dann stimme ich zu«, sagte sie leise.

Der Regelmacher nickte ernst auf seinem Thron, während die Zuschauer aufgeregt tuschelten. Er nahm die letzte verbliebene Papierhälfte aus seiner Tasche, griff sich den Stift hinter seinem Ohr und schrieb. »… Plätze tauschen«, sprach er die Worte mit, während der Stift über das Papier glitt. »Doch zuvor kämpfen die Kontrahenten den letzten Kampf mit den Waffen, die so gut sein werden wie ihre Besitzer.«

Der dunkle Prinz hörte schon nicht mehr hin. Er war bereits auf dem Weg zu seinem Streitross und zu seinen Waffen.

Auch Anouk wandte sich um und ging wieder zu ihren Freunden. Sie wusste nicht weshalb, doch die letzten Worte des Regelmachers hingen ihr noch im Ohr. *Die so gut sein werden wie ihre Besitzer.* Anouk war nicht gut im Kämpfen. Überhaupt nicht. Aber es war ohnehin gleich. Sie hatte sowieso keine Chance.

Pan und Ki sahen sie traurig an, als sie vor ihnen stand. »Jetzt ist es mir sogar egal, was die dumme Testudina sagen wird«, sagte Pan und verschluckte sich fast an dem Rauch seiner Zigarre. »Ich wünschte, du würdest gewinnen.«

Ki aber sagte nichts und blickte nur leer zum dunklen Prinzen hinüber.

»Ich habe mir immer ein Pferd gewünscht. Und hatte schon Angst, dass sich dieser Herzenswunsch nie erfüllen würde. Aber das ist nicht mehr nötig, da du mein Freund bist. Wer braucht schon ein Pferd, wenn er ein Kamel hat? Darf ich?«, fragte Anouk, als sie vor Toni stand. Zur Antwort knickte das Kamel ein und legte sich auf den Boden, sodass Anouk bequem aufsitzen konnte.

Doch kaum saß sie auf seinem Rücken, veränderte sich das Tier. Ein Zittern durchlief es. Aus dem zerschlissenen Sattel, den es trug, wurde ein kunstvoller Reitsitz, über und über mit goldenen Mustern verziert. Und siehe da! Kaum hatte Anouk die Muschel und den Stock gegriffen, die Pan ihr hinhielt, wandelten sie sich in einen perlmuttschimmernden Schild und einen silbernen Stab, der im Licht der Sonne hell glänzte. Dann legte der staunende Schimpanse die Schlangenhaut über Anouks Schultern und daraus wurde eine fast durchsichtige Rüstung, die sich eng an sie schmiegte.

»Was um alles …«, zischte er und brach dann ab.

»So gut wie ihre Besitzer«, rief Ki aufgeregt. »Es ist ein Trick.«

Anouk sah zum Regelmacher hinüber, der ihren Blick mit

unschuldiger Miene erwiderte. Hatte er ihr gerade zugezwinkert? Hatten seine Lippen nicht gerade die Worte *letzter Vorteil* geformt?

»Was soll das heißen? *So gut wie ihre Besitzer*. Ist die Spielerin plötzlich etwa eine eisenharte Kämpferin?« Pan sah ziemlich ratlos drein.

»Nicht gut im Kämpfen«, erwiderte Ki, der sich gar nicht mehr einkriegen konnte. Er strahlte Anouk an und klopfte sich gegen die Brust auf Höhe des Herzens. »Aber gut hierin.« Und als er Anouks offensichtliche Verständnislosigkeit bemerkte, fuhr er fort: »Warum bist du zu den Eulen gegangen?«

Die Antwort war doch völlig klar. Und Anouk wusste nicht, was diese mit der seltsamen Verwandlung von Tonis Sattel, dem Ast oder der Muschel zu tun hatte. »Ich wollte Pan retten.« Sie glaubte zu sehen, wie sich das Fell des Schimpansen vor Rührung leicht sträubte.

»Und was hast du gemacht, als der dunkle Prinz damit gedroht hat, den Baum im Herzen des Waldes kaputt schlagen zu lassen?«

»Ich habe ihm die Waffe gegeben«, erwiderte Anouk.

»Weil es dir nicht egal war, was aus dem Wald wird.«

Anouk nickte.

»Und in der Wüste hast du die Züchterin des Streitrosses gerettet und damit das geflügelte Pferd aufgegeben.« Bei diesen Worten schnaubte Toni stolz.

»Und bei den zerstrittenen Königreichen hat sie den Schild

hergegeben, weil sie dachte, sie könnte dich alten Borkenkäfer so retten«, warf Pan ein, bei dem scheinbar der Groschen gefallen war.

Diesmal war es Ki, der bewegt war. Seine kleinen Wangen röteten sich, als färbte ihm die Abendsonne die Haut.

»Du meinst«, begann Anouk, »die Dinge haben sich verändert…«

»… weil du im richtigen Moment Mitgefühl und Barmherzigkeit gezeigt hast«, beendete Ki den Satz.

»Wie kitschig«, bemerkte Pan und zog an seiner Zigarre. Doch trotz seines abfälligen Tonfalls zitterte Pans Stimme vor Rührung.

»Also ist das jetzt eine Waffe?« Probeweise schwang Anouk den Stab, und es klang, als würde die Luft von einer scharfen Klinge zerschnitten.

»Und ich könnte mir vorstellen, dass die Muschel, Pardon, der Schild, einiges aushält«, meinte Ki.

»Und vielleicht taugt sogar dieses Kamel etwas«, ergänzte Pan und klatschte Toni mit der Hand auf die Seite, woraufhin dieser dem Schimpansen mit einem Huf ein wenig Sand ins Gesicht spritzte.

Mit einem Mal schöpfte Anouk neue Hoffnung. Hatte sie doch noch eine Chance, nicht nur Maya, sondern auch sich selbst zu retten? Sie sah zu ihrer kleinen Schwester empor und verrückterweise war der Gedanke, dass Maya in jedem Fall nach Hause kommen würde, der, der ihr mehr Kraft als alles andere gab.

»Betrug!«, hörte sie in diesem Moment den dunklen Prinzen donnern. Er hatte sich auf sein Streitross geschwungen und ließ es langsam auf die Mitte der Arena zutraben. Sofort erhoben sich laute Buhrufe von den Zuschauerrängen. »Das ist ein nachträglicher Eingriff in das Spiel. Ich verlange, dass dies dort rückgängig gemacht wird.«

Einige Wurzelmenschen ballten die Fäuste und drohten damit dem dunklen Prinzen. Der Regelmacher wartete, bis sich die Menge beruhigt hatte.

»Es ist eine Präzisierung der Regeln«, sagte der Regelmacher völlig ruhig. »Sie sind ein wenig durcheinandergeraten. Und da das Spiel noch immer läuft, hat es sie offenkundig akzeptiert.«

Der dunkle Prinz blickte einen Moment lang stumm zu ihm hin, dann schnaubte er verächtlich. »Ich gönne euch euren kleinen, feigen Triumph. Freut euch darüber. Aber gewinnen werde ich. Und leben werde ich. Als echter Mensch.«

Bei diesen Worten trat er dem Streitross so hart in die Seite, dass dieses wütend mit den Flügeln schlug und in den Himmel stieg. Es flog jedoch rasch einen Bogen und raste dann in mörderischem Tempo auf Anouk zu.

Sie hatte kaum Zeit zu reagieren. Geschweige denn, Toni irgendeinen Befehl zu erteilen. Doch das musste sie auch nicht. Das junge Kamel bäumte sich mit einem Mal auf wie ein stolzer Hengst und ging dann aus dem Stand beinahe ansatzlos in einen strammen Galopp über. Anouk hatte alle Mühe, sich im Sattel zu halten.

Der dunkle Prinz kam schnell näher. Auch wenn Anouk nicht die Augen hinter der Maske sehen konnte, glaubte sie, den siegessicheren Blick auf der Haut zu spüren. Ihr Gegner riss sein Schwert hoch und richtete dessen Spitze auf Anouk.

Wie gefährlich war dieses Duell? Konnte sie hier sterben? Pan hatte alles als ziemlich ungefährlich abgetan, doch da hatten sie auch noch nichts von dem Plan des dunklen Prinzen gewusst, dem Spiel zu entkommen. Wer konnte schon sagen, welche Regeln er noch abgeändert hatte?

Auch Anouk hob ihre Waffe. Der Stab schimmerte so hell im Licht der Sonne, dass er Anouk beinahe blendete. Sie hob den perlmuttschimmernden Schild. Er schien kaum etwas zu wiegen.

Und dann war ihr Gegner da.

Sein Streitross schoss kaum eine Handbreit über dem Arenaboden auf sie zu.

Der dunkle Prinz holte weit aus. Anouk tat es ihm gleich. Es kam ihr so vor, als würde nicht ihr Arm den Stab, sondern ihr Stab den Arm führen.

Und die Waffen stießen aufeinander.

Anouk hatte geglaubt, dass ihr die Waffe aus der Hand gerissen würde. Dass sie unmöglich genug Kraft haben könnte, um sie weiter festzuhalten. Doch es kam ganz und gar anders. Es war der dunkle Prinz, der offenkundig Probleme damit hatte, seine Klinge in Händen zu behalten.

Im nächsten Augenblick war der dunkle Prinz auf seinem Streitross an Anouk vorbeigeflogen.

In den aufbrausenden Jubel der Menge mischte sich ein wütender Schrei des Prinzen. »Verrat«, rief er so laut, dass die Freudenschreie so schnell abebbten, wie sie gekommen waren. Anouks Gegner wandte seine Maske dem Regelmacher zu.

»Nein«, sagte dieser und hielt seine Papierhälfte in die Höhe. »Kein Verrat, sondern eine Regel. Die Kontrahenten tragen den letzten Kampf mit den Waffen aus, die so gut sind wie ihre Besitzer.«

Stumm blickte der dunkle Prinz auf sein Schwert. Anouks Stab hatte eine tiefe Kerbe in die Schneide geschlagen. Die Kerbe im Stahl sah aus wie eine tiefe Narbe.

Anouk betrachtete ihre eigene Waffe. Der Stab hatte nicht einmal einen Kratzer davongetragen. Waren die Dinge, die sie gesammelt hatte, also in der Tat besser geworden, weil Anouk die richtigen Entscheidungen getroffen hatte? Nein, gab sie sich selbst die Antwort. Es liegt an den Gründen, weshalb du all das getan hast.

»Das wird dir nicht helfen«, zischte der dunkle Prinz böse. Er riss grob an den Zügeln seines Streitrosses und führte es in einen neuen Angriff. Dessen silberne Augen leuchteten hell vor Wut.

»Ich brauche deine Hilfe noch einmal«, wisperte Anouk dem Kamel ins Ohr, während der Prinz mit seinem Streitross abermals auf sie zuschoss.

Der Anblick war Furcht einflößend, und Anouk schnappte so heftig nach Luft wie ein Fisch an Land.

Wieder holte der dunkle Prinz aus. Wieder parierte sie den Hieb. Und diesmal schlug sie selbst zu. Anouks Waffe zerbrach den Schild, den keine Waffe zerschneiden konnte, und schlug sogar einen Teil der Rüstung weg, die nahezu unbesiegbar machte. Die Haut des dunklen Prinzen kam darunter zum Vorschein. Anouk wunderte sich noch darüber, wie leicht ihr das fiel, als sie selbst getroffen wurde. Das Streitross hatte sein Maul geöffnet und ihr im Vorbeiflug die Zähne in die Schulter geschlagen. Die Rüstung aus Schlangenhaut hatte dem Biss standgehalten (anderenfalls wäre Anouk sicher schwer verletzt worden), doch die Kraft der Kiefer hatte wohl einige hässliche Blutergüsse auf Anouks Haut gemalt. Es schmerzte so sehr, als hätten die Zähne ihr Fleisch geschmeckt.

Sie schrie auf.

Und in die entsetzten Rufe der Zuschauer mischte sich das kalte Lachen des dunklen Prinzen. »Willst du nicht lieber aufgeben?«, fragte er mit gespielter Sorge in der Stimme, während sein Ross vor Anouk in der Luft schwebte. »Dieses Spiel ist ein wenig … gefährlicher als üblich.«

Anouk presste die Lippen aufeinander. Sie war besser als der dunkle Prinz. Und dieses Spiel trug ihren Namen, nicht seinen. Sie hob ihren Schild und den Stab und nickte ihrem Gegner auffordernd zu.

Und das geflügelte Ross schoss erneut heran. Es war wie von Sinnen. Geifer rann ihm aus den Mundwinkeln, und es bäumte sich auf, während es mit seinen Schwingen schlug.

Der dunkle Prinz hatte erkennbare Mühe, sich auf dem Rücken des Tieres zu halten. Sein Streitross bockte. Als er fast den Halt verlor, warf er seine Klinge zur Seite und zog mit beiden Händen fest an den Zügeln. Das Streitross aber reagierte nicht.

Immer wilder hielt es auf Anouk zu, die allen Mut aufbringen musste, um nicht zur Seite zu springen. Aber sie wollte nicht weichen. Sie hatte das Gefühl, dass sie um jeden Preis bleiben musste. Ihr Kamel folgte ihrem Willen und blieb völlig ruhig stehen.

»Vorsicht!«, hörte sie Pan hinter sich rufen, doch sie beachtete die Warnung nicht. Anouk hielt ihren Stab mit aller Kraft fest.

Und dann warf das geflügelte Pferd seinen Reiter ab. Der dunkle Prinz stürzte auf den Boden der Arena, und sein Streitross stieg laut schnaubend in den Himmel, drehte dort eine Runde und verschwand zwischen den Wolken.

Der dunkle Prinz aber lag am Boden und stöhnte.

Im Jubel, der in diesem Augenblick aufbrandete, sagte Anouk einige Worte in Tonis Ohr, und das Kamel trabte auf ihren Gegner zu. Ein Gefühl des Triumphs erfüllte sie, während ihr die Zuschauer begeistert applaudierten. Es vertrieb sogar die Schmerzen in ihrer Schulter. Sie hatte gewonnen. Oder? Warum hatte das geflügelte Pferd ihren Gegner abgeworfen? Weil auch das Tier nur so gut war wie sein Besitzer, gab sie sich selbst die Antwort. So verschlagen und rücksichtslos der dunkle Prinz war, so war auch sein Streitross.

Und sein Schwert und sein Schild und seine Rüstung? Brüchig und schartig. Nur Fassade.

Anouk blieb einen Schritt vor ihm stehen. All die Wut auf ihn und seine Männer brach sich mit einem Mal Bahn in ihr. Der dunkle Prinz hatte nicht nur den Wald der Wipflinge und der Wurzelmenschen fast vernichtet. Er hatte auch Madame Pegasos angegriffen. Und Ki beinahe getötet. Die Wut ließ Anouks Herz schneller schlagen. Sie blickte zu dem Regelmacher. »Was muss ich tun?«, fragte sie.

»Ihm die Maske nehmen«, war seine Antwort.

Anouk runzelte die Stirn. Warum? Sie wollte das Gesicht darunter nicht sehen. Sie wollte nur nach Hause. Zusammen mit Maya. Der Tonfall des Regelmachers aber ließ keinen Zweifel daran aufkommen, dass er es ernst meinte.

Der dunkle Prinz rührte sich nicht, als Anouk ihre Hände an das Metall legte. Sie atmete tief durch. Dann zog sie ihm mit einem Ruck den Helm vom Kopf.

Und erstarrte.

Das konnte nicht sein. Nein, das war unmöglich.

Sie stolperte zurück, während sie den Helm fallen ließ. Verzweifelt wandte sie Pan den Kopf zu, der nun mit Ki auf sie zukam, als könnte er ihr erklären, was sie da sah.

»Es ist das Geheimnis des Spiels.« Offenbar wusste er tatsächlich, weshalb der dunkle Prinz ein Gesicht trug, das nicht ihm gehörte. Ihr Gesicht. »Er ist das, was aus dir wird, wenn dein erster, dein hartherziger Wunsch in Erfüllung gegangen wäre.«

Anouk hörte die Worte wie aus weiter Ferne, während sie dem dunklen Prinzen in ihr eigenes Antlitz blickte. Wie hart und selbstsüchtig sie aussah. Sie hatte dieses Gesicht schon einmal gesehen. In Pans Spiegel in ihrem Zimmer. Ihr hartherziges Ebenbild. »Ich habe die ganze Zeit gegen mich selbst gekämpft«, wisperte sie leise.

»Gegen deine dunklen Seiten.« Ki kletterte auf ihre Schulter und strich ihr über den Kopf. »Du wärst nie so geworden.«

»Ach, schon ziemlich«, meinte Pan. »Es steckt in ihr. Jeder hat so eine dunkle Seite in sich. Und es kommt nicht darauf an, sie zu besiegen, denn das kann man nicht. Es gilt, sie anzunehmen und zu beherrschen.«

Diese Worte hallten in Anouks Innerem nach.

»Wieso gerade jetzt?« Anouk wusste selbst nicht genau, warum sie das wissen wollte. Aber es erschien ihr irgendwie wichtig. Warum hatte der dunkle Prinz, nein, verbesserte sie sich, die dunkle Prinzessin ausgerechnet in ihrem Spiel damit begonnen zu schummeln. War das nur ein Zufall gewesen?

»Nun, ich muss wohl etwas erklären«, sagte der Regelmacher von seinem Thron herab. Er stand auf und winkte Xylem (die Prinzessin) heran. Die kleine Wurzelfrau setzte sich in die Wiege neben Maya, während er zu Anouk herabstieg.

»Keine Angst, ich passe auf sie auf«, rief Xylem und legte einen ihrer kleinen Arme um das ungleich größere schlafende Baby.

»Es liegt alles nur an dir«, meinte der Regelmacher, während er auf Anouk und die anderen zuging.

»An mir?« Anouks Wut wurde durch die Worte angefacht wie ein Feuer, in das der Wind fährt. »Ich habe nicht um das Spiel gebeten. Auch wenn ich es verdient hatte. Wie kann es da an mir liegen, dass die dunkle Prinzessin diesmal betrogen hat? Oder hat sie das früher schon einmal getan?«

»Nein«, erwiderte der Regelmacher. »Dies war das erste und hoffentlich einzige Mal. Und in der Tat bist du gewissermaßen schuld daran, dass dein Gegenspieler, dass die dunkle Prinzessin, wie du ihn nennst, gerade diesen Weg eingeschlagen hat. Einen Weg, auf den sie oder er noch nie gekommen ist. Denn der dunkle Kontrahent ist in jedem Spiel immer nur so schlau wie der Spieler, gegen den er antreten muss.«

»Aber ich hätte nicht betrogen«, entfuhr es Anouk empört. Nein, das hätte sie nicht. Da war sie sicher. Im nächsten Moment begriff sie, dass das nicht stimmte. Ihre dunkle Seite hatte den Betrug gutgeheißen. Doch warum nur kam die dunkle Prinzessin ausgerechnet in ihrem Spiel auf so eine Idee …? Sie blickte zu Pan, der aussah, als würde er gleich platzen. Offenbar wusste er die Antwort, konnte sie aber nicht sagen, weil nicht er gefragt worden war. Energisch deutete er abwechselnd auf Anouk und seinen Kopf. Sie begriff im ersten Moment nicht, dann aber kam ihr ein reichlich verrückter Verdacht. »Ist es, weil ich gerne Geschichten erzähle?«

»Ja«, rief Pan laut, als wäre er explodiert, wenn er das Wort nicht hätte ausstoßen können. Im nächsten Moment schlug er sich eine seiner Hände vor die Lippen.

»Du hast das Talent, Ideen zu finden, die andere nicht einmal bemerken. Die in anderen Köpfen nicht wachsen. Und so wie du dieses Talent besitzt, verfügt auch die dunkle Prinzessin über diese Gabe. Daher konnte sie nur in deinem Spiel auf die Idee kommen, mich zu entführen, die Regeln zu ändern und dich so dazu zu bringen, mit ihr die Rollen zu tauschen.«

Wortlos starrte Anouk ihr finsteres Ebenbild an. Das dort war sie. Mit all ihren Talenten. Und nicht nur damit. Kein Wunder, dass ihr die Stimme die ganze Zeit so vertraut erschienen war. »Was muss ich jetzt tun?«, fragte sie schließlich verwirrt.

»Nichts.« Der Regelmacher. »Es ist vorbei. Du hast die dunkle Prinzessin entwaffnet.« Er bückte sich und zog aus einem Schlitz der Rüstung ein kleines, zerknittertes Heft hervor. »Das Regelheft«, erklärt er. »So, nun gehört es wieder einzig und alleine mir. Ich bin dir einiges schuldig, junge Spielerin. Denn wenn der Plan der dunklen Prinzessin aufgegangen wäre, wäre ich für immer bei *Ihr* geblieben. Und das Spiel hätte nie mehr gespielt werden können. Alle in ihm, auch du, wären für alle Zeit in einen traumlosen Schlaf gefallen.«

Anouk war sprachlos, als sie hörte, welchem grausamen Schicksal Maya, sie und alle Bewohner des Spiels im letzten Moment entgangen waren.

»Du und deine Schwester dürft nun gehen«, fuhr der Regelmacher fort. »Die dunkle Prinzessin aber wird auf den Nächsten warten, der gegen sie antritt.«

»Nein!«, schrie Anouks Feindin in diesem Moment voller Verzweiflung. »Ich ertrage es nicht mehr. Alles Dunkle muss ich in mir aufnehmen, damit der Spieler umso heldenhafter gewinnen kann. Ich wurde ein Betrüger genannt, doch du, alter Mann, du bist der wahre Betrüger. Denn ich kann nie gewinnen. Nur dafür sorgen, dass der Spieler verliert. Aber selbst erhalte ich auch dann nichts.« Wankend kam Anouks Gegnerin auf die Beine. »Ich will nicht mehr.«

»Niemand kann seinem Schicksal entgehen«, erwiderte der Regelmacher. »Aber wenn du nicht mehr mitmachen willst, dann schicke ich dich wohl besser in das Herz des Spiels zu *Ihr*, damit du wie *Sie* für alle Zeit dort bleibst. Ich werde dann einen neuen Gegner schreiben.«

Da sprang die dunkle Prinzessin auf Anouk zu und warf sich vor ihr auf die Knie. »Bitte, hilf mir. Ich will nicht mehr spielen. Und ich will nicht zu *Ihr*.«

Für einen Moment war Anouk sprachlos. Noch vor einem Moment hatte die Wut ihr Herz erfüllt. Es schneller schlagen lassen. Die Wut war wie ein Gift in ihrem Körper. Doch dann erinnerte sie sich an die Worte Chamsins, des Sturmzüchters. *Gleich, welche Waffe du schwingst und welches Ross du reitest, es ist einzig dein Herz, das du gegen den dunklen Prinzen in die Waagschale werfen kannst. Halte an ihm und an deiner Güte fest.* Oh, es war schwer, nicht wütend zu sein. Am eigenen Herzen festzuhalten. Und gleichsam war es ganz einfach. Lediglich so, als würde sie neben sich einen Schritt zur Seite treten. All diese Wut über den dunklen Prinzen, der sich als ihr eigenes, finsteres Ebenbild herausgestellt hatte, wich plötzlich tiefem, ja grenzenlosem Mitleid. Anouk hatte das Recht, wütend zu sein. Besonders, nachdem sie erfahren hatte, was alles hätte geschehen können, wenn der Plan der dunklen Prinzessin aufgegangen wäre. Aber nun, da sie die Verzweiflung in den eigenen, furchtbar kalten Augen sah, glitt ihr diese Wut durch die Finger wie Sand. Es ist deine dunkle Seite, die du da siehst, sagte sie sich. Anouk seufzte. »Ist es so schlimm, in diesem Spiel zu stecken?«, fragte sie Ki.

Der Wipfling überlegte einen Moment. »Wenn du ein Zuhause hast, das du liebst. Und eine Frau, die du sogar unsterblich liebst. Wenn du all das hast, dann ist dies hier der schönste Ort aller Orte. Er hat keine Grenzen. So denke ich zumindest. Doch wenn du fliehen willst, dann kann dieses Spiel ein ebenso grenzenloses Gefängnis sein.«

»Ich kann dich nicht daraus befreien«, wisperte Anouk ihrem Ebenbild entgegen. »Denn dieses Spiel braucht einen dunklen Prinzen. Oder eine dunkle Prinzessin. Wie sonst sollte ein Spieler seine helle Seite entdecken, wenn er nicht die dunkle vor sich sieht? Wie sollte er dich annehmen, ohne dass du da bist?« Ihr war bewusst geworden, dass sie alle Entscheidungen, auf die sie im Nachhinein stolz war, nur getroffen hatte, weil sie sich gegen den dunklen Prinzen gestellt hatte.

Das Wesen, das vor ihr kniete, öffnete den Mund, um etwas zu erwidern, Anouk aber hob eine Hand, und es blieb stumm. »Doch ich habe eine Idee.« Sie lächelte die dunkle Prinzessin an. Dann wandte sie sich an den Regelmacher. »Ihr seid mir etwas schuldig, wenn ich mich nicht täusche. Und diese Schuld möchte ich gerne einfordern.«

»Ich glaube, er hat das nur aus Höflichkeit dahingesagt«, raunte Pan.

»Und ich bestehe darauf mit einer ebensolchen Höflichkeit.« Anouk lächelte noch immer. »Ihr müsst keinen neuen Gegner schreiben. Die dunkle Prinzessin kann hier bleiben. Und muss dennoch nicht spielen.« Die Zuschauer in der Arena hielten den Atem an. »Es ist ein wenig wie in einer Geschichte«, fuhr Anouk fort. Mit jedem Wort war sie sicherer, dass sie eine Lösung für alles gefunden hatte. Eine Lösung, die sie nur durch ihr Mitleid hatte erkennen können. »Ohne ein Ziel kann das Spiel nicht gespielt werden. Ich habe gelernt, dass Hartherzigkeit am besten durch Mitleid geheilt wird.« Sie sah Ki aus dem Augenwinkel eifrig nicken. »Doch dieses Mitleid muss sich nicht unbedingt auf die Bewohner der Welten richten, oder?«

Der Regelmacher legte den Kopf schief und ein wissendes Schmunzeln umspielte seine Lippen.

»Wie wäre es, wenn der Spieler ein neues Ziel bekommt? Jemanden zu befreien? Dich, dunkle Prinzessin. Du bist«, Anouk legte die Stirn in Falten, »in einen tiefen Schlaf gefallen. Einen Schlaf, aus dem du geweckt werden musst. Wenn ich dieses Spiel hier richtig verstanden habe, sollte sich der Spieler bewusst darüber werden, dass er etwas in sich trägt, das nicht nett und freundlich ist. Etwas, das zu ihm gehört und das er nicht besiegen kann. Etwas, das er am besten kontrollieren und beherrschen sollte. Durch so viel Mitleid, dass sein hartes Herz heilt. Das kann er aber nur, wenn er seine dunkle Seite annimmt. Wenn er sich eingesteht, dass er manchmal nicht nett ist.« Sie sah zu Maya. »Sondern eigensinnig und rücksichtslos.«

Der Regelmacher … lächelte. »Bravo«, sagte er. »Du bist wahrhaft eine Gewinnerin, Anouk. Hast Mitleid mit deiner dunklen Seite. So ist es recht. Du brauchst diese dunkle Seite. Ein wenig, doch nicht zu viel. Denn ganz ohne die eigensinnige Stärke, die sie dir verleiht, wärst du zu schwach gewesen, dieses Spiel zu gewinnen. Sie macht einen Teil von dir aus. Ohne ihn wärst du eine andere Person. Und das wäre doch schade, nicht wahr? Der Affe hat dich gut durch das Spiel geführt.«

»Es heißt *Schimpanse*«, erwiderte Anouk und nickte Pan zu, der sie für die Bemerkung dankbar ansah.

Der Regelmacher hob seinen Stift und das Papier. »Jedes Wort von dir wird nun zur Regel. Denke gut nach, Spielerin. Denke gut nach.«

Die dunkle Prinzessin erhob sich. Wie verloren sie auf einmal wirkte. Alle Brutalität war fort. Alle Finsternis verblasst. Sie schien müde wie die Nacht, die endet und dem Tag weicht. Anouk nickte. Sie hatte gut nachgedacht. Dennoch zitterte ihre Stimme, als sie anfing zu sprechen. Die Worte kamen wie von selbst. Sätze, die schöner waren als alle, die

Anouk je aufgeschrieben hatte. Worte voll Vergebung und Mitleid. »Schlaf, dunkle Prinzessin, schlaf. Ein Fluch hat dich eingewoben wie das Netz einer Spinne. Die Dunkelheit in dir treibt aus. Deine Haut wird Rinde. Deine Haare Blätter. Deine Beine Wurzeln. Ein Baum, der einen finsteren Wald um sich wachsen lässt. Einen Wald, den selbst die Eulen fürchten und den der Spieler nur mit einem besonders fähigen Begleiter zu betreten wagt.«

»Einem Begleiter, dem dort kein Leid geschehen kann«, fügte Pan rasch hinzu. »Außer, er ist eine altkluge Schildkröte«, murmelte er leise.

»Einem Begleiter, dem dort kein Leid geschehen kann«, wiederholte Anouk (lediglich den ersten Satz). »Der Wald breitet sich über das ganze Spiel aus. Bis in den entferntesten Winkel. Und der Spieler muss bis in dessen finsteres Herz vordringen. Dabei muss er in jeder Welt den dunklen Wald mit Hilfe der Bewohner durchwandern. Und dort etwas finden, das ihm hilft, am Ende seine Aufgabe zu erfüllen. Dich zu befreien. Und dich zu bemitleiden. Denn nur das vermag dir wieder deine Gestalt zurückzugeben. Und dein Inneres mit Glück zu füllen. So wie der Spieler in dir sein hartes Herz findet, entdeckst du in ihm dein weiches Herz. Und nur zusammen werdet ihr eines besitzen, das wahrhaft ist. Und wehrhaft.«

Ein Wind war mit den ersten Silben aufgekommen. Die dunkle Prinzessin wiegte sich in ihm wie eine Weide. Ihre Augen fielen zu, und sie glitt in einen tiefen Schlaf. Dann wandelte sie sich zu einem wunderschönen, prächtigen und dunklen Baum. Wuchs empor, trieb Äste und Wurzeln aus. Gebar Blätter aus borkiger Haut. Um diesen Baum herum sprossen bereits die ersten kleinen Triebe aus dem Boden.

»Kein dunkler Prinz mehr?«, fragte Pan und wich einem dünnen Stamm aus, der in Windeseile in die Höhe wuchs. »Da wird das Spiel ja noch einfacher.«

»Nein«, entgegnete der Regelmacher. »Es wird schwerer. Denn nichts ist schwerer, als seine eigene dunkle Seite anzunehmen. Und sie zu retten.« Er blickte Anouk einen Moment lang stumm an, dann fuhr er fort. »Nun endet *Anouks Spiel*. Und alles vergeht. Bis zum nächsten hartherzigen Herzenswunsch. Doch ehe du mit deiner Schwester zurückkehren kannst, gibt es noch eine Sache, die ich deinem Begleiter sagen muss.«

Pan trat erschrocken einen Schritt zurück. »Wenn es um meine Beanstandung der Kostüme geht … Sie zeugen von einem äußerst sicheren Geschmack. Und einem … unerreichten Stil.« Pan brachte die Worte wie etwas Verdorbenes über die Zunge.

»Ich weiß, dass du sie nicht leiden kannst«, meinte der Regelmacher amüsiert.

»Auf eine sehr respektvolle Art und Weise«, beeilte sich Pan zu sagen.

»Aber es geht nicht um deine Meinung zu deinen Kleidungsstücken.«

»Nicht?« Pan runzelte die Stirn. »Oh, wenn es um diese kleine Bemerkung geht, dass ich selbst ein guter Regelmacher wäre, dann meinte ich natürlich …«

Mit einer Handbewegung schnitt der Regelmacher ihm die Worte von den Lippen und schüttelte den Kopf.

»Dies war das außergewöhnlichste aller Spiele. Noch nie war der dunkle Prinz so gerissen. So schlau. So gewitzt. Noch nie war die Spielerin so voller Mitleid für ihre dunkle Seite. Und noch nie hat ein Begleiter sie auf solch ungewöhnlichen Pfaden durch das Spiel führen müssen.«

Pan begriff offenbar, dass er nicht ausgeschimpft, sondern gelobt wurde, und setzte eine gönnerhafte Miene auf. »Nun ja, es war nicht einfach. Aber wie ich immer sage: Die armen Menschen müssen erst noch lernen, ein echter Schimpanse zu werden.«

Anouk hörte Ki unterdrückt kichern und der Regelmacher rollte mit seinen bunten Augen. Dann schnippte er mit seinen Fingern und ein Pokal erschien wie aus dem Nichts in seiner Hand. Er war sicher einen halben Meter größer als Pan, golden und auf seiner Spitze war ein Schimpanse in triumphierender Pose angebracht.

»Der Pokal des Regelmachers«, wisperte Pan. Und für einen Moment war ihm alle Überheblichkeit aus dem Gesicht gewischt.

»Für das beste aller Spiele«, sagte der Regelmacher und überreichte Pan den Pokal, der ihn beinahe fallen ließ. Offenbar war er recht schwer.

Ein wahrer Jubelsturm erfüllte die Arena, als der Schimpanse ihn ächzend in die Höhe stemmte. »Das … das …«, stammelte Pan, dann fuhr sein Blick über die Zuschauerränge. Anouk folgte ihm mit den Augen und erkannte eine Schildkröte mit Brille, die Pan einen finsteren Blick zuwarf. Der Schimpanse aber ließ den Pokal sinken und zuckte in gespieltem Mitleid mit den Schultern.

»Nun musst du ein letztes Mal würfeln«, sagte der Regelmacher zu Anouk. »Greif in deine Tasche.«

Anouks Finger fanden zu ihrer Überraschung einen Würfel. Auf allen sechs Seiten stand *Anouks Zuhause* geschrieben. Da begriff sie, dass dies wirklich das Ende war. Ihr Spiel war vorbei. Und das bedeutete Abschiednehmen. Auf einmal verschwamm ihr Blick in Tränen. Sie spürte den Kopf von Toni, der sich an sie drückte. Hörte die Stimmen der Piraten und der Affen, der Eulen und sogar die von Ginnaya, dem Dschinn, von irgendwoher. Stimmen, die sie hochleben ließen. Sie alle purzelten durcheinander. Xylem (die Prinzessin) riet ihr, sich einmal einen Mann zu nehmen, der so mutig wie Ki sei. Anouk spürte den Atem des Wipflings, der ihr ins Ohr wisperte, dass sie immer springen musste. Und dann spürte sie die haarigen Finger von Pan auf ihren eigenen.

»Dies war ein erfolgreiches Spiel.« Seine Stimme klang noch rauer als sonst. »Ich bin sicher, die unerträgliche Testudina wird sich nie wieder …« Seine letzten Worte gingen in einem plötzlichen Schluchzen unter, das aus ihm herausbrach wie ein gestauter Fluss.

Und dann nahm Anouk ihn in die Arme und hielt den Schimpansen, dessen Körper ein Schütteln durchlief. »Du warst der beste Begleiter in diesem Spiel, den ich mir nur hätte wünschen können«, flüsterte sie. »Ohne dich hätte ich es nie geschafft.«

»Ich weiß, ich weiß«, rief Pan tränenerstickt. »Und ich habe es dir gesagt. Das wird ein Kinderspiel. Aber du warst auch nicht schlecht. Du bist wahrlich eine Schimpansin, Anouk.«

Sie beschloss, dies als das größte aller Komplimente anzunehmen.

»Ich hoffe«, schluchzte Pan weiter, »es wird Mayo und dir gut gehen.« Dann trat er zurück und deutete auf den Würfel in Anouks Hand.

Sie nickte und warf ihn. Dann blickte sie ein letztes Mal zu denen, auf die sie in ihrem Spiel getroffen war. Ki und Xylem. Ginnaya und die Eulen. Die Wurzelmenschen und die Wipflinge. Madame Pegasos und die Piraten. Chamsin, der in der Luft zu schweben schien. Und Makaka mit seinen Affen. Vor allen anderen aber stand Pan, der seinen riesigen Pokal in die Höhe reckte, als wäre er der wahre Sieger. Plötzlich erschien das Spiel selbst vor ihr auf dem Boden. Es war ganz plötzlich da. Das Spielbrett klappte von selbst zusammen. Das Bild vor Anouks Augen verging. Und dann war sie wieder in ihrem Zimmer.

SCHÖNERE WORTE

Der Moment der Rückkehr aus *Anouks Spiel* duftete nach Zimt. Nach Zimtschnecken, um genau zu sein. Der Duft hing wie eine verblassende Erinnerung in Anouks Zimmer. Sie fand sich auf ihrem Bett sitzend wieder und trug bloß ihre alten Sachen. Keine Rüstung aus Schlangenhaut. Kein Muschelschild. Kein Stab. Nicht mal die Schmerzen waren geblieben. Es war so unwirklich, dass sie erst dachte, sie würde träumen. Ja, es fühlte sich an, als wäre dies hier die Welt, die nicht echt war, und dagegen die des Spiels Anouks eigentliches Zuhause. Diese Welt fühlte sich seltsam unpassend an. Wie ein Kleidungsstück, das sie lange nicht getragen hatte. Dabei war sie wie lange nur fort gewesen? Nicht einmal eine Sekunde, gab sie sich die Antwort.

Vor ihrem Fenster war noch immer der Vogel in der Luft zu sehen. Für einen Moment schwebte er dort wie auf den Abendhimmel gemalt, doch im nächsten Augenblick flog er wieder. Und Anouk wusste, dass die Wirklichkeit sie endgültig zurückhatte.

»Pan?« Sie rief den Namen in das stille Zimmer. Doch die raue Stimme, die ihr oft so überheblich geantwortet hatte, schwieg. Sie wandte sich um in der verrückten Hoffnung, der Schimpanse würde hinter ihr stehen. Sie fühlte noch seine salzigen Tränen auf der Haut, aber sie war allein. Nur das Spiel war noch da. Es lag zusammengeklappt auf ihrem Bett, und abermals verschwamm Anouks Blick vor Tränen. Die Tränen waren ein Zeichen ihres weichen Herzens. Und Anouk war stolz auf sie. Denn sie zeigten, dass sie das Spiel gewonnen hatte.

Plötzlich wurde ihr bewusst, dass sie nichts hörte. Kein Kindergeschrei. Wo war …? Anouk stürzte von ihrem Bett zur Tür und hinaus aus ihrem Zimmer.

Stille. Nein, Stimmen. Sie kamen von unten.

Anouk nahm zwei Treppenstufen auf einmal und stolperte beinahe auf der untersten. Atemlos stürzte sie ins Wohnzimmer.

Und blickte ihren Eltern in die erstaunten Gesichter. Ihr Vater kaute mit erkennbarem Genuss und schlechtem Gewissen ein Stück ihres Geburtstagskuchens. Und ihre Mutter …

»Maya!«, rief Anouk und lief auf ihre kleine Schwester zu, die in den Armen ihrer Mutter lag und schlief. Anouk ignorierte die fragenden Blicke ihrer Eltern und nahm Maya vorsichtig in die eigenen Arme. Dann drückte sie ihre Schwester an sich. »Ich habe dich ja eine Ewigkeit nicht gesehen«, murmelte sie.

»Hast du geweint?«, fragte ihr Vater, während ihm einige Krümel aus dem Mund fielen.

»Was macht ihr hier mit Maya?«, wollte Anouk wissen, ohne die Frage ihres Vaters zu beantworten. Es war doch völlig offensichtlich, dass sie geweint hatte.

»Wir wollten dich in Ruhe lassen«, sagte ihre Mutter. »Du warst so traurig, dass dein Geburtstag von Mayas Geschrei gestört worden ist. Also dachten wir, sie bleibt am besten noch bei uns, damit sie schläft, während du oben in aller Ruhe deine Geschenke ausprobierst. Du hast doch bestimmt noch viele Nachrichten mit deinem Smartphone zu verschicken.«

»Gestört?« Anouk runzelte die Stirn. Der Tag ohne Maya musste, nachdem Anouk das Spiel gewonnen hatte, einem anderen Platz gemacht haben. Einem Tag, den Anouk nicht erlebt hatte und in dem alles normal abgelaufen war. Sicherlich hatten die Geburtstagsgäste Maya sehen wollen. Sicher hatte jeder nicht nur Anouk, sondern auch Maya etwas mitgebracht. Sicher hatte sich jeder gefreut, wenn Maya irgendetwas getan hatte. Selbst ein Glucksen von ihr hatte bestimmt wieder alle verzückt, als hätten sie noch nie ein Lachen gehört. Und sicher hatte dies die Anouk, die diesen Tag miterlebt hatte, wütend gemacht. Und als sie die Augen für einen Moment schloss, glaubte sie, die Erinnerung an einen solchen Tag ganz verschwommen neben denen in ihrem Kopf zu finden, die den Tag ohne Maya zeigten. Es war ein wenig verrückt und ließ Anouk schwindlig werden. »Aber Maya stört mich nicht.« Sie drückte ihre Schwester enger an sich, die daraufhin im Schlaf Anouks Pullover vollsabberte. »Wollen wir ... wollen wir etwas spielen?«, fragte Anouk.

Wieder erstaunte Blicke ihrer Eltern. Anouk hatte bei ihrem letzten Geburtstag entschieden, dass Spieleabende etwas für alte Leute oder kleine Kinder seien und sie zu beiden nicht zu zählen war. »Oben auf meinem Bett liegt ein neues Spiel. Holst du es?« Sie sah ihren Vater an, der mit den Schultern zuckte und losging.

Er kam wenige Momente später mit dem Karton wieder. »Sagtest du nicht, es sei neu?«, fragte er und stellte den abgegriffenen Karton auf den Tisch. »Sieh mal, es trägt deinen Namen.«

»Ein komischer Zufall, nicht?«, meinte Anouk. Sie hatte Maya in den Laufstall gelegt und ehe ihre Eltern noch etwas zu dem Namen des Spiels sagen konnten, hatte sie sich bereits daran gemacht, es aufzubauen. »Es geht darum, dass wir die dunkle Prinzessin befreien müssen.« Sie stellte die Figur des Ritters in die Mitte des Spiels. Dort war nun nicht mehr Maya aufgemalt, sondern eine Weide, die mit hängenden Ästen zu schlafen schien. »Und wir werden dich retten, damit auch du glücklich sein kannst«, fügte sie flüsternd hinzu. Zuletzt stellte sie die Figur des Affen, nein, verbesserte sie sich, des Schimpansen, in das Spiel. Dann nahm sie den Würfel und begann *Anouks Spiel*.

Es war bereits Nacht, als Anouk wieder in ihrem Bett lag. Der Karton mit dem Spiel (das sie ein zweites Mal an diesem verrückten Tag gewonnen hatte) stand auf ihrem Nachttisch, und sie konnte nicht schlafen, obwohl ihre Augen bleischwer waren. Die Dunkelheit floss wie schwarzes Wasser durch ihr Zimmer. Erfüllte die Ecken und reichte bis unter die Decke. Von draußen fuhr ein wispernder Wind durch die Bäume, und Anouk glaubte in ihm die Stimmen ihrer Freunde zu hören. Kis helle Weisheiten. Die tiefen Prahlereien der Piraten. Pans heiseres Eigenlob. Doch es war nicht die Sehnsucht nach ihnen, die Anouk nicht einschlafen ließ, auch wenn ihr Herz die Freunde vermisste. Sie musste einige Zeit nachdenken, dann endlich begriff sie.

Das Buch.

Das neue Notizbuch.

Sie stand auf und ging zu ihrem Schreibtisch. Dort lag es noch immer so, wie Pan es abgelegt hatte, mit dem leuchtend bunten und wunderschön verzierten Einband. Aufgeschlagen auf der ersten Seite. Und da stand er, verblasst und ausradiert und unter dem neuen Wunsch noch immer vage zu erkennen: der hartherzige Herzenswunsch. *Ich wünsche mir, dass meine Eltern nur noch mir und nicht mehr Maya gehören.* Er war tatsächlich nur mit Mühe zwischen den darüber geschriebenen Worten zu entziffern. Und doch hallte er laut wie ein Glockenschlag in ihrem Kopf wider. Anouk starrte ihn einen Moment lang an. Dann wusste sie, was sie zu tun hatte, um endlich schlafen zu können. Sie musste neue Worte in das Buch schreiben. Sicherlich würde sie in den nächsten Tagen eine Geschichte über ihr Abenteuer in der Spielewelt zwischen die Buchdeckel bannen. Vielleicht würde sie diese Erzählung *Anouks Spiel* nennen. Ein passender Titel. Doch heute hatte sie nicht genug Zeit dafür. Sie hatte nur Zeit für wenige Worte. Schönere Worte.

Sie musste nicht überlegen, welche Worte hier hineingehörten. Es war ganz klar, was sie aufschreiben musste. Worte, die viel besser schmeckten als die des hartherzigen Wunsches. Sie radierte die alten und die darüber geschriebenen fort. Und diesmal verschwanden sie alle und waren nicht mehr zu sehen.

Draußen rauschte der Wind. Und darin glaubte sie eine raue, etwas größenwahnsinnige Stimme zu hören. *Keine schlechte Idee. Aber auch kein Wunder. Du hast schließlich vom Besten gelernt.*

Anouk lächelte. Und schrieb

Das Rezept der Zimtschnecken Korvapuusti nach der Art der Familie Kajala/Zimmermann und mit besonderem Dank (nicht nur hierfür) an Ville Zimmermann

Einen halben Liter Milch (nicht zu sehr) erwärmen und einen Würfel Hefe darin auflösen. Nach Belieben 1 oder 2 Teelöffel gemahlenen Kardamom und 1 Teelöffel Salz sowie 180 Gramm Zucker und ein ganzes Ei (natürlich ohne die Schale) hinzugeben. Alles bitte sehr gut vermischen. Nun kommen 500 Gramm Mehl hinzu. Alles wird recht fest und lässt sich gut zu einem Teig verkneten. Das geht am besten mit den Händen.

Zweihundert Gramm Butter werden dann in einem Topf

geschmolzen und in den Teig geknetet. Dann kommen noch mal gut 500 Gramm Mehl hinzu. (Meine Mutter erwähnt in diesem Zusammenhang immer, dass man nicht sofort das ganze Mehl hinzugibt, sondern stets nur ein wenig, bis der Teig gerade weich und geschmeidig genug geworden ist.)

Da der Teig und der Bäcker nun ein wenig außer Puste sind, ruhen sich beide eine halbe Stunde lang zugedeckt aus und wachsen auf das Doppelte an (zumindest der Teig).

Auf einer bemehlten Arbeitsplatte wird der Teig (am besten erst die eine Hälfte, dann die andere) ausgerollt, sodass er etwa einen Zentimeter dick ist. Dann wird er mit zimmerwarmer Butter bestrichen und mit (ordentlich) Zimtzucker bestreut. Der Teig wird zu einer Rolle … nun eben aufgerollt. Mit einem Messer werden (meistens dreieckige) Stücke herausgeschnitten, die etwa 3 bis 5 Zentimeter dick sind. In der Mitte werden sie ein wenig eingedrückt und dann rund geformt oder gerollt, sodass sie ein wenig wie ein geschwollenes Ohr aussehen (Korvapuusti bedeutet Ohrfeige). Nun ruhen sich alle noch einmal zugedeckt eine Viertelstunde lang aus. Vor dem Ofen werden die Korvapuusti noch mit Eigelb bestrichen und mit Hagelzucker bestreut. Dann geht es ab in den vorgeheizten Backofen (Temperatur: 225 Grad Ober-/Unterhitze. Umluft: ca. 15–20 Grad weniger). Da drin bleiben sie für etwa zehn bis fünfzehn Minuten (sie brennen arg schnell an). Dann sind sie fertig. Und schmecken besonders gut an Geburtstagen.

Akram El-Bahay
Wortwächter

384 Seiten
Hardcover
ISBN 978-3-7641-5118-8

 Auch als E-Book erhältlich!

Vier Rätsel musst du lösen!

Tom stößt im Keller seines Onkels auf eine Buchseite, auf der wie von Zauberhand Worte erscheinen und wieder verschwinden. Sie warnen ihn, sich rasch zu verstecken. Tatsächlich: Im selben Moment erscheint ein Fremder und entführt Toms Onkel. Und schon steckt Tom in einem Abenteuer, in dem ein alter Geheimbund, die Statuen berühmter Autoren und ein lesehungriges Mädchen eine große Rolle spielen.

Vier Rätsel muss er lösen und an weit verstreuten Orten vier Teile einer mächtigen goldenen Feder finden, um großes Unheil zu verhindern und seinen Onkel zu retten …

www.ueberreuter.de
www.facebook.com/UeberreuterBerlin

Akram El-Bahay hat viele Jahre als Journalist gearbeitet und schreibt nun mit Vorliebe Bücher, die ebenso märchenhaft wie fantastisch sind. Nicht selten finden sich in ihnen orientalische Motive – ganz so, wie es sich für Geschichten eines Halbägypters gehört. Für sein Debüt erhielt er 2015 den Seraph. Er lebt mit seiner Familie in der Nähe von Düsseldorf.